Martin Millar

Träume, Sex und Stage Diving

Martin Millar

Träume, Sex und Stage Diving

Roman

Deutsch von Carina von Enzenberg
und Hartmut Zahn

dtv
premium

Deutsche Erstausgabe
November 1996
Deutscher Taschenbuch Verlag GmbH & Co. KG, München

Titel der englischen Originalausgabe:
›Dreams of Sex and Stage Diving‹ (Fourth Estate, London 1994)

Umschlaggestaltung: Balk & Brumshagen
Umschlagfoto: © Frank Schott
Gesetzt aus der Sabon 10,5/12,75˙ (Winword 6.0)
Satz: C. H. Beck'sche Buchdruckerei, Nördlingen
Gedruckt auf säurefreiem, chlorfrei gebleichtem Papier
Druck und Bindung: Kösel, Kempten
Printed in Germany · ISBN 3-423-15107-2

1

Elfish rief Mo an und gab sich als ihre Exfreundin Amnesia aus.

»Mo? Ich bin's, Amnesia. Erinnerst du dich an mich?«

Mo erinnerte sich. Er hatte Amnesia seit über einem Jahr nicht gesehen, aber einen Menschen wie sie vergaß man nicht so leicht, selbst wenn man soviel trank wie Mo.

»Was willst du?« fragte er. Höflichkeit hielt Mo für Zeitverschwendung. Er war nie höflich. Außerdem konnte er Elfish nicht ausstehen und hatte deshalb keine große Lust, sich mit ihren Bekannten zu unterhalten.

Elfish wußte selber nicht genau, was sie wollte.

Ihr Bruder Aran saß neben ihr und glotzte dumpf vor sich hin. Aran war hochgradig depressiv und brachte sogar für etwas so Ungewöhnliches wie die Tatsache, daß seine Schwester ihren Ex-Lover anrief und sich dabei als ihre ehemalige Freundin Amnesia ausgab, kaum Interesse auf.

»Nichts Besonderes.«

Elfish bemühte sich, die Stimme zu verstellen und ein bißchen tiefer klingen zu lassen, aber eigentlich hatte sie keine Angst, Mo könnte merken, daß sie ihn verschaukelte. Elfish gab nicht viel auf Mos Intelligenz. Sie hatte ihn wiederholt als dumm bezeichnet, und das war einer der Hauptgründe dafür, daß sie sich verkracht hatten.

»Ich fahre nächste Woche nach London und würde dich gern wiedersehen. Elfish hat mir erzählt, daß es zwischen euch aus ist.«

»Stimmt.«

»Und warum?«

»Weil Elfish ein Miststück ist.«

»Ja, ist sie«, stimmte Elfish ihm bei. »Ich hab mich immer gefragt, was du an ihr gefunden hast.«

»Ich hab nie was an ihr gefunden«, behauptete Mo. »Wir haben nur ab und zu zusammen geschlafen, aber ich hab die ganze Zeit was mit anderen Frauen gehabt.«

»Ach ja?« Elfish versuchte, belustigt zu klingen. »Arme Elfish. Wahrscheinlich hat sie es nicht mal gemerkt. In solchen Dingen ist sie schon immer ziemlich beschränkt gewesen.«

»Stimmt«, sagte Mo.

»Also dann, ich muß jetzt los, Mo. Wenn ich in London bin, schau ich bei dir vorbei. Weißt du überhaupt noch, wie ich aussehe?«

Mo knurrte etwas.

»Ich hab mir das Haar blonder gefärbt«, sagte Elfish. »Es gefällt dir bestimmt. Bis dann.«

Sie legte auf.

»Na, wie war's?« erkundigte sich Aran, aber Elfish sprang auf und marschierte in dem kleinen Raum im Kreis herum. Für eine Antwort war sie zu wütend.

2

Elfish erwachte in einer Lache aus ihrer eigenen Kotze und anderer Leute Bier. Sie stöhnte. Der Kopf tat ihr höllisch weh, und der Schmerz wurde rasch schlimmer. Sie versuchte sich aufzurichten, schaffte aber nur, sich auf einen Ellbogen zu stützen, bevor sie sich wieder übergeben mußte. Das Zeug lief an ihrem T-Shirt herunter und verteilte sich in kleinen Rinnsalen rund um das in der vergangenen Nacht Erbrochene, das bereits angetrocknet war. Der Schmerz trieb ihr

Tränen in die Augen, und ihre Kehle war so trocken, daß sie nicht schlucken konnte. Als sie nochmals kotzte, hatte sie das Gefühl, ihren Magen bröckchenweise herauszuwürgen.

»Ich bin vergiftet. Ich kann mich nicht bewegen.«

Zwischen den Beinen spürte sie etwas Nasses. Kaum zu glauben: Sie hatte sich vollgepinkelt.

Das Klassenzimmer, eines von vielen in der alten Schule, war verwüstet: überall leere und zerbrochene Flaschen sowie zerknautschte Bierdosen, Zigarettenschachteln und undefinierbare Müllhaufen. In einer Ecke waren ein paar Stühle verbrannt worden, und das große Fenster war eingeschlagen. Nieselregen rann durch das Loch in der Scheibe, ließ das zerborstene Glas glitzern und verwandelte den Dreck auf dem Boden in Morast.

Tolle Party, dachte Elfish, brachte aber kein Lächeln zustande. Sie brauchte etwas Flüssiges, und deshalb kroch sie los. Beim Kriechen verschmierte sich das frisch Erbrochene auf dem Boden, so daß sie wie eine Schnecke eine Spur hinter sich herzog. Ihre Hand berührte eine Bierdose. Sie schüttelte sie, stellte fest, daß sie halbvoll war und nahm einen Schluck. Eine Zigarettenkippe wurde aus der Dose in ihren Mund gespült. Wieder überkam sie Übelkeit, gefolgt von langanhaltenden Schüttelkrämpfen.

»Elfish«, sagte eine Stimme, »du bist einfach widerlich.«

Es war Aba. Sie starrte eine Weile auf Elfish hinab, bückte sich dann und küßte sie. Elfish konnte nicht verhindern, daß es ihr dabei schon wieder hochkam. Aba schrie auf und spuckte wütend aus.

»Blöde Schlampe!« schimpfte sie.

Elfish lachte, und da mußte auch Aba lachen. Sie kippte das abgestandene Bier aus der Dose über Elfishs Gesicht und Haar, dann wischte sie ihr mit dem Ärmel den Mund ab, packte mit einer Hand den Kragen von Elfishs T-Shirt und zog mit einem Ruck daran. Der mürbe, durchnäßte Stoff riß und gab Elfishs kleine Brüste frei. Auch über die goß Aba Bier und rieb sie anschließend ab.

»Hau ab!« sagte Elfish.

Aba riß Elfish an sich, küßte sie wild und legte sich auf sie, wobei sie einen Schenkel zwischen die Beine der kleineren Elfish zwängte und die Nieten der Lederjacke sich in Elfishs Haut gruben.

Elfish zerrte an Abas Kleidung, war aber zu schwach, um sie auszuziehen. Die starke Aba entfernte dagegen mühelos die paar Sachen, die Elfish noch am Leib hatte. Noch immer voll bekleidet, kippte Aba den Rest Bier auf Elfishs Schamhaar und machte sich daran, es abzulecken.

Von der Tür aus warf eine andere, gerade erst erwachte Partyleiche einen kurzen Blick auf die beiden, bevor der Schmerz in Kopf und Gliedern sie zwang, sich dem Tageslicht zu stellen und den Heimweg anzutreten.

Elfish wand sich unter Aba und legte ihr die Beine um den Hals. Aba blickte kurz auf.

»Du stinkst, Elfish! Du stinkst nach Bier und Whisky und Kotze und Pisse. Du bist widerlich.« Ihre Zunge glitt wieder in Elfishs Scheide.

Elfish, die weiter gegen Kopfschmerz und Übelkeit ankämpfte, ruckelte am Reißverschluß von Abas Jeans und schob ihre kleine Hand so weit es ging hinein. Sie konnte Abas Klitoris nicht erreichen, und deshalb krallte sie die Finger ins Schamhaar. Eine Zeitlang lagen sie beide so in dem verwüsteten Klassenzimmer zwischen all dem Müll und hatten Sex, während der Regen durch das geborstene Fenster strömte und den Schmutz unter der nackten Elfish in Schleim verwandelte.

Aba drehte Elfish um, wischte sie mit dem Ärmel ab und leckte ihr den Anus. Elfish rekelte sich. Aba schob drei Finger in ihre Vagina, faßte mit der anderen Hand an ihren Kitzler und leckte an Elfishs Anus, bis die mit heftigen, krampfartigen Zuckungen kam und sich die Flüssigkeit, die aus ihr herauslief, mit dem schleimigen Dreck auf dem Boden mischte.

Aba stand auf, spuckte aus, zog den Reißverschluß ihrer Jeans hoch und ging. Elfish lag nackt und besinnungslos auf dem Boden. Der Regen ergoß sich jetzt über ihren Körper wie ein Sturzbach. Als sie aufwachte, war es Mittag. Sie fror und war so steif, daß sie sich nicht bewegen konnte.

Elfish hatte dort draußen in der Welt eine Menge Dinge zu erledigen.

Lieber bleibe ich hier liegen und sterbe, überlegte sie.

Doch gleich darauf machte sie sich daran, in ihre klammen Klamotten zu kriechen. Ihr war nämlich eingefallen, daß sie Elfish war, und das Besondere an Elfish war nun mal, daß sie sich nicht einfach hinlegte, um zu sterben.

3

Im Jahr 1959 wurde bei Ausgrabungen der komplette Text der von Menander um das Jahr 340 v. Chr. geschriebenen Komödie ›Der Menschenfeind‹ zutage gefördert. Es ist das einzige vollständig erhaltene Werk Menanders.

Man kann sagen, daß sich von Menander zu den römischen Dramatikern und weiter bis hin zu Molière und Shakespeare ein roter Faden zieht. So jedenfalls stand es in der Einleitung von Arans Ausgabe. Er fand das interessant und überlegte, wem er davon erzählen könnte.

Seine Schwester Elfish kam herein. Sie sah schlimm aus.

»Wußtest du, daß sich von Menander zu den römischen Dramatikern, ja sogar bis hin zu Molière und Shakespeare ein roter Faden zieht?«

»Nein«, sagte Elfish, »und es ist mir auch egal. Ich bin hier, um zu telefonieren. Ich will noch mal Mo anrufen und so tun, als wäre ich Amnesia.«

Elfish spuckte aus. Sie hatte einen Wahnsinnshaß auf Mo. Aran holte zwei Biere, und sie setzten sich hin und tranken.

Amnesia wohnte nicht mehr in der Stadt. Also bestand keine Gefahr, daß sie Mo zufällig über den Weg lief und er dahinterkam, daß man ihn für dumm verkaufte. Zumindest hoffte Elfish das.

Wie immer empfand Elfish die Gegenwart ihres Bruders als tröstlich und deprimierend zugleich. Sie waren gute Freunde, aber ihr Bruder steckte tief in einer Depression und schien nicht die Absicht zu haben, wieder aufzutauchen. Elfish, die selber von Natur aus melancholisch war, empfand das als Zumutung.

Sie erzählte ihm von den Erlebnissen der vergangenen Nacht auf der Party in der alten Schule.

»Heute morgen hab ich's Aba besorgt«, schloß sie. »Das ist prima, weil ich weiß, daß sie mit Mo geschlafen hat und ich gern mit Frauen rumbumse, mit denen Mo was hat.«

Elfish wählte Mos Nummer und mußte sich dabei konzentrieren, weil es in Arans Bude so düster war, daß man kaum etwas sah.

»Hallo, Mo, ich bin's noch mal, Amnesia. Wie geht's? Hab gerade mit Elfish telefoniert. Weißt du was? Sie hat gestern nacht mit Aba gepennt! Du siehst Aba doch ab und zu, oder? Hat Elfish schon mit vielen von deinen Frauen geschlafen?«

»Na? Wie hat Mo es aufgenommen?« fragte Aran nach dem Gespräch.

»Schlecht.«

Elfish setzte ihrem Bruder auseinander, daß sie Mo ein bißchen mürbe machen wollte, bevor sie zum Hauptangriff überging. Sie bat ihn, Mo ebenfalls anzurufen und beiläufig zu erwähnen, er sei Amnesia vor kurzem begegnet und sie habe sich zum schönsten Mädchen der Welt gemausert.

Das verwirrte und beunruhigte Aran.

»Mach aus ihr eine zweite Jane Mansfield – blondes Haar und Riesentitten! Mo steht auf so was. Außerdem ist er so blöd, daß er bestimmt nicht mehr weiß, wie sie aussieht. Er beißt garantiert an.«

Aran meinte, für so was sei er nicht der Richtige.

»Klar bist du das«, redete Elfish ihm zu. »Du weißt doch, wie wichtig es für mich ist. Ich brauche den Namen ›Queen Mab‹.«

Allein schon die Vorstellung, etwas tun zu müssen, egal was, war zuviel für Aran. Er holte noch ein paar Biere aus dem Kühlschrank und erzählte seiner Schwester zum x-ten Mal, wie sehr er seine Freundin vermißte und wie unglücklich er wegen der ganzen Geschichte war. Elfish gab eine Zeitlang verständnisvolle Geräusche von sich, aber dann wurde es ihr zu bunt, und sie ging.

4

Queen Mab ist die Überbringerin der Träume. Elfish und Mo hatten früher einmal in einer Band gespielt, die Queen Mab hieß. Sie zerstritten sich, und die Band löste sich auf, bevor sie ihren ersten öffentlichen Auftritt hatte. Jetzt erhoben beide Anspruch auf den Namen.

Elfish pochte darauf, daß der Name ihr gehörte. Für sie war das ungeheuer wichtig. Wenn sie ihre neue Band Queen Mab nennen könnte, wäre sie mit der Welt zufrieden.

Noch hatte sie keine Musiker für ihre Band. Sie würde zwar bestimmt welche finden, allerdings war die Zeit sehr knapp. Mo hatte seine neue Gruppe schon zusammen. Sie sollte in zehn Tagen zum ersten Mal in Brixton spielen. Wenn sie erst einmal unter dem Namen Queen Mab aufgetreten wäre, hätte Elfish das Nachsehen. Der Name wäre dann für sie endgültig verloren. Aber Elfish hatte nicht vor, es so weit kommen zu lassen.

Elfish und Mo wohnten in Brixton in derselben heruntergekommenen Straße, also nicht weit voneinander entfernt. Sie waren beide gute Gitarristen und seit kurzem erbitterte Feinde.

Für diese Feindschaft gab es eine Reihe von persönlichen Gründen, zum Beispiel, daß Elfish ständig behauptete, sie spiele besser Gitarre als Mo, und daß sie, als sie miteinander liiert waren, beide gewohnheitsmäßig mit anderen Leuten Sex hatten und sich hinterher plump anlogen. Aber Mo konnte Elfish vor allem deshalb nicht ausstehen, weil sie ihn dauernd einen Dummkopf nannte. Sie war zwar der Meinung, daß sie ihn auf andere Weise viel schlimmer gekränkt hatte, doch hatte er sich besonders darüber aufgeregt, von ihr als Trottel abgestempelt zu werden.

»Weil er garantiert weiß, daß es stimmt«, war ihr Kommentar. »Mo ist wirklich extrem dumm.«

Nach Beendigung ihrer Beziehung hatten sie sich wegen Queen Mab mächtig in die Haare gekriegt.

Eigentlich müßte man sich darüber wundern, daß sie den Namen überhaupt kannten. Er war seit der Zeit Elisabeths I. nicht gerade in aller Munde gewesen, und sowohl Elfish als auch Mo brachten nur äußerst geringes Interesse für die elisabethanische Ära auf. Mos Mitbewohner Cody hatte sie darauf gebracht. Cody hatte nicht nur Ambitionen als Maler, sondern auch einen Hochschulabschluß in englischer Literatur. Eines Tages hatte er Elfish gebeten, ihm Modell zu sitzen: Er wollte sie als Queen Mab malen, als die märchenhafte Überbringerin der Träume, wie sie in einem langen Monolog in Shakespeares ›Romeo und Julia‹ vorkommt. Da Elfish der Ansicht war, daß sie für jeden, der malen konnte, ein sehr lohnendes Sujet darstellte, war sie bereitwillig darauf eingegangen. In einem seltenen Augenblick beidseitiger Inspiration hatten Mo und sie ihre Band auf diesen Namen getauft: Er klang einfach gut.

Codys Gemälde von Elfish als Feenkönigin, auf dem sie ihr übliches Outfit trug, also Lederjacke und dazu passende schmuddelige Fetzen, kam gut voran, blieb aber unvollendet, weil Elfishs und Mos Beziehung in die Brüche ging. Die daraus resultierende Feindschaft brachte es mit sich, daß Elfish Cody nicht mehr in der Wohnung besuchen konnte.

Seitdem pochte sie darauf, daß sie einen Anspruch auf den Namen hatte. Tatsächlich war sie längst absolut überzeugt, daß sie ihn sich selber ausgedacht hatte, obwohl er in Wirklichkeit von Cody stammte. Bei einem Streit mit Mo verstieg sie sich sogar zu der Behauptung, die Idee könne überhaupt nur sie gehabt haben, weil sie den Namen in Shakespeares ›Romeo und Julia‹ gelesen habe, als sie bei ihrer Freundin Shonen zu Besuch gewesen sei. Mo dagegen habe in seinem ganzen Leben noch kein Buch oder Theaterstück gelesen.

»Ich kann den ganzen Monolog auswendig«, sagte Elfish. Sie hatte schon ein paar Biere intus und neigte deshalb zu Übertreibungen.

»Na, dann laß mal hören«, sagte Mo.

Die Szene spielte sich in einem Pub ab, und zwar im Beisein von Mos Freunden. Cody, der auch da war und sich in der überlegenen Position befand, ›Romeo und Julia‹ tatsächlich gelesen zu haben, musterte Elfish äußerst belustigt. Um nicht klein beigeben zu müssen, sah Elfish sich zu der Notlüge gezwungen, sie könne den Monolog zwar tatsächlich auswendig, werde aber bestimmt nicht dreiundvierzig Zeilen Shakespeare rezitieren, wo sie in der Kneipe nebenan zu einer wichtigen Partie Billard verabredet sei. Diese Lüge kaufte ihr niemand ab. Mo und seine Freunde lachten, und Elfish fühlte sich gedemütigt.

Später, als sie wieder zu Hause war, befingerte sie ihr Mondmedaillon und starrte Löcher in die Luft. Sie war wütend, weil sie sich vor Mo und dessen Freunden lächerlich gemacht hatte.

Ihr Mondmedaillon, ein altmodisches Silberherz, hing halbverborgen zwischen Perlenketten an ihrem Hals, und es enthielt Licht vom Mond – jedenfalls behauptete Elfish das.

»O! then, I see, Queen Mab hath been with you.
She is the fairies' midwife, and she comes
In shape no bigger than an agate-stone …«

Elfish sagte diese Worte leise vor sich hin. Es waren die ersten drei Zeilen des Monologs, wie er in der Ausgabe von ›Romeo und Julia‹ nachzulesen war, die sie am selben Tag im Buchladen geklaut hatte. Zu Hause hatte sie sofort mühelos dreiunddreißig Zeilen auswendig gelernt. Irgendwie hatte sie das Gefühl, dadurch ihren Anspruch zu untermauern, von dem sie nicht abrücken wollte.

5

Eines Tages, als Aran gerade eine seiner Depressionen ausschlief, war Elfish in seine Motorradstiefel gestiegen und hatte sie seitdem nicht mehr ausgezogen. Er hatte sich eine Zeitlang darüber geärgert, ihr aber dann verziehen.

Da die Stiefel ihr viel zu weit sind, zieht sie wer weiß wie viele Socken übereinander, damit sie nicht herausrutscht. Elfishs Beine bieten deshalb einen unverwechselbaren Anblick: Kurz und dünn, stecken sie in schwarzen Leggings und verschwinden in gewaltigen Stiefelschäften.

Die Leggings spannen sich straff über ihrem Hintern, und darüber hängt die höllische Lederjacke. Dieses unglaubliche Kleidungsstück, ursprünglich für einen wahnsinnig dicken Motorradfahrer angefertigt, war mehrmals um die Welt gefahren, hatte dabei alle nur erdenklichen Belastungsproben bestehen müssen, eine lange Reihe achtloser Nachbesitzer gehabt, die sich, was Klamotten anging, an willkürlicher Zerstörungswut geradezu überboten, und war schließlich bei

Elfish gelandet: ein großer Haufen fertigen, gemarterten Leders mit Flicken, Flecken, Rissen und Brandmalen. Um den totalen Zerfall zu verhindern, hatten mehrere Vorbesitzer das Leder mit Buttons, Sicherheitsnadeln, Spangen und sonstigen Metallgegenständen zusammengeflickt, denn inzwischen war die Jakke in einem derartigen Zustand, daß man selbst mit Nadel und Faden nichts mehr ausrichten konnte. Elfish war der Tradition treu geblieben, indem sie nicht nur weitere Flicken hinzufügte, sondern auch ein paar Buttons, deren Hauptzweck allerdings darin besteht, ihre vier Mitbewohnerinnen zu ärgern. Der rechte Ärmel zum Beispiel wird fast nur noch von einem Button mit der Aufschrift A-BOMBEN AUF IRAK! gehalten, während unterhalb der linken Schulter die Imitation einer Medaille der amerikanischen Army mit dem Slogan KILLT SIE ALLE, GOTT WIRD SIE SCHON SORTIEREN! steckt.

Unter diesem Monstrum aus Metall und Leder trägt Elfish je nach Wetter mehrere Lagen T-Shirts, von denen das oberste immer in psychedelisch bunten, wenn auch von Schmutz gedämpften Farben bedruckt ist. Eine lange, aus sieben dicken Strähnen bestehende Locke fällt Elfish ins Gesicht. Die Strähnen sind ziemlich schlampig dunkelrot und schwarz gefärbt und laufen in Trauben aus grünen und blauen Glasperlen aus. Das restliche Haar ist kurzgeschoren. Im linken Ohr trägt Elfish drei, im rechten vier Ringe, außerdem durch die Nase einen Ring sowie einen Metallstift. Eine Zeitlang hat sie überlegt, ob sie sich nach der neuesten Mode auch Lippen und Brauen durchstechen lassen sollte, sich dazu jedoch bisher nicht entschließen können.

Elfish ist vierundzwanzig, spielt sehr gut Gitarre, trinkt viel zuviel und ist insgesamt von melancholischer Veranlagung. Selten sieht man sie lächeln, häufig ist sie abweisend, ja gelegentlich sogar richtig aggressiv. Als Menschenfreund ist Elfish eine Null, als Stage Diver dagegen ein As.

Beim Stage Diving – das ist die Kunst, bei einem möglichst irren Konzert auf die Bühne zu klettern und sich wie ein Geisteskranker kopfüber in die Menge zu stürzen – ist Elfish für ihre Furchtlosigkeit berühmt. Wenn die Musik in Ordnung, das Publikum unten im Saal richtig in Fahrt und die Bühne hoch genug ist, um eine echte Bedrohung für Leib und Leben darzustellen, kommt es vor, daß die schmächtige Elfish den ganzen Abend nichts anderes tut, als sich immer wieder an den Aufpassern vorbei zum Bühnenrand vorzukämpfen und geistesabwesend mit den Armen zu fuchteln, um gleich darauf schwanengleich ins Leere zu springen, für einige flüchtige Sekunden frei zu schweben und auf den emporgereckten Händen der Zuhörer zu landen. Wenn die Leute, die normalerweise so dicht gedrängt stehen, daß keiner ausweichen kann, mal nicht die Hände hochhalten, knallt Elfish ihnen auf die Köpfe. Und wenn sich im Publikum wundersamerweise eine Lücke auftut, knallt Elfish auf ihren eigenen Kopf. Wie alle echten Stage Diver hält Elfish den Kopfsprung für unverzichtbar, denn mit den Stiefeln zuerst herunterzukommen wäre nicht nur unsportlich, sondern würde ihr auch harsche Kritik einbringen.

Diese Beschäftigung nimmt erstaunlich viel von Elfishs Zeit in Anspruch und ist zusammen mit dem Gitarrespielen ein wirksames Mittel gegen ihren Hang zum Trübsinn. Ihr Bruder glaubt, daß sie einfach nur spinnt, und wenn sie gemeinsam zu einem Konzert gehen, bezieht er sicherheitshalber ganz hinten Stellung, um notfalls einen Krankenwagen rufen zu können.

Elfish mag ihren Bruder, aber die eigene Veranlagung macht es ihr schwer, ihn ein bißchen aufzumuntern. Ständig erzählt er ihr, wie deprimiert er ist, und sie sagt sich oft, daß es ihr eigentlich egal ist, ob er Depressionen hat oder nicht. Trotzdem versucht sie manchmal, ihm zu helfen, wenn er zutiefst traurig ist.

Aran, der schriftstellert, hat sich vor kurzem von seiner Freundin getrennt. Er erzählt jedem, der ihm zuhört, die Trennung sei ein viel zu schmerzliches Erlebnis gewesen, als daß er es in Worte fassen könnte, was ihn aber nicht daran hindert, es dennoch zu versuchen. In manch unglücklicher Stunde hat er Elfish alles haarklein erzählt und sie dabei beide in einen Zustand derart extremer Niedergeschlagenheit versetzt, daß Elfish ihm nur beipflichten konnte, wenn er schließlich behauptete, er sei mit dem Leben fertig.

»Ich habe kein Geld, sondern einen Haufen Schulden«, fuhr Aran dann fort, indem er sich unvermittelt einem allgemeineren Thema zuwandte. »Trotzdem ist das Finanzamt hinter mir her. Ich wohne in einer Wohnung, die mir nicht zusteht und aus der ich raus muß, wenn die Leute vom Wohnungsamt dahinterkommen, was spätestens dann der Fall sein wird, wenn ich die Miete nicht mehr bezahlen kann. Meine gelungensten Gehversuche in der Welt der Literatur haben sehr wenig gefruchtet, und jetzt werde ich immer mehr von jüngeren Autoren mit mehr Schwung und besseren Einfällen in die Ecke gedrängt. Ich habe diverse psychische Probleme und keine Ahnung, was ich mit meinem Leben anfangen soll. Selbst wenn ich das wüßte, würde es bestimmt keinen Unterschied machen. Meine Freundin hat mich vor allem verlassen, weil ich mich so schrecklich benommen habe. Ich fühle mich alt, mein Gesicht kriegt immer mehr Falten, und mein Haar ist zu meinem Kummer schon ganz dünn. Meine vergeblichen Versuche, das zu kaschieren, machen alles nur noch schlimmer. In den zerlumpten Klamotten, die ich schon als junger Punkrocker getragen habe, sehe ich aus wie ein altes Wrack. Sex hat für mich allen Reiz verloren, er bringt mir keinen besonderen Lustgewinn mehr, aber das macht nichts, weil ich sowieso immer weniger zustande bringe. Da ich ein taktvoller Mensch bin, bringe ich diese Dinge natürlich nicht zur Sprache, um Mitleid zu wecken – Gott bewahre! Nein, ich stelle das alles nur fest, um dir eine Vorstellung von meinem Innenleben zu vermitteln.«

Elfish, die sich diese grimmige Selbstbezichtigung anhören mußte, war jetzt selber zutiefst deprimiert. Ihr ging durch den

Kopf, daß sie ihren Bruder wahrscheinlich überhaupt nicht mehr besuchen würde, wenn er nicht ein so verläßlicher Bierlieferant wäre. So widerstand sie nicht nur tapfer dem fast übermächtigen Drang zu fliehen, sondern machte sogar den Versuch, Aran aus seinem Trübsinn zu reißen, indem sie sich nach seinem Computerspiel erkundigte.

Dieses Computerspiel war Arans neues Projekt – oder sollte es zumindest werden. Nachdem er rundheraus erklärt hatte, Bücher seien in der heutigen Welt Zeitverschwendung, hatte er verkündet, er wolle sich von nun an auf Videospiele konzentrieren. Anschließend hatte er sich tatsächlich darangemacht, ein eigenes Spiel zu programmieren, und zwar auf seinem Apple Macintosh-Computer, in der Hoffnung, sich so seinen Lebensunterhalt verdienen und gleichzeitig zur Volkserziehung beitragen zu können.

»Alle derzeit erhältlichen Spiele sind Schrott und taugen nur für Trottel«, pflegte er zu sagen, zeigte seine eigene Kollektion von Sega- und Nintendo-Kassetten vor und schien sich dabei nicht bewußt zu sein, daß er selbst die meiste Zeit vor der Glotze hockte und eben diese Spiele spielte. »Kindischer Zeitvertreib, nichts weiter! Ich werde ein Programm für ein Computerspiel schreiben, das unterhaltsam und gleichzeitig lehrreich ist. Durch mein Spiel wird der ganze eskapistische Videoschund zu einer echten, das Denkvermögen schulenden Kunst aufgewertet.«

Natürlich verfügte Aran weder über die Kenntnisse noch das geeignete Gerät, um für Firmen wie Sega oder Nintendo ein Spiel zu entwickeln, aber davon ließ er sich nicht entmutigen. Er redete sich sogar ein, daß sich, sobald das Spiel auf seinem Apple Macintosh funktionierte, bald alle größeren Firmen darum reißen würden, und daß es nicht nur weltweit vermarktet, sondern auch als Vorlage für einen Film dienen würde.

Das waren seine Vorstellungen, und er hatte sie Elfish bis ins letzte Detail auseinandergesetzt. Nur war er leider in den vergangenen Monaten wegen der Sache mit seiner Freundin viel zu deprimiert gewesen, um auch nur ein bißchen vorwärtszukommen.

»Du solltest weitermachen«, sagte Elfish. »Die Idee klingt gut. Worum ging es nochmal?«

»Die wichtigsten Kulturträger sämtlicher Epochen mit Ausnahme des 20. Jahrhunderts, das sehr wenig Kultur hervorgebracht hat, stürzen mit einem Floß über den Rand der Welt, und ihre Träume schweben zum Mond.«

»Genau«, sagte Elfish. »Das wird bei jungen Leuten bestimmt ein Renner. An die Arbeit!«

6

Elfishs Faust traf Mo mitten auf den Mund. Er schrie auf vor Schmerz.

»Herrgott, Elfish! Was soll das?«

»Das ist dafür, daß du mit Angela geschlafen hast«, sagte Elfish und holte erneut aus. Mo wich aus und wollte aus dem Bett springen, aber Elfish packte ihn an den Eiern und ließ nicht los.

»Ich reiß sie dir ab!« sagte sie, küßte ihn wild und biß ihn in die Lippe.

»Irgendwann bring ich dich um, das schwör ich dir«, sagte Mo, riß sich los und rieb sich die schmerzenden Backen.

»Vorher bring ich dich um«, sagte Elfish. Wieder küßten sie sich. Elfish setze sich rittlings auf Mo und rammte seinen Penis so grob in sich hinein, daß sie beide vor Schmerz das Gesicht verzogen.

»Ich hab mit all deinen Weibern gepennt«, sagte Elfish, »und sie haben mit mir mehr Spaß gehabt als mit dir.«

»Du lügst, Elfish.«

Elfish gab Mo eine Ohrfeige, weil sie es haßte, daß er sie eine Lügnerin nannte.

»Du bist dumm, Mo, ein richtiger Dummkopf, ehrlich. Wenn ich dich nicht so gern vögeln würde, würde ich mich überhaupt nicht mit dir abgeben.«

»Und du bist eklig. Wann hast du dich zum letzten Mal gewaschen?«

»Ich wasche mich nie«, sagte Elfish. »Ich bleibe schmutzig, damit ich den ganzen Dreck in dich reinreiben kann.«

Elfish und Mo bumsten meist so laut und lange, daß die Nachbarn wütend gegen die Wand hämmerten – vergeblich. Elfish und Mo brüllten ein paar Unflätigkeiten zurück und ließen sich dann bis zur Besinnungslosigkeit vollaufen. Verkatert, aber glücklich wachten sie irgendwann auf.

Elfishs Behauptung, sie wasche sich nie, war von der Wahrheit nicht allzu weit entfernt. Sie war wirklich schmutzig. Dies war allerdings nicht ausschließlich ihre Schuld, weil es in dem besetzten Haus, in dem sie wohnte, kein Badezimmer, geschweige denn warmes Wasser gab, aber ihre vier Mitbewohnerinnen machten sich immerhin die Mühe, bei Freunden zu baden. Elfish tat das nur selten. Seit es zu dem Streit um den Namen Queen Mab gekommen war, hatte sie sich kein einziges Mal gewaschen, denn wenn sie zu arbeiten hatte, maß sie getrocknetem Schweiß und verkrustetem Schmutz nur geringe Bedeutung bei.

Jetzt saß sie auf ihrem Bett, dachte an Mo und an den Sex mit ihm zurück, spielte bei laufendem Fernseher Gitarre und versuchte, einen Song zu schreiben.

7

Einer Sage zufolge wird alles, was auf Erden nicht glückt, auf dem Mond wie ein Schatz gehortet: unerfüllte Träume, gebrochene Schwüre, nicht erhörte Gebete, vergeudete Zeit. So schrieb Pope in ›The Rape of the Lock‹:

> Some thought it mounted to the Lunar Sphere,
> Since all things lost on Earth are treasur'd there.
> There Heros' Wits are kept in pond'rous Vases
> And Beaus in *Snuff-boxes* and *Tweezer-cases.*
> There broken Vows and Death-bed Alms are found,
> And Lovers' Hearts with Ends of Riband bound;
> The Courtier's Promises, and Sick Man's Prayers,
> The Smiles of Harlots, and the Tears of Heirs,
> Cages of Gnats, and Chains to Yoak a Flea;
> Dry'd Butterflies, and Tomes of Casuistry.

Elfish kannte die Sage. Sie war eine der vielen ebenso wahl- wie nutzlosen Informationen, die ihr Bruder ihr bei ihren Besuchen verabreichen zu müssen glaubte. Zu einem Besuch bei Aran gehörte, daß er ihr lang und breit eine Erzählung, Lügengeschichte oder Legende aus alter Zeit vortrug, mit Querverweisen und ausführlichen Erläuterungen, ob es nun erwünscht war oder nicht.

So etwas kann überaus lästig sein. Wenn man meist mit einem üblen Kater herumläuft und nur bei jemandem vorbeischaut, um ein Bier und ein Sandwich abzustauben, gibt es kaum etwas Schlimmeres, als eine langatmige Analyse des Krieges zwischen Athen und Sparta im Jahr 411 vor Christus über sich ergehen lassen zu müssen. Wer nicht vorgewarnt war, machte bei Aran womöglich eine verwirrende, ja beängstigende Erfahrung: Schon so mancher junge Mensch war entkräftet und schockiert aus dieser Wohnung gewankt, um mit schreckensbleichem Gesicht die nächstbeste Kneipe anzusteuern und in Bier und Whisky die Erinnerung an unerträglich lange Kommentare darüber zu ertränken, warum die Belagerung von Syrakus durch die Athener schiefgelaufen war und was er, Aran, getan hätte, wäre er von den damaligen Feldherrn zu Rate gezogen worden.

Bei Shakespeare geriet Aran noch mehr in Fahrt. Elfish erschauerte noch jetzt beim Gedanken an den Tag, an dem sie bei ihm vorbeigeschaut hatte, um sich Geld für einen Drink zu pumpen, und er, ohne sich im geringsten daran zu stören, daß sie sich – infolge von Amphetaminen, LSD und Alkohol – unübersehbar in einem labilen Zustand befand, sich über eine Radiosendung ereifert hatte, in der Shakespeares alleinige Urheberschaft an vielen seiner Theaterstücke in Frage gestellt worden war.

»Ich verwahre mich gegen die Unterstellung, daß Shakespeare nicht sämtliche ihm zugeschriebenen Werke verfaßt hat«, verkündete er mit gestrenger Miene und ging daran, jede einzelne der in der Sendung aufgestellten Behauptungen fein säuberlich zu zerpflücken, mit dem Ergebnis, daß die ohnehin arg ramponierte Elfish schließlich völlig am Boden zerstört war. Für ein Milieu, in dem Gespräche sich aus naheliegenden Gründen überwiegend um Musik und Klatschgeschichten, manchmal auch um radikale politische Themen drehen, stellte Aran eine unzumutbare Bedrohung dar.

Trotzdem, Elfish hatte die Sage von den zerronnenen, auf dem Mond gehorteten Träumen nicht vergessen. Die Geschichte hatte in ihr eine Saite zum Klingen gebracht, und so nahm sie sie allmählich immer mehr beim Wort: Jedesmal, wenn etwas schiefging, stellte sie sich vor, wie ihre vergeblichen Bemühungen gleich Träumen zum Mond aufstiegen und dort landeten. Ihr Wunsch, nicht wieder zu scheitern, wurde dadurch immer dringlicher. Verstärkt wurde dieses Bedürfnis durch die Beobachtung, daß die Leute aus ihrer Umgebung allesamt davon träumten, bestimmte Dinge zu tun, diese

Träume aber nie in die Tat umsetzten. Insbesondere verachtete Elfish Menschen, die endlos über ihre Pläne schwafeln, jedoch nichts unternehmen, um sie zu verwirklichen. Für sie stand fest, daß sie alles tun würde, um nicht selber zu diesem Menschenschlag gerechnet zu werden.

Durch einen Riß in dem dunklen, bestickten Tuch, das sie vor ihr Schlafzimmerfenster gehängt hatte, konnte sie den Mond sehen. Gerade verschwand er hinter einer schmuddeligen Wolke. Eine Bewegung unten vor dem Nachbarhaus erregte ihre Aufmerksamkeit. Sie sah Cary und Lilac im Gras sitzen.

Cary und Lilac waren so um die siebzehn, ineinander verliebt und liefen immer nur händchenhaltend durch Brixton. Wenn sie mal nicht Händchen hielten, hockten sie im Mondschein auf ihrem Fleckchen Rasen. Dies ärgerte natürlich eine Menge Leute, deren Tage unschuldiger Liebe längst vorüber waren, und ganz besonders regte Elfish sich darüber auf. Sie konnte die beiden nicht ausstehen und betrachtete sie als eine Gefahr für ihre eigene Gesundheit. Wenn es etwas gab, das Elfishs melancholische Grundstimmung garantiert in einen ausgewachsenen Haß auf die Menschheit umschlagen ließ, dann war es ein junges Pärchen, das glücklich Hand in Hand herumspazierte oder nächtelang nebenan im Hinterhof herumhockte und aus allen Poren Zufriedenheit schwitzte.

Cary und Lilac schmiedeten Pläne. Sie hatten sich vorgenommen, gemeinsam aufs Land zu fahren. In den zusammengerechnet dreiunddreißig Jahren ihres Lebens hatten sie noch nie auf einem Feld gestanden.

»Eine Wiese mit einer Kuh drauf«, sagte Cary. »Und mit ein paar Bäumen.«

»Mit einem Dachs«, sagte Lilac. »Und einem Bach.«

Schweigend saßen sie da und schwelgten in der Vorstellung von einer Wiese mit Kuh, Dachs, Bach und ein paar Bäumen.

Für sie, die einen Großteil ihrer Zeit in einem betonierten, wenige Quadratmeter großen Hinterhof mit einer Handvoll Unkraut verbrachten, in einer Stadt, wo die Parks voll Hunden, Autoabgasen und Obdachlosen waren, hatte so ein Ausflug aufs Land etwas von einem phantastischen Wunschtraum, aber sie waren beide entschlossen, ihn wahr werden zu lassen.

Da sie kein Geld hatten, war dies nicht eben leicht. Sie wußten nicht genau, wieviel es sie kosten würde, aufs Land zu fahren, aber es war auf jeden Fall mehr, als sie besaßen.

Im übrigen wußten sie nicht einmal, wo »das Land« überhaupt war. Da sie auch keine Landkarte von England hatten, konnten sie nur ihr ›London von A bis Z‹ konsultieren und die äußersten Quadrate des Stadtplans nach unbebautem Gelände absuchen. Tatsächlich gab es im ›A bis Z‹ keine Seiten ganz ohne Straßen und Häuser, aber die letzten sahen recht vielversprechend aus. Auf den Seiten zehn und elf waren ein Abschnitt der Autobahn M1 und mehrere wichtige Kreuzungen abgebildet, aber es gab dort auch größere Flächen, die irgendwie nach Land aussahen. Lilac und Cary studierten diese Seiten ausgiebig und lasen mit an Staunen grenzendem Interesse Namen wie Levels Wood, Stony Wood oder Grimsdyke Open Space.

»Sieh mal«, sagte Lilac und zeigte mit dem Finger auf eine Stelle. »Da gibt es sogar einen Bauernhof, die Lower Priory Farm.«

Cary fand das aufregend.

»Glaubst du, wir könnten hinfahren und ihn uns anschauen?«

Das bezweifelte Lilac. Traurig sagte er sich, daß alle Farmen bestimmt von bulligen Landarbeitern mit Schrotflinten im Anschlag bewacht wurden, vielleicht sogar von einer ganzen Busladung Gummiknüppel schwingender Polizisten. Damit lag er gar nicht so falsch. Anscheinend brauchen heutzutage in ländlichen Gegenden nur ein paar junge Leute wie Cary und Lilac aufzutauchen, also Typen mit Rastafari-Zöpfen im schmuddeligen weißblonden Haar, zerlumpten Hippie-Klamotten und diversen Ringen oder Knöpfen im Gesicht, damit die örtliche Polizei total durchdreht. Erst vor wenigen Stunden hatten Cary und Lilac in den Fernsehnachrichten gesehen, wie Leute, die zu einem nicht genehmigten Open-Air-Festival angereist waren, von den Bullen in Polizeiautos verfrachtet und weggekarrt wurden. In dem darauffolgenden Interview hatte der Polizeichef einen geradezu hysterischen Eindruck gemacht.

Hysterisch wirkten auch die Politiker, die später interviewt wurden. Nachdem ein Abgeordneter Bilder gesehen hatte, auf denen junge Leute verprügelt, mit Füßen getreten und mit Gummiknüppeln traktiert wurden, bevor man sie wegschleppte, um sie wegen Widerstands gegen die Staatsgewalt vor Gericht zu stellen, erklärte er gegenüber der Presse, man bereite im Parlament neue, strengere Gesetze vor, um dieser ernsthaften Gefahr für das Gemeinwohl zu begegnen. Allein schon die beunruhigende Tatsache, daß junge Leute sich auf öffentlichem, unbebautem Gelände trafen und ihren Spaß hatten, reichte also aus, damit die Staatsgewalt sich zu härtestem Durchgreifen genötigt sah.

Cary und Lilac hatten sich ziemlich ratlos gefragt, wieso die wegen so was einen derartigen Aufstand machten.

»Wahrscheinlich haben sie sich darüber geärgert, daß ein paar Leute dabei waren, die Sozialhilfe kriegen und trotzdem in der Gegend rumfahren«, sagte Cary. »Wer vom Staat Geld kassiert, soll gefälligst zu Hause bleiben und sich einen Job suchen.«

Lilac erwiderte nichts, er wußte genausogut wie alle anderen, daß es nirgendwo Jobs gab.

Rasch verbannten sie jeden Gedanken an die reale Welt und widmeten sich wieder dem Studium der Landkarte.

»Es wäre schön, mal einen richtigen Bauernhof zu sehen.«

Auch in der Stadt lebten Tiere. Im nahegelegenen Clapham gab es an den Bahngeleisen einen Pferdestall, und irgendwo in Hackney unterhielt die Stadtverwaltung einen Bauernhof, aber das war nicht dasselbe. Irgendwie befriedigte es einen nicht.

»Auch da draußen gibt es eine Menge bebautes Land«, meinte Cary und beäugte erneut die Seiten 10 und 11.

»Schon, aber vergiß nicht, wieviel auf eine Seite draufpaßt. Wenn wir es irgendwie bis Seite 10 schaffen, finden wir garantiert ein Stück richtiges Land, wo weit und breit kein Haus zu sehen ist.«

»Wieviel wird die Fahrt dahin wohl kosten?«

Das war der springende Punkt. Laut Stadtplan mußten sie erst eine lange Fahrt mit der U-Bahn machen und dann auf den Bus umsteigen. Allein schon den Fahrpreis aufzubringen, wäre nicht einfach. Außerdem müßten sie Proviant für mehrere Tage kaufen, es sei denn, sie konnten sich irgendwie kostenlos durchschlagen.

Ihr einziges festes Einkommen bestand aus Lilacs Arbeitslosenunterstützung. Cary, die erst sechzehn war, bekam nichts. Das bißchen Geld reichte für zwei nicht aus, nicht einmal für ein genügsames Pärchen wie sie. Zwar hatten sie in letzter Zeit ein bißchen dazuverdient, indem sie Windschutzscheiben von Autos gewaschen und in der Oxford Street Werbeprospekte der Bronte School of English verteilt hatten, aber leider war das Geld gleich wieder weg gewesen, weil sie Ecstasy gekauft und die ganze Nacht durchgemacht hatten, genau wie das letzte Mal, als sie ein paar Pfund flüssig hatten.

»Hm, wenn wir mal wieder ein bißchen Geld zusammen haben, sollten wir uns zusammenreißen und es auf die hohe Kante legen, statt Ecstasy zu kaufen und auf einen Rave zu gehen.«

Genau das nahmen sie sich vor, und die Aussicht, ein paar Tage auf dem Land zu verbringen, wenn auch in einer Gegend, von der die Autobahn M1 nur eine halbe Stadtplanseite weit weg war, machte sie für den Rest des Abends erstaunlich glücklich. Sie rückten so nah zusammen, daß ihre Rastafari-Köpfe nicht mehr auseinanderzuhalten waren.

Elfish wußte zum Glück nichts von ihrem Plan. Hätte sie davon Wind bekommen, hätte sie sich möglicherweise zu Gewalttätigkeiten hinreißen lassen. Da sie eher klein und auch nicht sonderlich mutig war, hielt sie sich aus allen Handgreiflichkeiten heraus, doch sie war durchaus imstande, schwere Haushaltsgegenstände aus dem Fenster zu werfen und damit zwei verliebte Teenager zu bombardieren, die sie verdächtigte, Pläne für eine glückliche Zukunft zu schmieden.

8

Stage Diving mit Elfish

Elfish war meist mit Amnesia zum Stage Diving gegangen, aber dann hatten sie sich verkracht. Amnesia war noch tollkühner als Elfish gewesen und ohne mit der Wimper zu zucken von jeder beliebigen Bühne mitten ins Publikum gesprungen. Ob die Leute dichtgedrängt beieinander – die sicherere Variante – oder vereinzelt herumstanden, war ihr egal gewesen. Sobald die Gitarren laut genug aufheulten und die Bässe dröhnten, hatte Amnesia, immer in vorderster Reihe, den Kopf aus dem Lautsprechergehäuse gezogen, in das sie ihn wie üblich gebettet hatte, war wie eine Katze auf die Bühne geklettert und hatte übermütig einen ihrer halsbrecherischen Hechtsprünge ins Publikum vollführt.

Die Stage Diver waren zwar nicht ausschließlich, aber doch überwiegend männlichen Geschlechts, und so aufregend der Anblick eines stämmigen Achtzehnjährigen sein mochte, der mit einem Satz ins Leere sprang, auf den Köpfen der Zuhörer landete und, die Beine in der Luft, in einem Menschenknäuel verschwand, so war es doch nichts Besonderes. Elfish und Amnesia fielen als zierliche Mädchen aus dem Rahmen und waren schon bald für ihre selbstmörderischen Sondereinlagen bekannt. Wenn Elfish mit ihrem in die Augen hängenden

Haar und der nietenstarrenden Lederkutte schon eine auffallende Erscheinung war, dann Amnesia erst recht: Sie hatte sich das lange, glatte Haar schneeweiß gefärbt und trug nur schwarz, weshalb sie, wenn sie mit einer Bierdose in der Faust und triumphierend geschürzten Lippen durch die Luft flog, an eine sich aus Walhalla in die Schlacht herabstürzende Walküre erinnerte – oder vielleicht eher an eine Walküre, die wegen wiederholt schlechten Benehmens aus Walhalla rausfliegt.

Jedesmal wenn Elfish zauderte oder klein beigeben wollte, weil ein paar besonders gemeine und brutale Saalordner sie daran hindern wollten, auf die Bühne zu klettern, machte Amnesia ihr Mut. Irgendwie kam Amnesia immer rauf. Notfalls ließ sie sich von einem hochgewachsenen jungen Mann auf die Schultern heben, machte einen kühnen Satz und krallte sich an einer übereinandergestapelten Lautsprecherbatterie fest. Dies grenzte an Selbstmord, denn der Stapel fing wild an zu schwanken und machte Anstalten, die nach oben kletternde Amnesia unter sich zu begraben. Doch sobald Amnesia es geschafft hatte, befand sie sich in genau der richtigen Position, denn nun konnte jeder sie sehen. Sie gönnte sich noch ein paar Sekunden und winkte dem Publikum mit der Bierdose zu, bevor sie, einen ekstatischen Schrei ausstoßend, abhob. Dank der Höhe des Lautsprecherturms blieb sie ein bißchen länger in der Luft, was sie genoß, und außerdem war auf diese Weise eine besonders zufriedenstellende Bruchlandung gewährleistet, denn die Leute, denen das nun wirklich ein bißchen zu weit ging, rissen entsetzt die Arme hoch, um sich gegen Amnesias wiederholte Kamikaze-Angriffe zu schützen.

Elfish folgte ihr auf dem Fuße. Sie machten so zusammen bis zum Ende der Veranstaltung weiter – oder bis wütende Saalordner sie packten und vom Schauplatz fortschleppten, wobei sie ihnen eine Gardinenpredigt über die Lebensgefahr hielten, der sie sich selbst aussetzten, ganz zu schweigen von dem Schaden, den sie anderen zufügen konnten. Zu diesem Zeitpunkt waren Amnesia und Elfish aber schon so betrun-

ken und mit Drogen zugeknallt, daß ihnen alles egal war, und hatten den Abend längst als Erfolg abgebucht. Während sie sich im nächtlichen London auf den Heimweg machten, deckten sie jeden Mann, der sie ansprach, mit unflätigen Schimpfwörtern ein und ignorierten die Obdachlosen, die sie anbettelten.

Die Berichte von ihren Großtaten wurden in den Reihen der Thrash music-Fans zu Legenden verklärt, und nicht selten beschrieb man Konzerte mit den Worten: Die Band war nicht besonders gut, aber die beiden irren Stage Diver absolute Spitze.

9

Mo hatte langes braunes Haar, allerdings war eine dünne Strähne gelb gefärbt und wurde von schwarzen Glasperlen zusammengehalten. Wie eine dicke, schmuddelige Matte umrahmte die Mähne Mos wölfisches Gesicht und fiel ihm bis auf die breiten Schultern. Er war ein willensstarker, kräftiger Bursche und im Bett ein wilder, ausgelassener Liebhaber.

Bei Irene Tarisa, selber Gitarristin in einer Band, setzte er seine Zunge ohne Raffinesse ein. Er schob sie ihr tief in die Scheide, ließ sie über Klitoris und Anus wandern, leckte am Schamhaar, packte es mit den Zähnen, bis es speichelnaß glänzte und machte sich dann wie ein durstiges Tier an der Tränke wieder über die Möse her.

Irene Tarisa erschauerte lustvoll. Sie legte Mo die Beine um den Hals, vergrub die Hände in seiner Mähne und zog seinen Kopf an sich, damit seine Zunge noch tiefer in sie eindrang.

Mo machte sich frei und grinste, als sie in wortlosem Einverständnis beide nach dem Bier griffen, das neben dem Bett stand.

Auch Irene grinste. Mit einer Energie, die Mos Eifer in nichts nachstand, stürzte sie sich auf seinen Schwanz, umschloß ihn fest mit einer Hand, an deren Fingern jede Menge billige, mit eingravierten Totenköpfen und kreischenden Adlern verzierte Ringe steckten, und sog kraftvoll daran.

Mos Schamhaar wuchs in einer struppigen Raute weit den Bauch hinauf, und während Irene an seinem Schwanz lutschte, ließ sie die Finger der freien Hand durch die Haare gleiten, zupfte daran und zwirbelte sie.

Nach einer Weile setzte Mo sich wortlos auf, drehte Irene auf den Rücken und warf sich auf sie. Sie bumsten hemmungslos, und dabei krallten sich Irenes Fingernägel in Mos Rücken und Hintern, während Mo sich leicht krümmte, um an Irenes Brüsten genauso heftig zu lecken und zu saugen, wie er es zwischen ihren Beinen getan hatte.

Irenes rechte Hand glitt zur Klitoris und rieb daran, bis sie kam. Dabei gab sie kaum einen Laut von sich, aber die Finger ihrer linken Hand gruben sich in Mos Schulter und hinterließen tiefe Abdrücke. Mo legte sich Irenes Beine auf die Schultern und bumste sie eine Weile in dieser Stellung, dann drehte er sie um, ohne den Penis herauszuziehen, hob ihre Hüften, bis sie vor ihm kniete, und stieß noch härter zu als vorher.

Mo trieb seinen Schwanz tief in Irene Tarisa hinein. Sie kam zwar nicht noch einmal, aber sie genoß das Gefühl und lächelte, das Gesicht ins Kissen gepreßt, in sich hinein. Das Kissen war schmuddelig, wie alles in Mos Schlafzimmer.

Mo, der Irenes Hüften so fest umklammert hielt, daß sie sich nicht bewegen konnte, erschauerte lange und heftig, als er kam. Schwitzend ließ er sich schließlich neben sie fallen, und so lagen sie eine Weile da. Dann griffen sie beide nach ihrem Bier, und Irene tastete zwischen dem Bettzeug nach ihrem Feuerzeug.

Mo war zufrieden. Anders als Aran war er nach dem Sex nicht deprimiert, und im Gegensatz zu Elfish ließ er sich nicht aus hinterhältigen Motiven darauf ein.

»Elfish intrigiert gegen dich«, sagte Irene.

Mo sah sie mißtrauisch an.

»Wie kommst du darauf?«

Irene zuckte mit den Achseln.

»Das ist nicht zu übersehen. Sie hat Queen Mab an ihre Wohnungstür geschrieben. Glaub mir, sie tritt den Namen bestimmt nicht an dich ab.«

Mo tat Elfishs Machenschaften zwar als belanglos ab, aber allein die Erwähnung ihres Namens hatte ihm die gute Laune verdorben.

10

Von einer besonders bissigen Bemerkung Elfishs über seine Unfähigkeit verletzt, irgend etwas zustande zu bringen, machte Aran sich wieder ans Programmieren seines Computerspiels. Leider war er nach wie vor zutiefst deprimiert, und so bekam das Spiel von Anfang an einen düsteren Grundton, der wenig von dem unbekümmerten Schwung hatte, den die meisten Spieler fordern.

In der Eröffnungssequenz sah man die Hauptfiguren auf einem Floß hilflos in den grauen Weiten des Ozeans auf den fernen Horizont zutreiben. Sie erörterten die Frage, ob die Erde eine Kugel oder eine Scheibe sei: War sie nämlich eine Scheibe, würden sie über den Rand stürzen.

Eigentlich hatte Aran vorgehabt, das Spiel mit noch anderen bedeutenden Gestalten der Kulturgeschichte auszustaffieren, doch dann beschränkte er sich vorerst auf diese vier: Botticelli, Kleopatra, Ben Jonson und Mick Ronson. Da sie allesamt an Depressionen litten, weil ihre Träume sich in

Richtung Mond verflüchtigt hatten, fiel die Debatte über die Form der Erde entsprechend wirr aus.

»Ich habe mein Reich an die Römer verloren«, sagte Kleopatra, »und schuld daran war Mark Anton. Mir ist es gleich, ob wir über den Rand der Erde fallen oder nicht.«

»Mir auch«, sagte Botticelli. »Ich habe den Lehren des Predigers Girolamo Savonarola Glauben geschenkt, und was hat es mir eingebracht? Schulden! Einige meiner schönsten Gemälde habe ich verbrannt, weil er sie als unsittlich erachtete! Und was geschah dann? Er wurde als Ketzer verbrannt, und ich stand wie ein Narr da.«

Ben Jonson, der als Stückeschreiber gänzlich von Shakespeare in den Schatten gestellt worden war, befand sich in so düsterer Stimmung, daß er kaum ein Wort herausbrachte. Er saß am Rand des Floßes, starrte trübsinnig in die Wellen und bereute bitterlich, daß er jemals ein Lobgedicht als Einleitung zu Shakespeares erster Folioausgabe verfaßt hatte.

Mick Ronson war nur eine Spur besser gelaunt. Gut, er war zu Lebzeiten einigermaßen erfolgreich gewesen, vor allem als Gitarrist mit David Bowie und den Spiders from Mars, aber seine restliche Karriere war diesen vielversprechenden Anfängen nicht gerecht geworden.

Daß Aran den erst vor kurzem verstorbenen Mick Ronson in das Spiel eingebaut hatte, lief zwar seiner ursprünglichen Absicht zuwider, keine Figuren des 20. Jahrhunderts zu verwenden, aber er hatte nun mal eine Schwäche für seinen Lieblingsgitarristen, und außerdem war er meistens zu deprimiert, um sich über so etwas wie Inkonsequenz den Kopf zu zerbrechen.

Aran konzipierte die Risiken von Schwierigkeitsstufe 1. Üblicherweise sind die Hindernisse im Anfangsstadium eines Videospiels ziemlich simpel, damit die Spieler ein Gefühl für die Sache bekommen, aber Aran mit seiner freudlosen Weltsicht hatte keine Zeit für leicht zu überwindende Hürden. Eigentlich war vorgesehen, daß das Floß ans Ufer zurückgelangte, doch Aran programmierte ein paar mörderische, unter dem Wasserspiegel verborgene Felsen ein. Wie sehr ein Spieler sich auch anstrengte – das Floß konnte den Felsen nicht ausweichen und die Küste erreichen. Nach etlichen gescheiterten Versuchen kam obendrein starker Wind auf und blies das Floß immer weiter auf den Ozean hinaus, dem Ende der Welt entgegen.

Unterdessen schwangen sich die Träume der Schiffbrüchigen über ihren Köpfen immer höher in die Lüfte, bis sie in schmerzliche Ferne gerückt waren.

11

Arans Küche vergammelte. Aber das störte ihn höchstens, wenn er Tee machen wollte und keine Tassen oder sauberen Löffel fand. Aran besaß viele Löffel, nur lagen sie zusammen mit dem Geschirr und dem anderen Besteck in der Spüle. Der ganze Berg war mit Teeblättern bedeckt, weil diese an den Tellern kleben blieben, wenn Aran die Kanne über dem Spülbecken ausleerte. Selbst starke Naturen, die an die mangelnde Hygiene von Aran und seinesgleichen gewöhnt waren, erblaßten beim Anblick der Spüle.

Da er an keinen Teelöffel herankam, schüttete Aran ein wenig Tee aus der Dose auf seinen Handteller und ließ ihn in die Kanne fallen. Dabei hatte er den Einfall, daß er der Suche nach sauberen Löffeln durch den Kauf von Teebeuteln abhelfen könnte.

Elfish, die sich daran erinnert hatte, daß ihr Bruder nicht nur ein guter Bierlieferant war, sondern auch ein halbwegs intelligenter Mensch, war gekommen, ihn um Rat zu bitten.

»Wie kann ich Mo daran hindern, Queen Mab als Namen für seine Band zu verwenden, und ihn selber benutzen?«

»Indem du ihm zuvorkommst.«

»Geht nicht. Ich hab noch niemanden, der mit mir spielt, aber seine neue Band steht schon. Nächsten Samstag haben sie ihren ersten Auftritt in der Kneipe hinter der Polizeiwache. Sobald sie als Queen Mab auf der Bühne stehen, hab ich verloren. Dann gehört der Name ihnen.«

Frustriert verzog Elfish das Gesicht zu einer hoffnungslosen Grimasse. Aran, der seine Schwester gut kannte, schlug ihr gar nicht erst vor, das Ganze zu vergessen und sich einen anderen Namen zu suchen.

»Mach ihm klar, daß du ein Anrecht darauf hast.«

Der Vorschlag machte auf Elfish keinen Eindruck.

»Nein, das bringt nichts. Mo ist für moralische Argumente nicht empfänglich.«

Wieder verzog Elfish das Gesicht. Aran dachte noch mal über das Problem nach. Da er den ganzen Tag bitteren Erinnerungen an seine Exfreundin nachgehangen hatte, freute er sich, für eine Weile die Spur wechseln zu können.

Sein Wohnzimmer war einfach eingerichtet, spärlich dekoriert und sehr schmutzig, wenngleich es sich in dieser Hinsicht nicht mit Elfishs total vergammelter Bude messen konnte. Es war noch früh am Nachmittag, aber im Raum war es trotzdem dunkel. Außerstande, Vorhänge aufzuhängen, hatte Aran Wolldecken mit Reißzwecken vor den Fenstern angebracht.

Aran grübelte eine Weile vor sich hin. Aus der Stereoanlage quollen die Klagelaute von Captain Beefhearts ›Moonlight on Vermont‹.

»Also, Elfish, am besten richtest du es so ein, daß er glaubt, du blamierst dich und erleidest eine Schlappe, wenn er zuläßt, daß du den Namen benutzt. Das wird ihm in den Kram passen, weil er dich nicht leiden kann. Mach ihm auch klar, daß er nichts riskiert, weil er nicht befürchten muß, daß du es schaffst, das zu tun, was du tun müßtest, um dir den Namen zu sichern.«

Elfish starrte ihn verständnislos an. Aran sagte sich, daß er sich wohl nicht sehr klar ausgedrückt hatte.

»Ich meine, nehmen wir einmal an, du forderst ihn heraus, mit dir um den Namen zu kämpfen.«

»Er würde mich verprügeln.«

»Gut, meinetwegen, aber er würde anbeißen, stimmt's? Und falls du gewinnst, gehört der Name dir.«

Auch das machte auf Elfish nicht den geringsten Eindruck. Sie wies vielmehr darauf hin, daß es ihrer Sache wenig nützen würde, sich von Mo verprügeln zu lassen: Der Kerl sei dreimal so schwer wie sie und Tätlichkeiten nicht abgeneigt.

»Dann lern Karate«, riet Aran.

»Mos Auftritt ist in neun Tagen, du Idiot, und in neun Tagen kann ich nicht Karate lernen. Wir sind hier nicht in einem Kung-Fu-Film.«

»Hm, wir kommen wohl ein bißchen vom Thema ab, Elfish. Ich habe nicht gemeint, daß du ihn zu einem richtigen Kampf herausfordern sollst. Du sollst einfach nur versuchen, ihn in eine Lage zu manövrieren, in der du scheinbar keine Chance gegen ihn hast und dann trotzdem gewinnst.«

»Und wie?«

»Da bin ich leider überfragt.«

»Du bist mir wirklich eine große Hilfe, Aran.«

Elfish war jetzt so schlecht gelaunt, daß sie Arans letztes Bier trinken mußte, um sich zu beruhigen. Als Aran einen neuerlichen Anlauf unternahm, ihr einen Kurzkommentar zu Menanders ›Menschenfeind‹ aufzudrängen, fuhr sie ihm bissig über den Mund.

12

Soweit Elfish sehen konnte, hatten die Leute um sie herum alle Hoffnungen fahren lassen oder nie welche gehabt. Sie waren zwar alle noch jung, aber nicht nur Elfishs Mitbewohnerinnen, sondern auch die anderen Musiker und Saufgenossen hatten anscheinend längst alle Ambitionen aufgegeben, die sie vielleicht einmal gehabt hatten. Deswegen verachtete Elfish sie.

Mit enormem Selbstvertrauen machte sie sich daran, eine eigene Band auf die Beine zu stellen. Zwar gab es angesichts ihrer derzeitigen Lebensumstände keinen Anhaltspunkt dafür, daß eine Band ihr irgendwann von Nutzen sein könnte, aber davon ließ sie sich nicht beirren. Bis zu Mos Auftritt waren es noch neun Tage, und wenn sie eine Band zusammentrommeln mußte, um sich den Namen Queen Mab zu sichern, dann würde sie sich nicht davon abhalten lassen. *Dieser* Traum sollte nicht zum Mond davonfliegen.

Da keine Zeit für Annoncen oder eine ausgiebige Suche nach geeigneten Musikern blieb, würde die Band sich aus Leuten zusammensetzen müssen, die sie bereits kannte, das war Elfish klar. Dies war zwar nicht gerade die ideale Art, die Sache anzugehen, noch dazu, wo die Musiker in Brixton ihrer Erfahrung nach totale Nullen waren, und zwar von dem Tag an, an dem sie das Instrument zum ersten Mal in die Hand nahmen, bis zu dem Tag, an dem sie es verhökerten, um sich Geld für Drogen zu beschaffen, aber Elfish hatte keine Wahl.

Sie rief Casaubon an, einen Schlagzeuger, mit dem sie irgendwann mal zusammengespielt hatte. Sie wußte, daß er ganz wild aufs Musikmachen war, und deshalb fragte sie ihn, ob er den Job haben wolle.

Zu ihrer großen Überraschung gab ihr Casaubon einen Korb. Er sei zu deprimiert, um sein Schlagzeug auch nur anzusehen.

»Was ist los?«

»Marcia hat mich letzte Woche verlassen.«

»Na, dann ist jetzt der ideale Zeitpunkt, um Musik zu machen. Dadurch geht es dir bestimmt besser.«

Dummerweise blieb Casaubon trotz seiner Depression hart. Selbst Elfish, die für die Probleme anderer nicht allzu viel Verständnis aufbrachte, merkte ihm an, daß er in einer tiefen Krise steckte.

»Sei nicht albern«, sagte sie. »Ich kenne Marcia. Ihr trennt euch ständig und kommt dann doch wieder zusammen. Wenn ich die Sache zwischen euch in Ordnung bringe, spielst du dann für mich?«

Gierig klammerte sich Casaubon an diesen Strohhalm. Er überschlug sich fast vor Dankbarkeit, als er Elfish beteuerte, daß er natürlich spielen würde, wenn sie die Sache zwischen ihm und Marcia in Ordnung brachte.

Elfish legte auf und rief Marcia an.

»Hallo, Marcia. Ich hab gehört, du hattest mit Casaubon mal wieder eine kleine Meinungsverschiedenheit. Er ist so ein netter Kerl, und er liebt dich. Warum gehst du nicht zu ihm zurück?«

Marcia teilte Elfish mit, das sie bestimmt nicht zu ihm zurückgehen werde, weil Casaubon ihr vergangene Woche das Scheckbuch gestohlen und eine Freundin losgeschickt hatte, um die Schecks einzulösen, und dann hatte er sich mit dem Geld betrunken und Marcia auch noch die Treppe hinuntergestoßen.

»Alles halb so schlimm«, meinte Elfish. »Ihr könnt doch bestimmt drüber reden, oder?«

»Ruf mich wegen dem Typen nicht wieder an, höchstens, um mir zu sagen, daß er tot ist.«

»In Ordnung«, sagte Elfish.

Sie ließ anstandshalber ein paar Minuten verstreichen und klimperte neben dem Telefon auf ihrer Gitarre herum. Dann rief sie erneut bei Casaubon an.

»Marcia ist hin- und hergerissen. Sie sagt, sie würde gerne zu dir zurückkommen, aber sie braucht ein bißchen Zeit, um über alles nachzudenken. Am nächsten Samstag, wenn wir spielen, will sie kommen und die Sache mit dir besprechen. Also, was ist?«

Schlagartig hellte sich Casaubons Gemüt auf, und er sagte erfreut zu. Kaum hatte Elfish aufgelegt, machte er sich daran, sein Schlagzeug aus dem Haufen Schrott wieder auferstehen zu lassen, zu dem er es an dem Tag, an dem Marcia ihn verlassen hatte, in der Diele wütend zusammengetrampelt hatte.

Elfish lief zu Aran hinüber, der gleich um die Ecke wohnte. Er reagierte auf ihr Klingeln nicht, aber da sie das schon kannte, drückte sie so lange auf den Knopf, bis ihr Bruder schließlich mit düsterer Miene öffnete.

»Und?« fragte sie. »Hast du dir was einfallen lassen?«

»Ja, ich habe eine Idee. Du mußt Mo in eine Falle locken. Wenn du ihn mit Sex köderst, kann er bestimmt nicht widerstehen.«

»Was? Sex? Du meinst, ich soll mit ihm bumsen?«

Elfish spuckte auf Arans Teppich. Aran sagte, nein, oder zumindest nicht sofort. Er erzählte Elfish von seiner Idee, die darin bestand, daß sie sich als ihre ehemalige Freundin Amnesia ausgeben sollte.

»Wenn ich mich recht erinnere, ist diese Amnesia eine sehr attraktive junge Frau. Sie wird Mo gefallen. Außerdem hat sie sich hier lange nicht blicken lassen.«

Elfish trank ein paar Biere und hörte sich Arans Plan an. Als er fertig war, sah sie zufrieden aus. Der Vorschlag ihres Bruders kam ihr gar nicht so dumm vor.

»Soll ich dir etwas über mein Videospiel erzählen?« fragte Aran. Elfish nickte.

»Also, der Maler Botticelli, die ägyptische Königin Kleopatra, der Schauspieldichter Ben Jonson und der Gitarrist Mick Ronson treiben auf einem Floß auf das Ende der Welt zu. Sie wollen zurück ans Ufer, aber ständig kommt ihnen etwas in die Quere, und sie schaffen es nicht. Unterdessen fliegen ihre Träume, Hoffnungen und Pläne zum Mond auf und davon.«

»Na, zum Glück verzichtest du auf abgedroschene Symbole«, bemerkte Elfish.

»Mach dich nicht über mich lustig«, sagte Aran. »Du hast doch selbst gesagt, ich soll weitermachen. Sieh mal, ich programmiere gerade Schwierigkeitsstufe 2 ein, wo es Perikles, den großen Athener Staatsmann, zu den anderen aufs Floß verschlägt. Er wird von Bord gespült, als eine Trireme vorbeifährt. Er hat Athen im ersten Krieg gegen die Perser gerettet, aber dann lief alles schief, was er anfing, und er mußte außer Landes fliehen.«

»Was passiert als nächstes?«

»Sie versuchen immer noch, an Land zu kommen, aber sie haben keine Chance, weil ein riesiges Seeungeheuer sie ständig vom Kurs abbringt. Sie treiben also weiter auf den Rand der Welt zu, und wenn sie den erreichen, stürzen sie in den sicheren Tod. Vielleicht lasse ich sie aber auch endlos und hoffnungslos über die ewige Weite des Meeres treiben, das habe ich noch nicht entschieden.«

Elfish probierte Schwierigkeitsstufe 2 aus und versuchte, das riesige Seeungeheuer zu umschiffen, aber es war zu schwierig. Die läppischen Waffen der Schiffbrüchigen konnten nichts gegen das Monstrum ausrichten.

»Wie kann ich das Ungeheuer fertigmachen?« fragte sie.

»Gar nicht«, sagte Aran. »Es schiebt dich gnadenlos vor sich her ins Verderben.«

»Was soll das? Man muß das Spiel doch gewinnen können.«

Das sah Aran nicht ein. Er fand es so vollkommen in Ordnung.

13

Elfish fing also an, Mo anzurufen und sich als Amnesia auszugeben. Mo war zwar wie immer mürrisch und wortkarg, aber Elfish kurbelte das Gespräch an, indem sie sich selbst schlechtmachte. Das klappte eine Weile, aber dann fragte Mo doch, warum Amnesia ihn ständig anrief. Schließlich hatten sie sich erst einmal kurz gesehen, und das war lange her. Für Mo mit seinem übersteigerten Selbstbewußtsein war es durchaus denkbar, daß Amnesia seit damals pausenlos von ihm träumte und nun ihre Träume in Erfüllung bringen wollte, aber falls dem wirklich so war, warum rückte sie dann nicht einfach damit raus? fragte er sich.

Elfish legte es tatsächlich darauf an, diesen Eindruck bei Mo zu erwecken, aber sie legte die Karten nicht gleich auf den Tisch, weil sie Mos Verlangen nach Amnesia anheizen und ihn sich dadurch gefügig machen wollte. Deshalb gab sie nicht sofort zu, daß sie verrückt nach ihm war, sondern ließ das Thema, ohne die Möglichkeit in irgendeiner Weise auszuschließen, in der Schwebe.

Um die Sache voranzutreiben, hatte sie Aran beauftragt, Mos Mitbewohner Cody anzurufen und im Gespräch beiläufig Amnesias Namen fallen zu lassen. Das hatte sie einige Überzeugungsarbeit gekostet, weil Aran behauptet hatte, er sei zu deprimiert, um überhaupt etwas zu tun, aber am Ende hatte er sich dazu breitschlagen lassen, seiner Schwester den Gefallen zu tun.

Im Gespräch mit Cody ließ er ohne die Spur von Feingefühl oder Raffinesse die Bemerkung einfließen, letzte Woche sei ihm Elfishs ehemalige Freundin Amnesia über den Weg gelaufen, die Jayne Mansfield ja so verblüffend ähnlich sehe und rein zufällig zu ihm gesagt habe, daß sie eine Schwäche für Musiker und – ein noch größerer Zufall – die Absicht habe, demnächst nach Brixton zu kommen.

Vorausgesetzt, daß Cody zum Zeitpunkt dieses Gesprächs bekifft genug gewesen war, um nicht zu merken, daß Aran alles nur erfunden hatte, was sehr wahrscheinlich war, mußte die Geschichte mittlerweile bei Mo angekommen sein.

Aran selbst war das Telefongespräch auf die Stimmung geschlagen. Das lag zum einen daran, daß man ihn gedrängt hatte, aktiv zu werden, wovor er sich sonst hütete, und zum anderen daran, daß Elfish von ihm verlangt hatte, Amnesias verblüffend blondes Haar und ihre beeindruckende Oberweite herauszustreichen.

»So etwas kann ich nicht einfach erzählen«, beschwerte er sich bei Elfish. »Das ist schlecht für mein Image. Wenn sich das herumspricht, ist es mit den positiven Rezensionen meiner Bücher in den linken Zeitungen vorbei.«

»Die linken Zeitungen würden einen Schlägertrupp losschicken, wenn sie wüßten, wie du über deine Nachbarin sprichst«, erwiderte Elfish.

Sie war mit ihrem Erfolg zufrieden. Nach Arans Anruf rechnete sie nun damit, daß Mo sich ein wenig um Amnesia bemühen würde, denn obwohl er für seinen Trieb jederzeit ein Überdruckventil parat hatte, um Dampf abzulassen, konnte er nie genug bekommen. Oder, wie sie sich Aran gegenüber ausdrückte: Mo wurde von seinem Schwanz beherrscht.

Elfish machte mit den Anrufen weiter. »Ich will nicht um den heißen Brei rumreden, Mo. Ich brauche deine Hilfe, um mich an Elfish zu rächen. Du weißt, was sie mir angetan hat, und ich hab vor, es ihr heimzuzahlen.«

Wenn sie mit Mo sprach, stieg eine Wut in ihr auf, die sie nur dadurch bezähmen konnte, daß sie sich klarmachte, wie wichtig dieser Teil des Plans für ihr Vorhaben war. Im Kampf um den Namen Queen Mab war ihr keine Erniedrigung zu groß.

»Warum ist der Name für sie so wichtig?« hatte Cody Aran am Telefon gefragt, aber abgesehen von dem Hinweis, Queen Mab sei die Überbringerin der Träume, womit Elfish und vielleicht sogar Mo etwas anfangen konnten, war Aran außerstande gewesen, die Frage zufriedenstellend zu beantworten.

14

Cary und Lilac beschlossen, auf ihre Landpartie zu sparen, obwohl sie Sparen als etwas Lästiges, Mühsames empfanden und es in ihrem Milieu völlig unbekannt war. Da ihnen die Aussicht auf einen Urlaub, für den sie gerade eben das Fahrgeld aufbringen konnten, allzu armselig erschien, nahmen sie sich vor, etwas mehr auf die hohe Kante zu legen, damit sie nicht nur die Reise bezahlen, sondern sich auch Brot und Apfelwein leisten und bequem ein paar Tage durchhalten konnten.

»Wir könnten uns einen Baum suchen, ein Stück Brot essen, die Enten im Fluß füttern, unseren Apfelwein trinken und dann auf der Wiese bumsen.«

Das klang zu schön, um wahr zu sein. Blieb nur die Frage, *wie* sie das Geld sparen sollten. Sparen allein war schon schwierig genug, aber da gab es noch ein anderes Problem: Dennis. Er war ihr einziger Mitbewohner. Keiner außer Cary und Lilac hätte sich darauf eingelassen, mit ihm, der seit langem dem Alkohol verfallen war, unter einem Dach zu wohnen. Wann immer Dennis es sich leisten konnte, trank er schon zum Frühstück Starkbier und zum Mittagessen Apfelwein, um den Tag dann bei seinen in Grüppchen auf den Bänken der Brixton Road herumhockenden Saufkumpanen zu beschließen und alles zu trinken, was zu kriegen war. Dennis war ein ganzes Stück jünger als die meisten dort, aber mit dem ständig roten Gesicht und dem unkontrollierten Gesabber paßte er mittlerweile recht gut zu ihnen.

In einem Haus, in dem Dennis lebte, Geld zu sparen war ein Ding der Unmöglichkeit. Er gab so lange keine Ruhe, bis er es gefunden und sich davon Alkohol gekauft hatte. Obwohl er meistens mit dem Kopf auf dem Küchenboden lag und vor sich hinsabberte, hatten Cary und Lilac zu ihrer Bestürzung festgestellt, daß Dennis in seinen seltenen Augenblicken der Nüchternheit einen bemerkenswerten Spürsinn für anderer Leute Geld an den Tag legte.

Deshalb beschlossen sie, ihre Ersparnisse in eine Blechdose zu stecken und diese hinten im Garten in dem kleinen Flecken Erde zu verscharren, der nicht zubetoniert war. Als Dennis außer Haus war und die Passanten vor den Geschäften in der Brixton Road mit seiner witzigen Bettelei unterhielt, gruben sie ein kleines Loch und legten die Dose hinein, in der sie von nun an ihre Pennies horteten.

15

Shoot an elephant
Fell a tree
Make it into a brooch for me
Of shiny wood and i-vor-y
Shoot an elephant
Fell a tree

Dies war einer von Elfishs Songs, allerdings keiner, der bei ihren Mitbewohnerinnen sonderlich gut angekommen wäre. Sie summte die Melodie vor sich hin, als sie den Pub betrat und ein Pint Lagerbier bestellte.

»Wie geht's deinem Bruder?« erkundigte sich Tula, eine von Elfishs wenigen Freundinnen, während sie darauf warteten, daß der Billardtisch frei wurde.

»Katastrophal, er hat Depressionen.«

»Immer noch? Es ist doch schon Monate her, seit ihn seine Freundin verlassen hat.«

»Das heißt bei meinem Bruder gar nichts. Ich gebe ihm mindestens zwei Jahre, bis er aus der Krise wieder raus ist. Wenn Aran wegen irgendwas deprimiert ist, dauert das lange. Er ist immer noch nicht drüber weg, daß man den Namen seiner Lieblingsschokolade von ›Marathon‹ in ›Snickers‹ umgeändert hat, und das ist Jahre her. Jedesmal wenn er eine Geschichte aus dem alten Griechenland über die Schlacht von Marathon liest, fängt er wieder an zu jammern. An einem Laden ein ›Marathon‹ zu verlangen, war für ihn kein Problem, aber den Namen ›Snickers‹ bringt er angeblich nicht über die Lippen. Das war für ihn ein harter Schlag, das mit der Schokolade.«

Tula nickte mitfühlend.

»Tja, dann wird er wohl auch eine Weile brauchen, um die Sache mit seiner Freundin wegzustecken.«

»Er wird sie nie richtig wegstecken«, sagte Elfish, »aber die düsteren Erinnerungen werden irgendwann von einer neuen Katastrophe verdrängt. Mein Bruder ist wirklich schlimm dran. Aber eigentlich sind das alle, die ich kenne. Außer Cary und Lilac. Die wirken immer glücklich. Mit denen nimmt es bestimmt mal ein böses Ende, das hoffe ich jedenfalls. Und wenn nicht, bring ich sie um.«

Eine lange Reihe Münzen lag auf dem Rand des Billardtisches: Mit ihnen sicherte sich jeder, der spielen wollte, ein Anrecht auf eine der folgenden Partien. In diesem Pub war es Usus, daß der Gewinner am Tisch blieb, und als Elfishs Münze an der Reihe war, mußte sie erst den Sieger der vorherigen Partie aus dem Feld schlagen, bevor sie mit ihrer Freundin spielen konnte. Dies tat sie prompt und versenkte die schwarze Kugel, als ihr Gegner noch fünf übrig hatte. Er machte Anstalten, ihr die Hand zu schütteln, aber Elfish ignorierte ihn.

Als sie die neue Partie eröffnete, fiel Tula auf, wie schmutzig Elfishs Hände waren.

»Wäschst du dich nicht mehr?«

»Nein. Ich hab keine Zeit, bei anderen Leuten baden zu gehen. Ich hab zuviel um die Ohren. Nach der Partie muß ich einen Gitarristen auftreiben, der spielt, was ich sage, und das ist keine leichte Sache. Die haben immer eigene blödsinnige Ideen.«

Das mußte allerdings noch ein wenig warten, weil sie am Billardtisch bleiben mußte, nachdem sie gegen Tula gewonnen hatte. Sie besiegte auch die vier nächsten Gegner, was sie mit tiefer Genugtuung erfüllte.

16

Stage Diving mit Elfish

Elfish und Amnesia waren ein paar Jahre eng befreundet gewesen. Ihre Freundschaft war vor etwa einem Jahr bei einem Konzert im »Marquee« in der Charing Cross Road in die Brüche gegangen. Sie waren dort mit hohen Erwartungen und in der Hoffnung aufgekreuzt, daß sie so richtig zum Stage Diving kommen würden, denn die Bühne im »Marquee« war zwar nicht hoch genug, um eine ernsthafte Herausforderung darzustellen, aber im allgemeinen leicht zu erklettern. Das Stage Diving fiel dadurch zwar nicht ganz so spektakulär aus und riß das Publikum nicht eben vom Hocker, aber dafür konnte man es wenigstens nach Lust und Laune betreiben.

Da das »Marquee« für sie zu teuer war, um sich einen anzutrinken, kauften sie in einem Supermarkt eine Flasche billi-

gen Whisky. Sie leerten sie in der U-Bahn und suchten noch einen nahegelegenen Pub auf, bevor sie zum Konzert gingen. Viele Besucher nickten ihnen im Vorbeigehen zu oder sprachen sie an, denn sie waren ein bekanntes Team. Als sie an der Bar standen und sich gelangweilt die Vorgruppe anhörten, wurden sie von ein paar jungen Männern zu einem Drink eingeladen. Damals war Elfish noch sauber und sah gut aus. Sie fiel auf, wenn auch nicht annähernd so sehr wie Amnesia, die mit dem langen blonden Haar, den engen schwarzen Klamotten und den tätowierten Schultern schon immer wie ein Magnet auf die Männerwelt gewirkt hatte.

Auch Mo befand sich mit ein paar Freunden im Publikum. Elfish und Mo hatten damals was miteinander, aber an diesem Abend beachteten sie sich nicht weiter, sondern jeder stand mit seinen Freunden zusammen. So ein Verhalten wirkte durchaus nicht ungewöhnlich oder feindselig.

Die Band trat viel schneller auf als erwartet. Schon bei den ersten Akkorden kämpften sich Elfish und Amnesia mit den Ellbogen durch das Gedränge. Amnesia war als erste vorne und stand auf der Bühne, noch bevor der Sänger den ersten Refrain angestimmt hatte. Elfish folgte ihr, sie sprangen gleichzeitig und landeten auf den hochgereckten Händen der Menge. Die Band war damals gerade »in« und sehr laut, und schon vor dem Auftritt war die Erregung im Saal spürbar gewesen. Kaum hatten Elfish und Amnesia zu den ersten Tönen mit dem Stage Diving begonnen, sprang der Funke über, und alles stürmte nach vorn zur Bühne.

Die Saalwärter wurden einfach überrannt, und schon bald gab es überall Stage Diver, die, alle viere von sich gestreckt, in hohem Bogen durch die Luft flogen, in die Menge krachten, sich aufrappelten und erneut nach vorn durchkämpften, um den nächsten Sprung zu machen.

Elfish und Amnesia waren in ihrem Element. Es sah ganz danach aus, als sollte der Abend ein voller Erfolg werden, und dieses Gefühl teilten viele im Saal. Der Sänger, dessen

Stimme im Geheul der schlecht aufeinander abgestimmten Gitarren unterging, sang einen Text voller Verachtung für die Welt und ihre Probleme. Er wünschte sich nur eins: saufen, kiffen, Krach machen und sich's gutgehen lassen. Elfish interessierte sich nicht sonderlich für den Text, aber hätte sie die eine oder andere Zeile aufgeschnappt, während sie vom Alkohol benebelt und gegen jeden Schmerz immun von der Bühne ins Publikum sprang, hätte sie dem Sänger, zumindest in diesem Moment, in jeder Hinsicht zugestimmt.

17

Marion, eine von Elfishs Mitbewohnerinnen, fragte Elfish, ob sie ihr das Geld zurückgeben könnte, das sie sich in der vergangenen Woche geborgt hatte. Elfish schmetterte dieses Ansinnen ab, denn sie hatte nicht die Absicht, Marion das Geld jemals zurückzugeben. Elfish schuldete fast jedem in Brixton einen kleineren Betrag, und nichts davon gedachte sie zurückzuzahlen.

»Ich brauche das Geld wirklich«, sagte Marion, aber Elfish zuckte nur mit den Schultern und erwiderte, sie sei pleite und werde versuchen, das Geld in der nächsten Woche aufzutreiben. Angesichts dieser unverfrorenen Lüge blieb Marion nichts anderes übrig, als klein beizugeben.

Das von ihnen besetzte große dreistöckige Haus war einer der vielen alten Kästen, wie man sie in den Seitenstraßen von Brixton findet. Es stammte aus einer längst vergangenen Zeit, als dies noch eine gute Wohngegend war. Das Haus verfiel allmählich. Der Regen sickerte durchs Dach, und der Wind pfiff durch die Ritzen in den Fensterrahmen. Von den Wänden bröckelte der Putz, und das wenige kalte Wasser, das den

Bewohnern zur Verfügung stand, mußte sich vom Tank durch mehrere, von Eisenschellen zusammengehaltene Gummischläuche zum Hahn zwängen.

Keine der fünf Frauen, die es bewohnten, hatte jedoch das Gefühl, ein besonders hartes Los ertragen zu müssen. In all den Jahren, die sie schon in dieser Gegend lebten, waren sie gegen miserable Wohnverhältnisse gewissermaßen immun geworden. Sie hingen sogar an dem Haus und würden ihm bestimmt nachtrauern, wenn man sie eines Tages vor die Tür setzte, und letzteres war nur eine Frage der Zeit.

Elfish wollte Mo anrufen. Normalerweise tat sie das lieber in Ruhe von Arans Wohnung aus, aber heute machten ihr ein Kater und ein Anfall von Melancholie zu schaffen, und deshalb war ihr nicht danach, aus dem Haus zu gehen. Gail telefonierte gerade, und Elfish wartete übellaunig darauf, daß sie fertig wurde.

»Hörst du heute überhaupt noch mal auf?« giftete sie schließlich. Gail tat zwar so, als hätte sie Elfish nicht gehört, aber in Wirklichkeit hatte die schroffe Bemerkung sie so verstört, daß sie das Gespräch zügig beendete, und genau darauf hatte Elfish spekuliert. Wütend blitzte Gail sie an.

»Unterbrich mich nicht, wenn ich telefoniere«, sagte sie.

»Kein Wunder, daß wir so hohe Telefonrechnungen kriegen, wenn du die ganze Zeit an der Strippe hängst«, konterte Elfish. Als ihr klar wurde, daß sie Gail das Stichwort dafür geliefert hatte, um ihr unter die Nase zu reiben, daß sie selbst nie ihren Anteil an der Telefonrechnung bezahlte, drehte sich Elfish schnell um und ging nach oben zum zweiten Apparat, zu dem vom Wohnzimmer aus ein langes Kabel verlief. Das Treppensteigen stellte einen gefährlichen Hindernislauf dar, weil auf den Stufen ein ausgedienter Kühlschrank stand und sie mit leeren Farbtöpfen und Pappkartons zugestellt waren. Die Treppe knarrte unheilvoll unter Elfishs Tritten. Vorsichtig bahnte sie sich einen Weg durch das Gerümpel, aber gerade als sie den Telefonhörer abheben wollte, warnte eine quietschende Treppenstufe sie davor, daß sich eine Feindin näherte. Da die anderen Frauen im Haus Elfish allesamt nicht ausstehen konnten, fand sie es nur gerechtfertigt, sie als ihre Feindinnen zu betrachten.

»Was ist jetzt schon wieder?« fauchte sie.

»Ich brauche meine Gitarrensaiten«, sagte Gail, und in ihrer Stimme schwang ein schwerer Vorwurf mit, weil Elfish sie einfach an sich genommen hatte.

»Geht nicht«, sagte Elfish. »Ich brauche sie selber.«

»Ich auch.«

»Du spielst doch nie auf deiner Gitarre.«

»Deshalb kannst du doch nicht einfach in mein Zimmer gehen und die Saiten abmachen.«

Gail zwängte sich an ihr vorbei und steuerte auf Elfishs Zimmer zu, um sich die Saiten zurückzuholen. Elfish fluchte und wünschte, die Treppe würde einstürzen und Gail unter einem Schutthaufen begraben. Da kam ihr eine Idee: Sobald sie allein im Haus wäre, wollte sie sich Gails Gitarre schnappen und verkaufen. Diese Vorstellung machte ihr Laune, und sie wartete ab, bis Gail die Saiten von ihrer Gitarre entfernt hatte und mit steifen Schritten wieder nach unten gegangen war. Es war höchste Zeit, Mo anzurufen.

18

Shonen freute sich viel mehr über Elfishs Besuch als umgekehrt. Sie waren früher einmal gute Freundinnen gewesen, aber seit einiger Zeit machte Elfish lieber einen Bogen um Shonen, weil Shonen ernsthaft unter Bulimie litt. Elfish konnte dafür nur schwer Verständnis aufbringen.

Shonen stopfte sich in einem irren Tempo mit Essen voll und erbrach es wieder. Ein Besuch bei ihr bedeutete, immer wieder geduldig warten zu müssen, wenn Shonen eine Entschuldigung murmelte und den Raum verließ, um den billigen Fraß, den sie gerade verschlungen hatte, auszuspucken. Elfish fand diese ganze Prozedur höchst frustrierend und mußte sich mit aller Macht zusammenreißen, um Shonen nicht anzuschreien: »Wenn dir das Zeug nicht schmeckt, dann iß es nicht!« Und das wäre natürlich nicht die richtige Art, mit Freßsüchtigen zu reden.

Bis zu zehn Mal rannte Shonen während eines zweistündigen Besuchs aus dem Zimmer, um sich zu übergeben. Nach einer Freßorgie zwang das schlechte Gewissen sie, sich den Finger in den Hals zu stecken und alles zu erbrechen, aber es kam auch vor, daß sie wegen schlimmer Angstzustände urplötzlich Brechreiz verspürte. Die hat wirklich einen Wahnsinnsumsatz jeden Tag, dachte Elfish, oder ist sie nur so überdreht, wenn andere Leute dabei sind? Vielleicht hatte sie sich allein besser im Griff.

Elfish erklärte Shonen, die unruhig auf der Stuhlkante saß und Chips futterte, den Grund ihres Besuchs.

»Ich muß Mercutios Monolog über Queen Mab aus ›Romeo und Julia‹ auswendig lernen, dreiundvierzig Zeilen! Ich brauche Hilfe, und deshalb bin ich hier. Du bist doch Schauspielerin und mußt wissen, wie man einen Text auswendig lernt.«

Shonen war skeptisch. Sie hatte sich auf pantomimisches Theater spezialisiert, bei dem sie und die fünf anderen Mitglieder ihrer Truppe eine Geschichte erzählten, indem sie Tische, Stühle, Katzen, Hunde und wer weiß was noch darstellten. Jeder gestaltete seine Rolle in eigener Verantwortung. Seit sie die Schauspielschule vor zwei Jahren verlassen hatte, war sie in keinem Shakespearestück oder etwas Vergleichbarem mehr aufgetreten.

Sie äußerte Elfish gegenüber ihre Bedenken, stellte die Chipstüte achtlos auf den Boden, entschuldigte sich und verschwand in Richtung Toilette. Mit zusammengekniffenen Lippen wartete Elfish, während Shonen das Teufelszeug ausspie.

Auf Gigs, Raves und Parties hatte Elfish ihr schon so manches Mal aus der Patsche helfen müssen, weil die freßsüchtige Schauspielerin die altersschwachen Kloschüsseln so oft beehrt hatte, bis sie rettungslos verstopft waren und die anderen Partygäste ärgerlich und angewidert mitansehen mußten, wie das Gemisch aus Erbrochenem, Schleim und Wasser über den Rand der Kloschüssel quoll, sich auf dem Boden ausbreitete und die Toilette für den Rest des Abends, wenn nicht gar für immer vollkommen unbenutzbar machte.

»Mir ist klar, daß das eigentlich nicht dein Ding ist«, fuhr Elfish fort, als Shonen zurückkam, »und daß du eher in deinem Element bist, wenn du ein Weizenfeld oder den Geist der Freiheit darstellst, aber du mußt doch auch mal Texte von Shakespeare auswendig gelernt haben. Außerdem kann es nicht so schwer sein, wie es sich anhört, weil ich schon dreiunddreißig Zeilen im Kopf hab und den Rest auch fast. Du sollst mir nur beim Endspurt ein bißchen auf die Sprünge helfen.«

Shonen konnte sich nicht erklären, warum diese Sache für Elfish auf einmal so wichtig war.

»Ich muß den Monolog auswendig lernen, wenn ich den Namen Queen Mab für meine Band haben will.«

Shonen sah sie verständnislos an. Da erklärte ihr Elfish, daß sie mit Mo eine Wette abgeschlossen hatte, die darin bestand, daß sie den Namen Queen Mab für sich haben konnte, sofern sie sich vor Mos Auftritt auf die Bühne stellte, vor versammelter Mannschaft den dreiundvierzig Zeilen langen Monolog aufsagte und bis zu diesem Zeitpunkt eine eigene Band auf die Beine gestellt hatte.

»Warum hat sich Mo darauf eingelassen?«

»Weil er es kaum erwarten kann, daß ich mich öffentlich blamiere, und davon ausgeht, daß ich mich tatsächlich bis auf die Knochen blamiere, wenn ich versuche, vor dem Publikum einen Text von Shakespeare zu rezitieren. Er ist nämlich felsenfest davon überzeugt, daß ich es gar nicht erst schaffe, mir den Text zu merken. Er hat es überall rumerzählt, und halb Brixton wird kommen, um sich anzusehen, wie ich mich zum Idioten mache. Von wegen! Sie werden eine Enttäuschung erleben, weil sie nämlich nicht wissen, daß ich den größten Teil schon runtersagen kann.«

Elfish verschwieg, daß ihr Bruder die Wette durch Amnesias vermeintliche Mittlerrolle angezettelt hatte und Mo nicht nur darauf eingestiegen war, um Elfish zu demütigen, sondern auch, um vor Amnesia gut dazustehen.

»Wenn ich es schaffe, muß Mo den Namen an mich abtreten.«

Mit kummervoller Miene machte sich Shonen über eine Schachtel Kekse her.

»Und wenn du es nicht schaffst?«

»Dann kann Mo von mir verlangen, was er will. Diese Bedingung hat er diktiert und damit gedroht, daß er sonst so weitermacht wie bisher und den Namen in Beschlag nimmt. Das ist der einzige Haken an der Wette, aber um Mo zu ködern, mußte ich drauf eingehen.«

Shonen sah Elfish entgeistert an.

»Du hast dich mit Mo auf eine Wette eingelassen? Der Kerl hat die Gelüste eines Höhlenmenschen, und wenn er gewinnt, darf er sich die Belohnung auch noch selbst aussuchen? Bist du total übergeschnappt?«

Nicht so übergeschnappt wie du, dachte Elfish mißmutig, als Shonen sich erneut entschuldigte und fluchtartig das Zimmer verließ.

19

Alkibiades stand um das Jahr 421 v. Chr. auf dem Gipfel seines Ruhms und war der berühmteste Athener. Er war reich, begabt und schön. Einmal erschien er zu den Olympischen Spielen mit sieben Streitwagen. Er hätte in Athen vermutlich jeden haben können, den er wollte, aber den Mann, den er am meisten begehrte, nämlich den geachteten Philosophen Sokrates, den konnte er nicht haben.

Platon berichtet, daß Alkibiades Sokrates einst zum Abendmahl lud. Weitere Gäste waren nicht gebeten, und nach dem Mahl entließ Alkibiades Diener und Sklaven und nötigte Sokrates zum Trinken. Doch Sokrates war nicht nur ein berühmter Philosoph, sondern vertrug auch jede Menge Alkohol und wurde nicht betrunken. Schließlich sagte Alkibiades zu Sokrates, es sei schon spät und ob er nicht über Nacht bleiben wolle?

Sokrates willigte ein, und Alkibiades, der nur darauf aus war, Sex mit ihm zu haben, breitete auf dem Diwan, auf dem er lag, eine Decke über ihn und schlüpfte anschließend selbst darunter. Pech für Alkibiades – es passierte nichts. Obwohl Alkibiades der begehrenswerteste Jüngling von ganz Athen war und jeden Grund zu der Annahme hatte, daß Sokrates ihm nicht würde widerstehen können, zeigte Sokrates keinerlei Reaktion und wies Alkibiades' Annäherungsversuche höflich zurück.

»Ist das nicht interessant?« fragte Aran.

Elfish starrte ausdruckslos vor sich hin.

»Wieso?«

»Weil das vor zweitausend Jahren passiert ist und die Menschen sich immer noch genauso verhalten. Sie laden jemanden nach Hause ein, verführen ihn zum Trinken und sagen dann: ›Es ist zu spät, um nach Hause zu gehen. Du kannst gerne hierbleiben.‹ Ich habe das auch schon getan.«

»Und warst prompt deine Freundin los.«

»Tja, leider. Anscheinend ist es Alkibiades genauso ergangen. Willst du wissen, was mit ihm im Peloponnesischen Krieg passiert ist?«

»Bloß nicht«, sagte Elfish. Ihr Blick war schon ganz glasig. Ab und zu ließ sie Arans Geschichten über sich ergehen, aber besonders interessant hatte sie sie noch nie gefunden.

20

Die vier anderen Frauen, die mit Elfish in dem alten Haus wohnten, hatten sich redliche Mühe gegeben, Elfish zu mögen, aber sie machte es ihnen unmöglich. Sie hatten ihr Äußerstes getan, um Verständnis für sie aufzubringen, aber die anderthalb Jahre, in denen Elfish sich beharrlich geweigert hatte, eine Rechnung zu bezahlen oder etwas zu essen einzukaufen, mal einen Teller abzuwaschen oder die von ihr gestiftete Unordnung zu beseitigen, hatten sie mürbe gemacht.

Ihre bissigen Aufforderungen an Elfish, den – beachtlich hohen – Anteil an der Telefonrechnung zu bezahlen oder auch nur ein paar Pence für die Waschpulver- und Glühbirnenkasse lockerzumachen, konnten Elfish nicht aus der Ruhe bringen. Und selbst als man sie eingehend zum Verbleib der vier Bierdosen befragte, die Marion in den Kühlschrank gestellt hatte, legte Elfish eine buddhistische Gelassenheit an den Tag und weigerte sich schlichtweg, sich auf das Niveau kleinlicher Zänkereien über Haushaltsdinge herabzulassen. Nur wenn ihre Mitbewohnerinnen, wie schon des öfteren, die verräterischen leeren Dosen zutage förderten, die Elfish ganz unten in den Abfalleimer gestopft hatte, kam Leben in sie: Sie fauchte die anderen wütend an, weil sie sich in ihre Angelegenheiten mischten, und stauchte sie gehörig zusammen, weil sie es wagten, ihr Wort anzuzweifeln.

Die vier wünschten sich nichts sehnlicher, als daß Elfish auszog, aber da Elfish eine von denen war, die das Haus als erste besetzt hatten, brachten sie es nicht fertig, sie gewaltsam vor die Tür zu setzen.

Das Haus, in dem einst Zuversicht und Betriebsamkeit geherrscht hatten, hatte sich seit geraumer Zeit in einen dunklen, traurigen Ort verwandelt. Von Elfishs schrecklichem Benehmen unbeirrt, hatten ihre vier Mitbewohnerinnen – Marion, Chevon, Gail und Perlita – noch bis vor einem Monat voller Schwung und Eifer an der Gründung einer kleinen feministischen Zeitschrift mitgewirkt. Zielgruppe des unabhängigen Blattes waren junge Frauen, und die Nullnummer bestand aus einem chaotischen, aber sympathischen, typisch Südlondoner Mischmasch aus politischem Extremismus, Beiträgen über Musik und krakeligen Cartoons.

Sie hatten sich dem Projekt mit Leib und Seele verschrieben, aber nun drohte ihnen das Aus, weil sie nicht das nötige Geld für die Herstellung der ersten Nummer aufbringen konnten. Und was noch schlimmer war – mit dem Vertrieb klappte es nicht. Selbst wenn sie das Geld also hätten auftreiben können, wäre das Blatt ohne Zwischenhändler nie aus den Startlöchern herausgekommen. Damit stand und fiel alles, und da kleine radikale Zeitschriften wie ihre bei den nur an auflagenstarken Publikationen interessierten Zwischenhändlern nicht eben mit offenen Armen empfangen wurden, war es von Anfang an zweifelhaft gewesen, ob das Problem des Vertriebs überhaupt zu bewältigen wäre. Die einzige Alternative bestand darin, daß sie selbst sich aufs Fahrrad schwangen und ihre Zeitschrift in Buchläden und anderen Geschäften auslegten, aber auf diese Weise wäre, abgesehen von ein, zwei kleinen Londoner Vierteln, kein größerer Absatzmarkt zu erschließen. Ihr Ziel war es jedoch, sich nicht mit einer begrenzten Leserschaft begnügen zu müssen, sondern die Bevölkerung des ganzen Landes anzusprechen. Daß die monatelangen Vorarbeiten und die damit verbundenen Kosten umsonst gewesen waren, hatte sie nicht nur in Schulden, sondern auch in tiefe Niedergeschlagenheit gestürzt, und am Ende hatten sie das Handtuch geworfen.

Als Elfish an diesem Nachmittag gähnend das Wohnzimmer betrat, wechselte Marion rasch das Thema – von nationaler Politik zu häuslichen Belangen – und stellte Elfish wegen der verschwundenen, am Vortag eingekauften Erdnußbutter zur Rede.

»Hast du sie aufgegessen?«

»Ja«, sagte Elfish.

»Wieso?«

»Was heißt hier ›wieso‹?« gab Elfish zurück. »Im Haus wird doch das Essen geteilt, oder nicht?«

»Aber du kaufst nie was ein.«

»Weil ich nie Geld hab«, stellte Elfish treffend fest.

Von den Vorkommnissen der letzten Zeit entmutigt, gab Marion sich geschlagen. Elfish schaltete den Fernseher ein. Aus unerfindlichen Gründen ärgerten sich alle über den Apparat. Sie besaßen zwar einen, aber niemand schien das gut zu finden. Manchmal diskutierten sie darüber, wie wenig sie fürs Fernsehen übrig hatten. Elfish dagegen hatte sich zum Fernsehfan erklärt und sah sich tagsüber mit ausdruckslosem Gesicht eine Gameshow nach der anderen an, bis es Zeit fürs Billard oder Üben war.

Marion war sauer und hielt Elfish vor, sie sei menschlich eine Null und habe überhaupt keine Ziele.

»Zum Teufel mit dir!« schimpfte Elfish. »Ich träume davon, meine Band Queen Mab zu nennen, und schlage mich mit Riesenproblemen rum, um dies Ziel zu erreichen.«

Vom Zweitapparat aus rief sie Mo an. Es machte Elfish Spaß, ihn hinters Licht zu führen. Die Tatsache, daß Mo glaubte, er rede mit Amnesia, während es in Wirklichkeit Elfish war, gab ihr ein Gefühl von Macht und war ein weiterer Beweis für Mos Dummheit.

Der größte Beweis für Mos Dummheit allerdings bestand darin, daß er während seiner Freundschaft mit Elfish mit mehreren anderen Frauen geschlafen, es aber nicht geschafft hatte, dies geheimzuhalten. Und der zweitgrößte Beweis war sein Irrglaube, er könnte sich den Namen Queen Mab unter den Nagel reißen.

Elfish alias Amnesia gab sich am Telefon belustigt.

»Was? Elfish ist wirklich drauf eingegangen? Sie will in einer Woche dreiundvierzig Zeilen Shakespeare auswendig lernen? Sie kann sich doch nicht mal merken, an welchem Tag sie stempeln gehen muß!«

Sie lachte schallend, und Mo schloß sich ihr an.

»Und selbst, wenn sie es schafft! In einer Woche kann sie keine Band auf die Beine stellen, und das ist Teil Zwei der Abmachung.«

Mo teilte Amnesia mit, er habe bereits halb Brixton von Elfishs hoffnungslosem Vorhaben erzählt, und es würden jede Menge Leute kommen, um ihre Blamage mitzuerleben.

»Was verlangst du von Elfish, wenn du gewinnst?« fragte Elfish, aber Mo meinte, er habe sich noch nicht entschieden.

»Wann kommst du nach London?« fragte Mo.

»Am Wochenende. Ich komme zu eurem Konzert.«

»Und was gibst du mir dafür, daß ich Elfish lächerlich mache?«

»Was du willst, Mo«, sagte Elfish, und wieder lachten sie.

21

Perikles war eine geborene Führernatur, aber seine Bemühungen, die Schiffbrüchigen auf dem Floß bei Laune zu halten, hatten wenig Erfolg.

»Shakespeare hat Sie also völlig in den Schatten gestellt?« sagte er zu Ben Jonson. »Den anderen Kollegen ist es auch nicht besser ergangen, was aber noch lange nicht heißt, daß Sie nicht auch ein großes Werk hinterlassen hätten.«

Ben Jonson fand dies nicht sehr tröstlich.

»Und man hat Sie in der Westminster Abbey bestattet«, fuhr der Athener fort.

»O ja, hurra!« sagte der Dramatiker mit einer gewissen Verbitterung.

Da sprang Kleopatra auf und rief: »Flutwelle voraus!«

»Verdammt!« schrie Botticelli, der versucht hatte, eine Art Ruder zu basteln, um sie ans Ufer zurückzubringen. Botticelli taugte als Ingenieur nicht viel und wünschte, er hätte Leonardo da Vinci und den anderen Wissenschaftlern der Renaissance ein wenig mehr Beachtung geschenkt.

»In Deckung!«

»Was heißt hier ›In Deckung!‹?« fragte Kleopatra. »Wir befinden uns auf einem Floß.«

Botticellis Bemühungen, sie sicher über die Flutwelle zu steuern, schlugen fehl; gewaltige Wassermengen brachen über sie herein, spülten den letzten Proviant über Bord und trieben das Floß noch weiter vom Ufer weg und näher auf den Rand der Welt zu.

Aran lachte sich ins Fäustchen, als er die Flutwelle einprogrammierte. Er überlegte, welche Mißgeschicke den unseligen Seefahrern noch widerfahren könnten. Ein unentrinnbarer Strudel vielleicht? Oder eine Riesenschar Killerwale?

Eine Frau mit langem rotem Haar, die in der aufgewühlten See trieb, streckte eine Hand nach dem Floß aus und klammerte sich verzweifelt am Rand fest. Ben Jonson und Kleopatra kamen ihr rasch zur Hilfe, während Botticelli und Mick Ronson den gebrochenen Mast und das Segel zu reparieren versuchten.

Die anderen zogen die Frau an Bord; zerzaust und nach Luft ringend stand sie da, in einer Hand ein mächtiges Schwert. Argwöhnisch blickte sie sich sekundenlang um und sank dann ohnmächtig zu Boden. Kleopatra zog eines ihrer königlichen Gewänder aus und legte es um die Fremde, denn diese trug lediglich einen Kettenpanzer in Bikiniform, der in dem Sturm kaum Schutz bot.

Später, nachdem sie erwacht und wieder zu Kräften gekommen war, stellte sich die Neue als Rote Sonja vor, eine Barbarin und ehemalige Heldin eines gleichnamigen Comic-Heftes.

»Aber es war nur eine Frage der Zeit, bis ich aus dem Heft rausflog«, berichtete sie mit einem Anflug von Traurigkeit. »Auch der Film, in dem ich die Hauptrolle spielte, kam nicht so gut an wie ›Conan, der Barbar‹.«

So gelangte die Rote Sonja aufs Floß. Ihre Träume vom Erfolg schwebten hoch über ihr, in unerreichbarer Ferne, und der riesige Wasserfall am Ende der Welt kam näher und näher.

22

Elfish war kein Elvis Presley-Fan, aber insgeheim schwärmte sie für ›Blue Moon of Kentucky‹, was vielleicht mit ihrem Mondmedaillon zu tun hatte. Sie brachte den Song einigermaßen zusammen.

Blue moon of Kentucky keep on shining
Shine on the one who's gone away
Blue moon of Kentucky keep on shining
Shine on the one who's gone away.

An den restlichen Text erinnerte sie sich nicht mehr, was sie aber bisher nicht davon abgehalten hatte, das Lied auf der Bühne mit metallischem, aggressivem Sound in einem Affentempo herunterzufetzen. Musik, die Elfish für die Öffentlichkeit spielte, war immer schnell, aggressiv und hart wie Stahl. Die Dancefloor- und Ravekultur, die immer mehr in Mode kam, war fast spurlos an ihr vorübergegangen. Gelegentlich hatte sich Elfish nach einer Sauftour in Clubs herumgetrieben, in denen den ganzen Abend Musik zum Tanzen gespielt wurde, und hatte sich einmal unversehens unter einem geblähten Fallschirm wiedergefunden, über den psychedelische Lichter huschten, während schwebende Klänge für Stimmung sorgten, aber beeindruckt hatte sie das nicht. Während die Leute um sie herum staunend und drogenselig die über ihren Köpfen auf dem seidenen Fallschirm herumflitzenden Farbtupfer anstarrten, ärgerte sich Elfish einfach nur und wünschte, der DJ würde endlich eine anständige Scheibe mit Gitarrenmusik auflegen. Die Vorstellung, mit Maschinen statt mit Gitarren Musik zu machen, erfüllte sie mit Abscheu und Verachtung.

Die Gitarre in der Hand, saß Elfish auf dem Bett und grübelte über ihre zukünftige Band nach. An Ehrgeiz fehlte es ihr nicht, dafür aber an Erfahrung. Sie wußte zwar, wie man ein Konzert auf einer kleinen Bühne im Süden Londons veranstaltet, aber von dem, was danach kommt, hatte sie nur wenig Ahnung. Alle weiteren Bereiche im Musikgeschäft waren für sie größtenteils Neuland. Sie wußte nicht, wie erfolgreiche Bands erfolgreich werden. Sie wußte nicht einmal, wie man ein Konzert in einem Pub in einem anderen Teil von London auf die Beine stellt. Was die nächste Stufe anging, nämlich wie man auf die zahlreichen unabhängigen kleinen Bühnen kommt, davon hatte sie nur eine höchst ungenaue Vorstellung. Sie ging davon aus, daß sie dazu so etwas wie ein Demoband brauchte, aber an wen sie es schicken sollte, wußte sie nicht. Was den weiteren Werdegang betraf, also den Schritt in die Welt der kleinen Konzertsäle, der Manager, Veranstaltungsbüros und Presseagenturen, der Verträge über eine Schallplatte mit kleineren Plattenfirmen und so weiter – all dies war für Elfish ein Buch mit sieben Siegeln.

Aber das störte sie nicht. Sie war überzeugt, daß sie das Nötige schon lernen würde, wenn es soweit wäre.

So wie Elvis in seiner Cover-Version hatte auch sie einen Song über den Mond. Die Akkordfolge lautete a-moll, a-moll, a-moll, a-moll, a-moll, a-moll, a-moll, a-moll, a-moll, e-moll, e-moll, e-moll, e-moll, e-moll, e-moll, e-moll, e-moll und wieder a-moll und so weiter. Der Text hieß »We're landing on the moon, we're landing on the moon« und wurde so oft wiederholt, wie Elfish es für passend hielt. Sie hatte sich gegen einen Refrain entschieden, weil sie fand, daß der Song auch so gut klang. Früher, als sie noch mit ihrer ersten Band gespielt hatte, lange vor ihrer Begegnung mit Mo, war der Song ein echter Renner gewesen.

Sie spielte den Song.

Danach stimmte Elfish die Gitarre neu und übte ihre Slide-Technik, wobei sie ein paar lange, wehmütige Töne zupfte und einen kurzen Blues dazu sang. Elfishs Stimme und der Klang der Bottle-Neck-Gitarre waren eine ausdrucksstarke, traurige Kombination. In der Öffentlichkeit spielte sie diese Musik jedoch nie, und nur Aran hatte sie bisher Blues singen hören.

Sie konnte so Stunden zubringen. Als sie die Gitarre vorsichtig an die Wand lehnte, war es draußen bereits dunkel. Der Sommer stand vor der Tür, und die zunehmende Hitze machte Elfish schon jetzt zu schaffen, aber als sie aus dem Fenster schaute, war die Sonne glücklicherweise längst untergegangen. Elfish runzelte die Stirn, denn ärgerlicherweise fiel ihr Blick auf Cary und Lilac, die sich im Hinterhof über etwas bückten. Mißmutig durchsuchte sie ihr Zimmer nach Geld, um sich etwas zu trinken zu kaufen, und tastete das Futter sämtlicher Kleidungsstücke ab für den Fall, daß sich dort unbemerkt eine Münze eingenistet hatte. Die Mühe hätte sie sich sparen können, das wußte sie, denn sie hatte das Futter ihrer Klamotten erst vor drei Tagen gefilzt. Da die Suche nichts gebracht hatte, hob sie jede einzelne Teppichecke hoch in der Hoffnung, daß ein Geldstück daruntergerutscht war.

Auch Cary und Lilac hatten nur ihr Geld im Kopf. Erstaunlich, wie ein lange gehegter Wunsch schließlich wie eine Blume erblühen kann, wenn man sich einmal zu etwas durchgerungen hat. Seit sie jeden Penny sparten, konnte sich der Inhalt ihrer Dose bereits sehen lassen. Wenn Dennis in der Nähe war, machten sie jedoch absichtlich einen großen Bogen um ihre unterirdische Sparbüchse, in der sie mittlerweile mehrere Pfund gehortet hatten. Ihr Urlaub auf dem Land nahm allmählich Gestalt an.

Elfish fand in ihrem Zimmer kein Geld. Verzweifelt überlegte sie, ob im Haus wohl jemand etwas Alkoholisches hatte. Falls ja, hatten die anderen es bestimmt vor ihr in Sicherheit gebracht. Außerdem trieb sich Perlita unten herum, und das hinderte Elfish an einer gründlichen Suche.

Sie griff nach ›Romeo und Julia‹, um die letzten paar Zeilen des Monologs auswendig zu lernen, als Perlita an die Tür klopfte.

Perlita lächelte sie an. Sie lächelte immer. Elfish konnte sie nicht ausstehen.

»Jemand hat das hier für dich durch den Briefschlitz geworfen«, sagte sie und hielt Elfish ein Stück Papier mit ihrem Namen hin.

Elfish nahm den Zettel.

Full as a Bee with Thyme, and Red,
As Cherry harvest, now high fed
For Lust and action; on he'll go,
To lye with *Mab,* though all say no.
HERRICK

Elfish war völlig verstört. Wie war dieses sonderbare Gedicht über Queen Mab in ihre Wohnung gelangt? Was hatte es zu bedeuten? Woher kam es? Und wer war dieser Herrick?

Tiefes Unbehagen überkam sie. Sie konnte sich zwar keinen Reim auf die Angelegenheit machen, aber bestimmt war dies eine Art raffiniertes Attentat. Mißtrauisch las sie das Gedicht noch einmal und starrte das Stück Papier an, als könnte es jeden Augenblick in Flammen aufgehen oder ihr ins Gesicht springen. Woher konnte es nur kommen?

Womöglich hatte es überhaupt niemand durch den Briefschlitz in der Tür geworfen, sondern Perlita hatte es eigenhändig geschrieben, um Elfish zu ärgern. Vielleicht war es Teil eines Komplotts mit dem Ziel, Elfish loszuwerden. Oder es kam von Mo. Aber warum sollte er mit »Herrick« unterschreiben? Vielleicht war dies der Name von Mos neuem Schlagzeuger, den Mo eigens angeheuert hatte, damit er sie mit seinen Gedichten durcheinanderbrachte. Lange grübelte sie darüber nach und ging in ihrem kleinen dunklen Zimmer auf und ab.

Irgendwann bemerkte Elfish, daß sie noch immer ›Romeo und Julia‹ in der Hand hielt. Da fiel ihr ein, das sie eigentlich den Monolog zu Ende hatte lernen wollen, und sie ließ den rätselhaften Zettel zu Boden fallen. Sie versuchte, die innere Unruhe zu verdrängen und den Großteil des Monologs, den sie bereits beherrschte, noch einmal durchzugehen, bevor sie sich die letzten Zeilen vornahm.

»O! then, I see, Queen Mab hath been with you.
She is the fairies' midwife, and she comes
In shape no bigger than an agate-stone
On the fore-finger of an …«

Hier war plötzlich Schluß. Ein Anflug von Panik durchlief sie, als sie sich klarmachte, daß sie sich an den Rest nicht mehr erinnern konnte. Der Schreck über das überraschend aufgetauchte Gedicht hatte die Zeilen aus ihrem Gedächtnis gelöscht.

23

Shonen vergaß mehrere Wochen lang, ihre Pflanzen zu gießen, weil ihr die derzeitigen Lebensumstände zu sehr zu schaffen machten, um sich um solche Dinge zu kümmern. Sie gingen alle ein, trotz ihres ebenso eifrigen wie verzweifelten Versuchs, mittels Dünger, Wasser, Liebe und Zuwendung zu retten, was zu retten war.

Noch eine Katastrophe, dachte sie, aber ihr war sonnenklar, daß es nicht verwunderlich war, wenn ein Mensch, der an Bulimie litt, nicht in der Lage war, für seine Pflanzen zu sorgen. Die toten Pflanzen waren nur ein Sinnbild für ihre völlige Unfähigkeit, überhaupt etwas zu tun.

Unter Druck verschlimmerte sich Shonens Freß- und Kotzzwang. Der Sachbearbeiter auf dem Sozialamt hatte sie ermahnt, nicht zu spät zum Stempeln zu kommen; sonst würde es zwei Tage dauern, bis sie ihren nächsten Scheck bekam, und sie hatte keinen Penny mehr. In ihrer Verzweiflung hatte sie sogar auf dem Arbeitsamt das Schwarze Brett nach Gelegenheitsjobs abgesucht, aber es gab keine. Und selbst wenn es welche gegeben hätte, hätte Shonen sich nicht fit genug gefühlt, um einen Job anzunehmen oder sich auch nur für einen zu bewerben.

Ihrer Theatergruppe war gerade ein Zuschuß des Kulturamtes durch die Lappen gegangen. Die geplante Herbsttournee hatten sie deshalb absagen müssen, und es war sogar die Rede davon, die Truppe aufzulösen. Eigentlich hätte Shonen jetzt ihr Adreßbuch nach zuschußfreudigen Organisationen durchforsten und für ihre Kollegen eine Liste zusammenstellen müssen, aber die Arbeit wäre wahrscheinlich sowieso für die Katz. Es sprach nämlich alles dafür, daß niemand ihnen Geld geben würde, und das bedeutete für die Truppe das Aus.

Shonen hatte sich immer gewünscht, in einer kleinen Theatergruppe mitzuwirken, die von den Schauspielern in eigener Regie geleitetet wurde. Es verblüffte sie, wie schnell sich so ein Lebenstraum in Luft auflösen kann.

Von unbezähmbarem Heißhunger gepackt, stopfte sie sich mit Äpfeln voll. Sie machte sich zwar nicht eben viel aus Äpfeln, aber da sie ziemlich kalorienarm waren, hatte sie beim Essen nicht so ein schlechtes Gewissen.

Trotzdem fühlte sie sich danach so schlecht, daß sie sich sofort übergeben mußte, und als sie dann neben der Kloschüssel stand und traurig auf die Spülung drückte, ging ihr durch den Kopf, daß ihr Leben wirklich nicht besonders gut lief. Dafür, daß sie erst dreiundzwanzig war, hatten sich bei ihr schon eine Menge Probleme angesammelt.

Das Telefon klingelte. Es war Elfish. Sie hatte Neuigkeiten.

»Shonen, ich hatte recht. Meine Nachbarin arbeitet tatsächlich als professionelle Geldbeschafferin fürs Theater. Wie ich dir schon gesagt hab, schuldet sie mir einen Gefallen, weil ich ihre Katze von einem Baum runtergeholt hab. Und zufällig ist sie auch noch ein Fan von pantomimischem Theater. Sie sagt, sie hilft dir dabei, deine Truppe wieder flottzumachen.«

Dieser kleine Hoffnungsschimmer machte aus Shonen einen neuen Menschen. Wie jeder andere es auch getan hätte, klammerte sie sich bereitwillig an jeden Strohhalm, wenn sie dadurch nur ihren Traum retten konnte. Deshalb machte sie sich gar nicht erst klar, daß die Chancen, daß gleich neben Elfish eine professionelle Geldbeschafferin für Theaterleute wohnte, nur gering und die Wahrscheinlichkeit, daß Elfish auf einen Baum geklettert war, um eine Katze zu retten, gleich Null waren.

Die Aussicht, die Schauspielerei doch nicht an den Nagel hängen zu müssen, weckte ihre Lebensgeister. Zuerst nahm sie sich den Stapel mit den Sponsoring-Formularen vor und ordnete sie einigermaßen, dann ging sie zu der Kiste, in der sie die alten Texte aus der Schauspielschule aufbewahrte. Ziemlich weit unten fand sie ein Exemplar von ›Romeo und Julia‹. Jetzt erschien es ihr nicht mehr so schwierig, Elfish beim Erlernen des Monologs zu helfen.

Ein Stück weiter warf Aran in seiner Wohnung seiner Schwester einen finsteren Blick zu.

»Schämst du dich kein bißchen, andere Leute so anzulügen?« fragte er, als Elfish den Hörer auflegte.

»Nein«, sagte Elfish. »Ich mußte Shonen was Positives erzählen, sonst hat sie nie die Kraft, mir zu helfen.«

»Und wenn sie dahinterkommt, daß du sie angelogen hast?«

Elfish zuckte mit den Achseln.

»Na und? Bis dahin hab ich, was ich will. Wen interessiert das dann noch? Ich brauche Shonens Hilfe wirklich, weil ich den Monolog vergessen hab.«

»Was?«

»Ich hab alles vergessen.«

Zum Glück saß Aran, denn hätte er gestanden, hätte ihn diese Nachricht vermutlich umgehauen. Wenn das keine Katastrophe war! Der Erfolg seines sorgfältig ausgetüftelten Plans hing einzig und allein davon ab, daß Elfish in einer Woche dreiundvierzig Zeilen Shakespeare auswendig lernte. Alles andere bedeutete eine totale Niederlage.

»Und warum hast du den Text vergessen?«

Elfish kramte aus ihrer Tasche ein Stück Papier hervor.

»Darum«, sagte sie wütend und hielt ihrem Bruder den Zettel unter die Nase.

»Den hat jemand durch den Briefschlitz in der Tür geschoben. Ich hab so intensiv darüber nachgedacht, von wem er kommen könnte und was dahintersteckt, und mich so geärgert, daß ich den Monolog nicht nur nicht zu Ende lernen konnte, sondern sogar alles andere vergessen hab. Auch heute kann ich mich an keine Zeile erinnern.«

Aran las das Gedicht.

»Wer ist dieser Herrick, und warum steckt er mir Gedichte durch den Türschlitz?« fragte Elfish. »Und was soll das von wegen ›sich zu Mab legen‹? Meint er etwa mich damit? Der Typ hat sie wohl nicht mehr alle.«

Elfish steigerte sich in einen handfesten Koller hinein.

»Beruhige dich«, sagte Aran. »Herrick will sich nicht zu dir legen. Er ist seit dreihundert Jahren tot. Er war ein Dichter, und das hier ist ein Teil von einem seiner Gedichte.«

»Oh!«

Elfish beruhigte sich ein wenig.

»Aber was hat das zu bedeuten?«

Aran wollte wissen, ob Mo die Zeilen geschrieben hatte, aber Elfish konnte sich nicht erinnern, je Mos Handschrift gesehen zu haben. Außerdem, sagte sie, habe Mo bestimmt noch nie von einem Dichter aus dem siebzehnten Jahrhundert gehört.

»Aber Cody vielleicht«, gab Aran zu bedenken. »Er kennt sich mit Literatur ziemlich gut aus, wenn auch nicht so gut wie ich, natürlich. Ich könnte mir vorstellen, daß er und Mo extra ein obskures Gedicht über Queen Mab herausgesucht haben, um es dir zu schicken. Vielleicht wollen sie damit zeigen, das sie über Queen Mab besser Bescheid wissen als du. Vielleicht wollten sie dich damit aber auch nur ärgern.«

»Was für eine bescheuerte Idee!« sagte Elfish verächtlich.

»Aber es hat funktioniert, oder etwa nicht?«

»Von wegen!« sagte Elfish und rannte in die Küche, um sich ein Bier zu holen.

»Dann verstehe ich nicht«, sagte Aran, als sie zurück war,

»warum du dich so aufgeregt und den ganzen Text vergessen hast.«

Auch Elfish verstand es nicht, aber wäre Mo bei dem Gespräch dabei gewesen, hätte er es ihr sagen können. Er erinnerte sich noch sehr gut daran, wie Elfish einmal am Vorabend eines Konzerts einen langen Text auswendig zu lernen versucht hatte und kläglich gescheitert war, obwohl Auswendiglernen Elfish normalerweise keine Probleme bereitete. Elfish konnte nämlich nicht unter Druck lernen, trotz ihrer Willenskraft. Das hatte sich in der Vergangenheit mehrfach gezeigt. In ihrem Eifer, Mo zu überlisten, hatte sie dies allerdings nicht bedacht. Mo dagegen hatte es nicht vergessen, und deshalb trieb er die Sache nun auf die Spitze, indem er allen Freunden von Elfishs bevorstehendem Debakel erzählte. Er wußte, daß Elfish dadurch unter Druck geriet, und er wußte auch, daß das Gedicht dazu beitrug.

»Du hast bestimmt nur einen kurzen Blackout«, meinte Aran hoffnungsvoll. »Bald fällt dir alles wieder ein.«

Elfish hangelte sich am Rand einer Depression entlang, kriegte sich aber gerade noch in den Griff.

»Ja, bestimmt«, sagte sie. »Mo soll mir dieses Attentat büßen. Ich dachte, Shakespeare hätte als einziger über Queen Mab geschrieben, und jetzt erfahre ich, daß dieser Herrick das auch getan hat. Gibt es noch mehr obskure Gedichte über Queen Mab?«

»Weiß nicht«, gestand Aran. »Kann sein.«

»Dann besorg mir bitte eins, damit ich es Mo in den Briefkasten werfen kann. Er darf auf keinen Fall glauben, er hätte von Queen Mab mehr Ahnung als ich.«

Aran hätte Elfish am liebsten gesagt, daß das Suchen nach einem Gedicht über Queen Mab der Art von Beschäftigung sehr nahekam, der er um jeden Preis aus dem Weg gehen wollte, weil ihm noch immer diese gräßlichen Depressionen zu schaffen machten, aber er verkniff es sich. Er wollte seine Schwester nicht enttäuschen. Außerdem hatte ihn die Suche nach obskuren literarischen Zitaten schon immer ziemlich gereizt, vorausgesetzt es gab jemanden, vor dem er sich mit den Ergebnissen brüsten konnte.

Elfish ging zum Üben. Aran überlegte, ob er sich sofort an die Arbeit machen sollte, befand es jedoch für unklug, etwas zu überstürzen. Außerdem konnte die plötzliche Betriebsamkeit seiner Gesundheit schaden. Also dachte er an seine Zigarettenbildchen. Die Zigarettenmarke, die er rauchte, hatte eine Werbeaktion gestartet, bei der jede Schachtel ein Bildchen enthielt. Es handelte sich um Kopien von Werbeplakaten für Zigaretten, deren künstlerischer Wert von einer aus führenden Fachleuten zusammengesetzten Jury im Namen der Werbeindustrie prämiert worden war.

Insgesamt gab es zwanzig solcher Bildchen, und wer alle zwanzig sammelte, konnte sie gegen eine Belohnung von fünf Pfund einschicken. Aran besaß bisher erst drei Bildchen, hatte sich aber vorgenommen, den kompletten Satz zu sammeln und die ihm zustehenden fünf Pfund zu kassieren, doch wegen seiner allgemeinen Lustlosigkeit und Niedergeschlagenheit war er nicht sonderlich vorangekommen.

Er stellte ein paar Berechnungen an und kam zu dem Ergebnis, daß er bei seinem durchschnittlichen Zigarettenkonsum nicht lange brauchen würde, bis er alle Bildchen beisammen hatte. Vielleicht konnte er ein bißchen mehr rauchen, um die Sache zu beschleunigen. Diese Aussicht wirkte recht verlockend.

Da klingelte das Telefon. Es war Elfish.

»Sitz nicht länger unnütz rum«, sagte sie. »Mach dich auf die Socken und besorg mir ein Gedicht.«

24

Stage Diving mit Elfish

Die Band fetzte ihr Programm nur so herunter. Die Songs waren zwar von eher schlichter Machart, aber die Musiker spielten die Akkorde in extrem schneller Folge, so schnell, daß nur noch ein tiefes, aggressives Dauerdröhnen der Gitarren zu hören war, das gelegentlich von rasendschnellen, kreischendhohen Solos durchbrochen wurde.

Elfish und Amnesia sprangen ein ums andre Mal von der Bühne in die Menge. Nach einer besonders heftigen Landung sah Elfish sich von zahlreichen Füße umstellt und erblickte eine volle Bierdose, die sie mit Amnesia teilte, bevor sie zum nächsten Sturzflug ansetzten.

Die Band spielte immer lauter und schneller, das Publikum tanzte und tobte, und die Vorgruppe kam durch die Hintertür auf die Bühne, setzte sich hinter den Schlagzeuger, klopfte den Takt mit den Füßen mit und rauchte ein paar Joints. Es ging nun hoch her: Auf der Bühne herrschte dichtes Gedränge, Elfish, Amnesia und die anderen Diver stießen lautes Geheul aus, und jeder hatte seinen Spaß. Elfishs Trübsinn war wie weggeblasen, wenn sie zwischen Bühnenrand und den nach oben gekehrten Handflächen der Menge durch die Luft segelte, und man konnte sie sogar lächeln sehen, wenn sie gleich darauf auf die Köpfe niederkrachte und im Gewoge aus schwitzenden Leibern unterging.

»Ich halte Stage Diving für sehr gefährlich«, sagte Aran immer wieder zu ihr, aber da er so dumm war, einen Witz darüber zu machen, daß man Stage Diving unter Umständen auch als Interaktion zwischen Aufführenden und Publikum im Brecht'schen Sinne betrachten könnte, und dieses Bonmot bei jeder nur erdenklichen Gelegenheit anbrachte, gab sie auf seine Ansichten nicht allzu viel.

Amnesia konnte weiter springen als Elfish. Sie vollführte einen spektakulären Köpfer nach dem anderen. Elfish konnte nie ganz mit ihr mithalten. Nach einem besonders aufsehenerregenden Sprung landete Amnesia auf Mo, der sich im dichtesten Gedränge einen Spaß daraus machte, alle Leute um sich herum heftig anzurempeln. Stirnrunzelnd beobachtete Elfish von der Bühne aus, wie Mo Amnesia auf, wie ihr schien, unerhört zudringliche Weise auf die Beine half, indem er sie an den Brüsten hochzog, aber sie achtete nicht weiter darauf, sondern versuchte, genauso weit wie Amnesia zu springen. Das gelang ihr zwar nicht, aber ein guter Sprung war es trotzdem, und nachdem sie hart im Publikum gelandet war, robbte sie auf den hochgehaltenen Händen ein paar Meter voran, tauchte dann kopfüber zwischen ihnen hindurch und ließ sich zu Boden gleiten. Sie rappelte sich auf und bahnte sich mit den Ellbogen einen Weg, um Amnesia einzuholen, die schon wieder vorn an der Bühne war und den Aufpassern ein Schnippchen schlug.

25

»Nach zahllosen Stunden mühsamster Recherchen ist es mir gelungen, ein weiteres Gedicht über Queen Mab auszugraben«, verkündete Aran und händigte Elfish stolz ein Blatt Papier aus. »Es wurde im Jahr 1648 veröffentlicht«, fügte er überflüssigerweise hinzu.

Elfish begutachtete das Gedicht.

If ye will with Mab find grace,
Set each Platter in his place:
Rake the Fier up, and get
Water in, ere Sun be set.

Wash your Pailes, and clense your Dairies;
Sluts are loathsome to the Fairies:
Sweep your house: Who doth not so,
Mab will pinch her by the toe.

HERRICK

Elfish kam die Sache nicht ganz geheuer vor, denn sie hatte das Gefühl, die Stelle mit der »Schlampe« und »Liederlichkeit« könnte auf sie gemünzt sein, aber Aran beruhigte sie.

»Zufällig geht es in dem einzigen Gedicht über Queen Mab, das ich finden konnte, um Sauberkeit und Ordnung. Na und? Du wirkst nicht sehr begeistert.«

Elfish gab zu, daß sie ein wenig enttäuscht war, weil das Gedicht vom selben Dichter stammte wie der Vers, den Mo ihr geschickt hatte.

»Ich hab auf jemanden gehofft, der noch obskurer als dieser Herrick ist, damit Mo weiß, daß er mich mit Codys Bildung nicht einschüchtern kann.«

»Tut mir leid, Elfish, aber mehr konnte ich nicht tun. Ich habe stundenlang gesucht, und natürlich bin ich in solchen Dingen ein Experte. Ich glaube nicht, daß es noch mehr Gedichte über Mab gibt.«

In Wirklichkeit war Aran ohne große Lust zur Bibliothek gegangen und hatte ein bißchen in einem Buch geblättert, das Herricks gesammelte Werke enthielt. Dazu hatte er nicht länger als eine Viertelstunde gebraucht, aber er wußte, daß Elfish das nicht merken würde. Trotzdem fand er, daß er damit ein gutes Stück Arbeit geleistet hatte, wo er doch sonst den ganzen Tag nur zu Hause gehockt und in die Glotze geschaut hätte.

Elfish zuckte die Achseln.

»Na ja, für meine Zwecke reicht das Gedicht. Wenn Mo es sieht, kriegt er bestimmt Panik und Minderwertigkeitsgefühle, weil er merkt, daß ich wieder mal auf dem besten Weg zum Erfolg bin. Es hat ja auch nie einen Zweifel daran gegeben, daß ich gewinnen werde.«

»Dann hast du also den restlichen Monolog auswendig gelernt?«

»Äh, nein«, gestand Elfish.

»Und der Anfang? Kannst du dich an den wieder erinnern?«

»Nur bis Zeile zwei. Aber ich bin sicher, heute abend geht's schon viel besser. Vorher muß ich aber noch bei May im Tulse-Hill-Estate vorbeischauen. Ich hab gehört, sie ist eine gute Gitarristin, und ich will sie anheuern. Kannst du mir ihre Adresse geben?«

Aran runzelte die Stirn. May war für ihn keine angenehme Erinnerung. Sie war eines seiner Opfer bei dem Versuch gewesen, sich zumindest körperlich über die Trennung von seiner Freundin hinwegzutrösten.

»Was ist los? Weißt du ihre Adresse nicht mehr?«

»Doch.« Wieder machte Aran ein finstres Gesicht.

»Anscheinend zählt May nicht zu deinen besten Erinnerungen. Was ist mit ihr?«

Aran trommelte mit den Fingern auf die Armstütze seines Sessels und wirbelte dadurch eine kleine Staubwolke auf.

»Es geht ihr nicht gut. Wir sind mal nach einer Party zusammen ins Bett gegangen, und als ich sie ausziehen wollte, ist sie in Tränen ausgebrochen.«

»Dann sind die Gerüchte über dich also wahr«, stichelte Elfish.

»Ich konnte überhaupt nichts dafür. Das Problem war, daß sie es nicht ertragen konnte, wenn jemand sie auszog, weil es sie zu sehr daran erinnerte, wie sie sich in Nordirland im Gefängnis bei den Kontrollen splitternackt ausziehen mußte. Sie war wegen einer Spritztour mit einem gestohlenen Wagen in Untersuchungshaft, und man hat sie in einem Monat fünfmal nackt ausgezogen, bevor sie freigesprochen und entlassen wurde. Beim letzten Mal ging es zu wie bei einer richtigen Razzia, und es wurden Wärterinnen in Kampfanzügen eingesetzt. Die Gefangenen versuchten zu protestieren, May wurde auf den Boden geworfen, und dann hat man ihr eins übergezogen und ihr die Kleider vom Leib gerissen. Draußen auf dem Gang sind männliche Wärter auf- und abgegangen, haben immer wieder reingeschaut und ihren Senf dazugegeben. May hatte danach lauter blaue Flecken auf dem Rücken, und ihr Gesicht war geschwollen. Sie hat zu mir gesagt, daß sie nach England gegangen ist, um darüber hinwegzukommen, aber als sie dann allein schon bei der Erinnerung an dieses Erlebnis zu weinen angefangen hat, habe ich mir gesagt, daß sie noch längst nicht drüber weg ist.«

Noch ein Problemfall, dachte Elfish leicht angewidert, aber sie sagte: »Na prima. Wenn sie in meiner Band Gitarre spielt, hilft ihr das bestimmt. Und wenn nicht, dann eben nicht. Solange sie spielt, ist es mir egal.«

Elfish verließ Aran mit der Absicht, noch einen Versuch mit Shakespeare zu starten, bevor sie zu May ging, aber dann kam ihr Tula in die Quere. Sie wollte mit Elfish nach dem Mittagessen eine Partie Billard spielen und erzählte ihr, daß sie gerade für vier Tage Telefonbücher ausliefern ausbezahlt worden sei.

»Ich muß weiter«, sagte Elfish. »Ich hab heute nachmittag wichtige Dinge zu erledigen.«

»Trink noch ein Glas«, sagte Tula. »Du hast in letzter Zeit soviel zu tun, daß wir dich kaum noch zu sehen kriegen. Laß uns eine Runde Billard spielen.«

Elfish hatte beim Billard ein gutes Händchen und konnte der Kugel einen Effet verleihen, so daß sie seitlich oder rückwärts genau zu der Stelle rollte, wo sie hin sollte, ein Kunststück, das sie den meisten Hobbyspielern in der Bar voraus hatte. Mit ihrer Lederjacke und den Motorradstiefeln machte sie am Tisch eine gute Figur, und das wußte sie.

Billardspielen und Trinken waren eine feine Sache, aber danach fiel sie zu Hause ins Bett und wachte erst um drei Uhr morgens wieder auf. Sie ärgerte sich über sich selbst. Sie hatte doch May besuchen wollen. Wieder war ein Tag weg, und sie hatte nicht getan, was sie sich vorgenommen hatte. Wie kam es, daß ein Mensch mit einem so eisernen Willen wie sie sich so leicht ablenken ließ? Ein schrecklicher Gedanke durchfuhr sie: Wenn sie nicht aufpaßte, würde sie am Ende wie alle anderen werden, und ihre Träume würden sich in Luft auflösen. Vielleicht waren sie sogar schon unterwegs zum Mond.

Sie ging in ihrem Zimmer auf und ab und las den Shakespeare-Text, konnte sich aber keine einzige Zeile merken. Sie verfluchte ›Romeo und Julia‹, weil sie fand, daß es ein besonders blödes Stück und in einer besonders blöden Sprache geschrieben war. Sie war deprimiert. Es war mitten in der Nacht, und ihre Erfolgschancen schienen in weite Ferne gerückt. Elfish fühlte sich überfordert. Sie konnte nicht wieder einschlafen, lag auf dem Bett und kam sich leer vor.

26

Soweit John Mackie sich erinnern konnte, hatte er in den vergangenen fünfzig Jahren in der Kirche jeden Tag eine Kerze für seine Schwester angezündet. Die Kerzen lagen in der katholischen Gemeindekirche neben dem Altar aus. Sie waren flach und weiß und von dünnem Blech umschlossen. Daneben stand ein Kasten, in den man Geld einwerfen konnte. Jede Kerze kostete fünfzehn Pence.

Er war jetzt sechzig. Er selbst war zehn und seine Schwester acht Jahre alt gewesen, als sie auf ein Schiff nach Kanada gebracht wurden, um dem Krieg in England zu entfliehen.

Das Schiff wurde torpediert und sank rasch. Viele Menschen kamen um, auch seine Schwester. John Mackies letzte Erinnerung an sie war der Anblick ihres langen dunklen Haares, das im Wasser von ihm forttrieb, während er verzweifelt versuchte, zu ihr zu gelangen. Eine Welle trennte sie, und er sah sie nie wieder. Er wurde halb bewußtlos an Bord eines Rettungsbootes gezogen, aber seine Schwester fand man nie. Das hatte sein Leben zerstört.

Er besaß jetzt einen Second-Hand-Musikladen in Brixton und kam mehr schlecht als recht über die Runden. In den vergangenen zehn Jahren hatte er sich mit dem großen, modernen Second-Hand-Laden, der in derselben Straße ein Stück weiter eröffnet hatte, einen aussichtslosen Kampf geliefert. Das Schaufenster des anderen Geschäfts war vollgestellt mit Gitarren und Verstärkern, Synthesizern, Sampling-Geräten, Sequencern und modernen Aufnahmeapparaten, während in seinem ein ziemlich klägliches Sammelsurium aus Gitarren, Banjos, billigen Effektgeräten und gebrauchten Kassetten ausgestellt war, die niemand haben wollte.

Wer Geld hatte und ein gutes Equipment brauchte, ging in die Vorstadt und kaufte sich die Sachen neu in der Denmark Street, und wer knapp bei Kasse war und aus einem breiten Angebot auswählen wollte, ging in den anderen Second-Hand-Laden. Da blieben wenig Kunden für John Mackie übrig.

Untätig stand er hinter dem Verkaufstisch und fuhr leicht zusammen, als Elfish den Laden betrat. Er war an die bizarr gekleideten Jugendlichen aus Brixton gewöhnt, die manchmal in seinen Laden kamen, denn seine Kundschaft bestand fast ausschließlich aus Leuten wie ihnen mit wenig Geld, aber der Anblick von Elfishs zierlicher Gestalt, die in der riesigen, mit Metallteilen gespickten Lederjacke fast verschwand, verblüffte ihn dennoch, nicht zuletzt, weil ihr Gesicht fast vollständig von den mit Perlen verzierten Haarsträhnen verdeckt wurde. Als sie sich vor den Ladentisch stellte, stießen die Perlen auf den Metallstift und den Ring, die sie sich durch die Nase gebohrt hatte. Sie schob das Haar zurück, und ihr schmutzstarrendes Gesicht kam zum Vorschein. Leichtes Unbehagen beschlich John Mackie.

Elfish fragte, ob sie sich eine Gitarre ansehen durfte, die im Schaufenster hing. Der Laden war sehr eng, und so war es ein ganzes Stück Arbeit, die Gitarre aus der Auslage zu holen, an einen Verstärker anzuschließen und Elfish den Gurt um den Hals zu legen.

Elfish klimperte ein bißchen auf der Gitarre herum, um zu hören, ob sie gestimmt war, und fiel dann in den Rhythmus des ›Green River Blues‹, einer sehr alten Melodie. John Mackie kannte die Musik und war überrascht, daß jemand wie Elfish sie auf den Saiten zupfen konnte. Schon wurde ihm fast warm ums Herz, als Elfish jäh abbrach, die Lautstärke so hochdrehte, daß aus dem kleinen Verstärker nur noch ein scheußlicher, schriller Pfeifton drang, und ein paar Takte lang wüste Akkorde anschlug.

John Mackie wand sich. An diese Art Musik würde er sich nie ganz gewöhnen können. Elfish gefiel die Gitarre, aber sie konnte sie sich nicht leisten, was den Ladenbesitzer nicht weiter überraschte.

»Geben Sie sie mir mit. Ich stottere sie ab.«

»Nein«, sagte John Mackie.

»Die Gitarre ist für mich ungeheuer wichtig«, sagte Elfish ernst.

John Mackie schüttelte den Kopf. Er gab sich nicht eben freundlich. Er wollte, daß Elfish den Laden so schnell wie möglich verließ, denn er wußte jetzt, woher sein Unbehagen kam: Wenn sie sich das Haar aus dem Gesicht strich, sah sie seiner seit langem toten Schwester auf unerträgliche Weise ähnlich.

Elfish konnte ihn nicht überreden, ihr die Gitarre zu geben. Er wollte sie so lange nicht herausrücken, bis sie vollständig bezahlt war, und Elfish konnte sie sich wirklich nicht leisten. Wütend ging sie nach Hause. Sie brauchte die Gitarre für May, hatte aber keine Ahnung, wie sie an sie herankommen konnte.

Da ihr keine Lösung einfiel, machte sie sich auf die Suche nach einem Opfer, an dem sie ihre üble Laune auslassen konnte. Sie ging nach unten, um mit Marion, Chevon, Gail oder Perlita einen Streit anzuzetteln, entweder mit jeder einzelnen von ihnen oder mit allen zusammen, aber es war niemand da. Chevons Katze kam hereingeschlichen. Elfish hatte große Lust, die Katze ihre miese Laune spüren zu lassen, weil sie sich sagte, daß eine Katze, die es mit Chevon aushielt, eine ordentliche Tracht Prügel verdiente. Sie holte mit dem Stiefel aus, aber die Katze kannte Elfish und machte sich flink aus dem Staub.

Hoffnungsvoll spähte Elfish aus dem Fenster in den Hinterhof und wünschte, daß Lilac und Cary dort waren, damit sie sie anständig zusammenstauchen konnte, aber die beiden waren weit und breit nicht zu sehen.

Jetzt war sie total frustriert. Sie hatte das Gefühl, daß sie unbedingt jemandem eins auswischen mußte.

Unversehens stiegen schlimme Erinnerungen an Mo in ihr auf, und da hatte sie eine großartige Idee. Sie hechtete zum Telefon und wählte seine Nummer.

»Hallo Mo, ich bin's, Amnesia. Elfish hat mich gerade angerufen. Anscheinend merkt sie nicht, wie sehr ich sie hasse. Stimmt es, was sie mir erzählt hat, nämlich daß sie ihre Band zusammen hat und den Namen Queen Mab in Beschlag nimmt? Ganz schön dumm von dir, auf so eine Wette einzugehen und Elfish gewinnen zu lassen, Mo.«

Mo sagte, Elfish würde das nie schaffen, aber Amnesia schob seine Einwände beiseite.

»Mir kommt es allmählich so vor, als wäre Elfish für dich eine Nummer zu groß, Mo. Stimmt es, daß sie mit all deinen Weibern geschlafen hat und sie alle der Meinung sind, daß sie besser war als du?«

»Garantiert nicht«, sagte Mo mit Nachdruck.

»Sie sagt, du hättest früher so viel getrunken, daß du nicht mehr richtig einen hochgekriegt hast. Ich erinnere mich auch, daß du viel getrunken hast, Mo. Reiß dich lieber zusammen, du hast auch deine Schwächen, und so was spricht sich schnell rum. Wenn man erst mal den Ruf weg hat, daß man impotent ist, wird man ihn so schnell nicht mehr los. Na ja, wahrscheinlich hat Elfish gelogen. Bis dann.«

Danach fühlte sich Elfish etwas besser. Sie hatte Mo tödlich beleidigt, und bestimmt schäumte er jetzt vor Wut.

Dieser kleine Triumph machte Elfish Lust auf eine Partie Billard, aber dann wurde ihr klar, daß sie niemanden hatte, mit dem sie spielen konnte. Sie hatte anscheinend alle Freunde vergrätzt, alle bis auf Tula, und die arbeitete vermutlich gerade.

Auch wenn Elfish der Wahrheit nicht gerne ins Gesicht sah, mußte sie sich eingestehen, daß sie nur sehr wenige Freunde hatte. Sie hatte nie zu einer großen Clique gehört. Sie ging nie mit einer Horde von Leuten in eine Bar oder zum Tanzen wie die anderen Frauen, mit denen sie zusammenwohnte. Ihre wenigen Bekannten vergraulte sie meist, indem sie deren Gutmütigkeit durch ihren ewigen Trübsinn zermürbte, oder sie verscherzte es sich durch einen Wutanfall mit ihnen.

Genau wie Aran war sie viel allein, aber darüber verloren sie nie ein Wort. Über ihre Einsamkeit zu reden würde ihr schwerfallen, selbst mit ihrem Bruder, aber seit sie sich mit Amnesia endgültig verkracht hatte, war Aran der einzige Mensch, der ihr nahestand. Da Aran jedoch meistens zu tief in seinen eigenen Depressionen und Ängsten steckte, um ihr als Freund von großem Nutzen zu sein, fehlte in Elfishs Leben jemand, der sie in schweren Zeiten aufbaute.

27

Mo lungerte mit einem großen Glas Bier in der Hand in einem Brixtoner Pub herum. Er war zufrieden, denn er hatte eine gelungene Probe hinter sich. Er und die anderen Musiker diskutierten darüber, wie sie ihre Band managen sollten. Nach einigen mehr oder weniger erfolgreichen Gehversuchen in der Welt der Rockmusik hatte Mo das Gefühl, genügend Erfahrung gesammelt zu haben, um einen Agenten zu finden, jemanden, der bereit war, ein Unternehmen dafür zu bezahlen, daß es für sie ein wenig Werbung machte. Nichts Spektakuläres, nur eine kleine Starthilfe sozusagen.

»Ich werde nächste Woche mal ein bißchen rumtelefonieren«, sagte Mo.

»Warum nicht gleich?«

»Wegen dem Namen.«

Der Schlagzeuger sah ihn verdattert an.

»Ich dachte, du hättest dich für Queen Mab entschieden.«

»Hab ich auch«, sagte Mo, »aber die Sache ist erst in einer Woche spruchreif. Alles hängt von Elfish ab.«

Die anderen Bandmitglieder verstanden das nicht. Sie kapierten nicht, warum er den Namen nicht einfach in Beschlag nahm. Wenn er Mo gefiel, konnte ihn niemand davon abhalten.

»Wen stört es schon, ob Elfish sich drüber ärgert. Elfish ist eine totale Null.«

Mo zog die Lederjacke aus und warf sie über den Stuhl. Sie rutschte zu Boden, aber er ließ sie liegen. Ein zerrissenes blaues T-Shirt spannte sich über seinen Oberkörper mit den breiten Schultern.

»Ich will, daß es ihr noch schlechter geht als sowieso schon«, sagte Mo, und die anderen fanden, daß das überzeugend klang. Mos Abneigung gegen Elfish war bekannt, und daß sie in den vergangenen Tagen noch größer geworden war, wunderte niemanden. Jeder am Tisch hatte selbst schon die Erfahrung gemacht, wie sein Haß und Abscheu gegen eine Frau, mit der er früher mal etwas gehabt hatte, sich ohne Vorwarnung steigerte.

»Will sie sich wirklich vor unserem Auftritt auf die Bühne stellen und einen Monolog aufsagen?«

»Ja, will sie.«

Alles lachte.

»Und was ist, wenn sie es schafft?«

Mo versicherte ihnen, daß sie es nicht schaffen würde. Er kannte Elfish gut genug und verließ sich darauf, daß sie unfähig war, unter Druck einen Text auswendig zu lernen.

Eine schlanke, schwarzgekleidete Frau mit langem blondem Haar und tätowierten Schultern betrat den Pub, und die Köpfe aller Bandmitglieder flogen zu ihr herum.

»Die kenne ich«, sagte Cody. »Das ist Amnesia. Ich dachte, sie wäre aus London weggezogen.«

28

Elfish schwankte, ob sie aufstehen und ihre Sache vorantreiben oder den ganzen Tag im Bett liegenbleiben sollte. Für das, was sie vorhatte, war es entscheidend, daß sie am Ball blieb. Nur hatte sie dummerweise keine Lust dazu.

Sie hatte sich im Supermarkt eine Flasche billigen Whisky besorgt. Die Versuchung war groß, sich den Fernseher nach oben zu holen, sich unter der Decke zu verkriechen, Whisky zu trinken und den anderen gegenüber so zu tun, als würde sie den Monolog auswendig lernen.

Mittags raffte sie sich endlich auf. Sie trug mehrere Paar Socken und Lagen T-Shirts übereinander. Sowohl Socken als auch T-Shirts waren löchrig, schmutzig und ganz steif von einer uralten getrockneten Schweißschicht. Sie zog die Leggings an, stieg in die Stiefel und manövrierte die Arme durch das verschlissene Futter der Lederjacke.

Draußen schien die Sonne, und Elfish blinzelte schlechtgelaunt. Sie haßte grelles Sonnenlicht. Es tat ihr in den Augen weh, selbst wenn das Haar davor hing.

»Hallo Elfish«, rief jemand fröhlich, und gleich darauf noch jemand.

Cary und Lilac standen händchenhaltend vor dem Haus.

Ruckartig blieb Elfish stehen und starrte die beiden feindselig an. Sie war sich nicht ganz sicher, aber es kam ihr so vor, als drückte sich das Pärchen in geheimem Einverständnis leicht die Hand.

Das war zuviel für Elfish. Sie warf Cary und Lilac einen vernichtenden Blick zu, stürmte zurück ins Haus, holte den Fernseher aus dem Wohnzimmer und schleppte ihn nach oben.

In ihrem Zimmer schnappte sie sich die Whiskyflasche, knipste das Licht aus und legte sich in voller Montur ins Bett. Sie sah sich eine Gameshow und Seifenoper nach der anderen an, trank Whisky und rauchte Joints, wodurch sich ihre Stimmung im Lauf des Nachmittags immer mehr verdüsterte, bis ihr schließlich das Bewußtsein schwand und sie von Alpträumen heimgesucht wurde.

Draußen rüsteten sich Cary und Lilac, von der verheerenden Wirkung ihrer Zärtlichkeiten nichts ahnend, für einen neuerlichen Versuch, ein bißchen Geld zu verdienen. Sie besorgten sich Wassereimer und saubere Lappen, um sich an Straßenkreuzungen zu postieren und Windschutzscheiben zu putzen, ob die Autofahrer es wollten oder nicht.

29

»Es ist hoffnungslos«, klagte Kleopatra, und sie hatte recht. Wenn man bedenkt, um wen es sich bei den Schiffbrüchigen handelte, hätte man meinen können, daß sie mit den ihnen unablässig widerfahrenden Mißgeschicken besser hätten fertigwerden müssen. Sowohl Perikles als auch die

Rote Sonja waren erprobte Krieger. Auch Kleopatra war in der Kriegskunst nicht unerfahren und hatte in der Schlacht von Aktium eine Flotte befehligt. Selbst Ben Jonson hatte sich bei Handgreiflichkeiten in einer Schenke bewährt. Trotzdem fruchteten all ihre Mühen nichts.

Das Problem lag einfach darin, daß der Feind übermächtig war. Alle Versuche, das Floß zurück zum Ufer zu steuern, wurden vereitelt. Jedesmal wenn Botticelli ein Ruder zusammengebastelt hatte, tauchte ein Seeungeheuer auf, um es zu demolieren, oder ein Greif stieß vom Himmel herab, um es zu zertrümmern. Die Rote Sonja schlug zwar mit ihrem Breitschwert um sich, doch für jeden Greif, den sie tötete, tauchten zwei neue auf.

Mick Ronson hatte sich bereits mehr oder weniger aufgegeben; er saß mitten auf dem Floß und spielte Gitarre, wovon die anderen nicht sonderlich begeistert waren.

»Ich sehe ihn schon!« schrie Botticelli.

»Wen? Wen?«

»Den Rand der Welt!«

Mick Ronson legte die Gitarre beiseite und blickte verwundert zum Horizont. Als Mensch des zwanzigsten Jahrhunderts war er bislang davon überzeugt gewesen, daß die Erde rund war und keinen Rand hatte, aber kein Zweifel, ein Stück vor ihnen toste ein gewaltiger Wasserfall, und das konnte nur die Stelle sein, wo der Ozean in den endlosen Abgrund stürzte.

»Los, ans Ruder!« befahl Kleopatra und eilte der Roten Sonja zur Hilfe, die den Greifenschwarm abzuwehren suchte, der Botticelli am Ruder zusetzte. Aber da für jeden getöteten zwei weitere auftauchten, war der Himmel bald voll von diesen schrecklichen Kreaturen. Botticelli mußte sich geschlagen geben, und das Ruder wurde zum wiederholten Mal zerschmettert. Unerbittlich trieb das Floß auf den Rand der Welt zu.

»Einfach lächerlich«, sagte Elfish und drosch grimmig auf die Tastatur von Arans Computer ein. »Wie kann man die Greife besiegen?«

»Gar nicht«, sagte Aran. »Sie sind zu stark.«

»Was soll das verdammte Spiel dann?« schnaubte Elfish und stand empört auf.

»Ich finde das Spiel toll«, sagte ihr Bruder.

»Und ich finde es bescheuert. Warum spiele ich überhaupt dein blödes Videospiel? Eigentlich sollte ich den Monolog lernen. Heute hab ich es bis Zeile fünf geschafft, und dann war alles wieder wie weggepustet. Ich hab nur noch sechs Tage.«

Elfish ging. Sie hatte ein schlechtes Gewissen und war sauer auf sich selbst, weil sie Zeit verplempert hatte. Das tat Aran zwar leid, aber andererseits war er ziemlich froh, daß er wieder allein war und an seinem Computerspiel weiterarbeiten konnte.

Er war gerade dabei, eine neue Figur einzuprogrammieren, nämlich Bomber Harris, der vom Himmel herabschwebte, nachdem er von einem Pterodaktylus entführt worden war, als er abermals bei der Arbeit gestört wurde.

Es war schon wieder Elfish.

»Schau dir das an!« jammerte sie und rannte Aran auf dem Weg von der Wohnungstür zur Küche fast über den Haufen. Aran hob das Stück Papier auf, das sie ihm hingeworfen hatte, und folgte ihr zum Kühlschrank, wo sie verzweifelt ein Bier in sich hineinschüttete. Während Elfish die zweite Dose leerte, las Aran, was auf dem Zettel stand.

I am the Fairy Mab: to me 'tis given
The wonders of the human world to keep:
The secrets of the immeasurable past,
In the unfailing consciences of men,
These stern, unflattering chroniclers, I find.
SHELLEY

»Und?« fragte Elfish.

»Ein lausiges Gedicht«, sagte Aran. »Klingt wie die Lösung von einem Silbenrätsel.«

»Wie es klingt, ist mir schnuppe!« tobte Elfish. »Hast du nicht behauptet, du hättest stundenlang gesucht? Du hast zu mir gesagt, du hättest außer dem von Herrick kein anderes Gedicht über Queen Mab gefunden, und jetzt schickt mir Mo eins von Shelley. Sogar ich hab den Namen Shelley schon mal gehört! So obskur kann das Gedicht also nicht sein. Hast du überhaupt richtig gesucht?«

»Stundenlang«, beteuerte Aran. »Ich habe in mühseliger, zermürbender, akribischer Kleinarbeit –«

Elfish ließ ihn stehen, ging quer durchs Wohnzimmer und griff sich Arans ›Wunderbares Kinderlexikon‹ aus dem Regal. Sie riß es fast auseinander, als sie es unter »S« aufschlug und nach dem Namen Shelley suchte.

»Aha!« sagte sie triumphierend. »Und was ist damit? ›Queen Mab‹, ein Frühwerk von Shelley. In neun Cantos, was auch immer das heißen soll. Also?«

»Auch der gründlichste Rechercheur übersieht gelegentlich einen obskuren Quellenverweis«, sagte Aran.

»Es steht in deinem *Kinderlexikon,* Herrgott noch mal!« brüllte Elfish. »Wenn ich mich nicht irre, ist es eines der bekanntesten Gedichte in englischer Sprache! Wie lange bist du wirklich in der Bibliothek gewesen?«

Aran verteidigte sich nur halbherzig, während Elfish ihn herunterputzte. »Kann ich mich denn auf niemanden verlassen? Seid ihr alle zu nichts zu gebrauchen?«

Am Ende sah sich Aran genötigt, seiner Schwester hochheilig zu versprechen, daß er für sie ein anderes Gedicht über Queen Mab suchen würde.

»Und wenn ich noch so große Strapazen auf mich nehmen muß!«

Das stimmte Elfish einigermaßen versöhnlich.

»Bist du mit dem Monolog vorangekommen?« fragte Aran.

»Natürlich nicht!« fauchte Elfish und bekam schon wieder einen Wutanfall. »Wie soll ich einen Monolog auswendig lernen, wenn ich mich nicht mal umdrehen kann, ohne daß Mo und Cody mich mit so einem Gedicht ärgern? Ich kann bald die Wände in meinem Zimmer damit tapezieren. Sie machen sich über mich lustig. Aber das werde ich ihnen heimzahlen.«

Aran versuchte sich mit seiner Schwester gutzustellen, indem er ihr mit dem Monolog half, aber auch die vereinte Mühe fruchtete nichts. Elfish war so verkrampft, daß sie sich keine einzige Zeile merken konnte, obwohl sie ihre gesamte Willenskraft aufbot. Als ihr klar wurde, was sich da für ein Unheil anbahnte, schimpfte und fluchte sie auf den Rest der Welt. Die Lage war in der Tat so hoffnungslos, daß Aran sich überlegte, ob er Elfish in sein Computerspiel einprogrammieren sollte, weil auch sie sich immer mehr zu einem Versager entwickelte.

30

Niedergeschlagen machte sich Elfish auf den Heimweg. Ihr spukte ein beunruhigend scharfes Bild im Kopf herum: Hunderte von Mos Freunden und Hunderte von ihren eigenen Feinden würden am kommenden Samstag vor der Bühne stehen und sie auslachen.

Es war höchste Zeit, entschlossen zu handeln, aber was sie an diesem Tag erlebt hatte, hatte sie so ausgelaugt, daß sie sich zu nichts mehr aufraffen konnte.

Ich gebe auf, dachte sie, während sie sich ins Haus schleppte.

Ich gebe nie auf, dachte sie, während sie die Treppe hochging. Sie nahm ihren Shakespeare zur Hand und las ein paar Minuten darin, bevor sie es wieder sein ließ.

Noch gebe ich nicht auf, sagte Elfish sich. Aber ich mache morgen weiter. Sie ging mit der Whiskyflasche ins Bett.

Gegen zwei Uhr morgens wurde sie von Aran aus dem Schlaf gerissen. Er war völlig aufgelöst.

»Was ist passiert?« murmelte Elfish.

»Etwas Schreckliches«, sagte Aran und wischte sich die Stirn ab. »Ich bin gekommen, weil ich eine Idee für dein Bühnenbild habe ...«

Elfish blinzelte. Von Alkohol und Schlaf noch halb betäubt, war sie dennoch wach genug, um sich über den ungewöhnlichen Tatendrang ihres Bruders zu wundern. Irgend etwas, das mit ihrer Band zu tun hatte, mußte ihn innerlich so aufgewühlt haben, daß es ihn mitten in der Nacht aus dem Haus trieb. Es sei denn, er hatte einfach nur ein schlechtes Gewissen, weil er sich bei der Suche nach einem Gedicht zu wenig Mühe gegeben hatte.

»Und was für eine Idee?«

»Aber dann standen diese beiden jungen Leute händchenhaltend vor der Tür –«

»Cary und Lilac?« schnaubte Elfish. »Das machen die ständig.«

»Aber das ist noch nicht alles. Sie hatten Gänseblümchen in der Hand und steckten sie sich gegenseitig ins Haar.«

Beim Gedanken daran schüttelte sich Aran. Diese ungenierte Zurschaustellung ihrer Liebe hatte auf sein angeknackstes Gemüt noch verheerendere Auswirkungen als auf Elfish. Wortlos streckte er die Hand nach Elfishs Whiskyflasche aus und schlüpfte neben seiner Schwester unter die Bettdecke.

»Es war furchtbar«, murmelte er. »So etwas gehört verboten.«

»Na, na«, beruhigte ihn Elfish. »Keine Panik, das geht vorbei.«

»Haben die beiden denn keine Ahnung, was sie anrichten können, wenn sie sich in aller Öffentlichkeit gegenseitig Gänseblümchen ins Haar stecken?«

Aran nahm einen kräftigen Schluck und wetterte noch eine Weile, daß man Cary und Lilac hart bestrafen sollte.

»Jagt sie aus der Stadt, sage ich.«

Elfish beugte sich vor und schaltete den Fernseher ein. Im Nachtprogramm lief gerade ›American Gladiators‹, eine ihrer Lieblingssendungen.

Der Alkohol, das Fernsehen und die Nähe seiner Schwester beruhigten Aran allmählich.

»Was ist denn nun mit dem Bühnenbild?« fragte Elfish während des Werbeblocks.

»Ach ja, das Bühnenbild. Das habe ich ganz vergessen.«

Aran kramte in seinem Gedächtnis. »Genau, das Bühnenbild. Ich weiß, wer es dir malen kann: Aisha. Als ich neulich bei ihr war, bemalte sie gerade eine Leinwand. Sie ist eine gute Malerin, und sie macht es bestimmt.«

Elfish dachte kurz nach.

»Vielleicht. Aber Aisha ist berühmt für ihre Persönlichkeitsprobleme. Hier hat jeder einen Klaps, aber die schlägt alle. Woher kennst du sie?«

»Ich bin mal mit ihr ins Bett gegangen.«

Elfish war ziemlich beeindruckt, denn Aisha hatte einen festen Freund und war sehr schön. Sie fragte ihren Bruder, wie es dazu gekommen war.

»Wir waren mit ein paar Freunden in einer Schwulenbar. Wie es uns dorthin verschlagen hat, weiß ich nicht mehr. Nachdem wir eine Weile getanzt hatten, fing sie an, mich zu küssen. Die Schwulen schien das nicht zu stören.«

»Die haben wahrscheinlich schon ganz andere Dinge gesehen.«

»Bestimmt. Das Klo der Bar war mit Fell bezogen.«

»Und wie war es mit Aisha im Bett?«

Aran antwortete, er könne sich nur noch daran erinnern, daß Aisha ziemlich laut gewesen sei.

»Ich meine, wirklich laut, lauter als jede normale Frau. Sie hat richtig geschrien, und ich hatte ein bißchen Angst, die Nachbarn könnten sich beschweren. Außerdem kam es mir so vor, als hätte sie mehr Spaß an der Sache als ich. An viel mehr erinnere ich mich nicht, nur noch daran, wie ich am nächsten Morgen aufgewacht bin. Aisha sah immer noch wunderschön aus, und das hat mich ziemlich beeindruckt nach der langen Nacht und dem vielen Alkohol. Ich sah bestimmt schrecklich aus. Als ich auf die Toilette ging, fiel mir an der Wohnungstür eine Postkarte auf, die im Briefschlitz steckte. Ich habe sie gelesen. Sie war von ihrem Freund Mory aus Kanada. Ich schob sie unter den Teppich, damit Aisha sie nicht sehen und ein zu schlechtes Gewissen haben könnte, um noch mal zu bumsen. Dann habe ich Tee gemacht, Aisha ist aufgewacht, und wir hatten noch mal Sex. Eigentlich wäre alles prima gewesen, nur bekam Aisha dann nach dem Bumsen einen schlimmen Panikanfall, und ich mußte mich schnell anziehen und gehen. Wenn jemand einen Panikanfall hat und dich bittet, zu gehen, dann meint er es ernst, und dann bringt es nichts, wenn man dableibt und versucht, sich nützlich zu machen. Das weiß ich aus Erfahrung. Ich habe keine Ahnung, warum sie einen Anfall gekriegt hat, aber abgesehen davon hat es Spaß gemacht.«

»Triffst du dich noch mal mit ihr?«

»Ich glaube nicht. Auf der Postkarte stand, daß ihr Freund bald zurückkommt, und dann hat sie bestimmt keine Zeit mehr für mich. Ich mag Mory. Er ist Maler, wie sie.«

Elfish griff nach der Whiskyflasche. »Hat dich das über die Trennung von deiner Freundin ein bißchen hinweggetröstet?«

Kopfschüttelnd sagte Aran, nein, er habe sich danach nur noch gräßlicher gefühlt.

Elfish ließ sich Arans Vorschlag durch den Kopf gehen.

»Vielleicht hast du recht. Aisha könnte mir ein Bühnenbild für Queen Mab malen. Damit wäre schon viel erreicht.«

Sie machten es sich gemütlich und sahen sich voll Interesse den Rest von ›American Gladiators‹ an. Ab und zu machten sie eine Bemerkung über ihren Lieblingsgladiator und über die Spiele, die ihnen am besten gefielen. Spitzenreiter war bei beiden der Hindernislauf, bei dem jeder Wettkämpfer durch ein Sperrfeuer aus Tennisbällen rennen mußte, die von einem gegnerischen Gladiator aus einer riesigen Kanone abgeschossen wurden, und zwischendurch an mehreren Punkten haltmachen mußte, um mit eigenen Waffen zurückzufeuern.

»Da würde ich gerne mitspielen«, sagte Aran.

»Ich auch«, sagte Elfish.

»Ich habe bis jetzt acht verschiedene Zigarettenbildchen.«

»Wirklich? Schon acht? Toll!«

Als ›American Gladiators‹ vorbei war, schliefen sie in lockerer Umarmung ein.

Draußen waren Cary und Lilac leicht verstimmt, weil sie mit Scheibenputzen nichts verdient hatten. Den ersten vielversprechenden Standort hatten bereits sechs Mann in Beschlag genommen, die durch die Bank größer als sie selbst waren und ihnen den guten Rat gaben, schleunigst zu verschwinden. Also waren sie zur nächsten größeren Straßenkreuzung in Vauxhall gelatscht, gewöhnlich eine einträgliche Stelle für Scheibenputzer, und zu ihrer Freude hatte dort noch niemand gestanden. Leider waren sie bald dahintergekommen, daß die Polizei alle weggejagt hatte, und auch sie hatten sich verziehen müssen, als ein Polizeiauto aufkreuzte und ein Schutzmann sie verwarnte.

Was konnten sie sonst noch tun, um Geld zu verdienen?

Sie hatten bei der Leitung der Bronte School of English angerufen, aber die brauchten keine Leute mehr zum Prospektverteilen, und danach waren sie zwar mit ihrem Latein am Ende, aber noch lange nicht verzweifelt gewesen.

»Irgendwas wird sich schon finden«, meinte Lilac. »Wir sollten morgen mal ein bißchen durch Brixton laufen. Bestimmt treffen wir jemanden, der einen Job für uns hat.«

Cary und Lilac hingen beide der sogenannten optimistischen New-Age-Philosophie an, deren Grundgedanke darin besteht, daß sich in der Regel alles zum Guten wendet, wenn man es sich nur intensiv genug wünscht.

Das schaffte für sie alle Probleme aus der Welt, und sie konnten sich weiter Gänseblümchen ins Haar stecken.

31

Stage Diving mit Elfish

Elfish hatte nun den übersinnlichen Zustand eines leidenschaftlichen Stage Diver erlangt, in dem sie gegen Schmerz, Angst oder Erschöpfung immun war. Das Springen gab ihr das berauschende Gefühl, fliegen zu können und den Boden erst wieder zu berühren, wenn sie es wollte. Leichtfüßig erkletterte sie die Bühne und schwebte gleich darauf scheinbar schwerelos durch den Raum.

Die erstaunlichste Erfahrung für Elfish war jedoch, was für eine versöhnliche Einstellung sie der restlichen Welt dabei entgegenbrachte. Die wogende Menge junger Leute unten vor der Bühne, für die Elfish normalerweise nur Geringschätzung übrig hatte, erschien ihr nun als sympathische, ja willkommene Menschenansammlung. Von solch wohlwollenden Gefühlen beseelt, landete sie unsanft auf deren Köpfen.

Wieder auf der Bühne, bemerkte sie, wie jemand winkte und ihr etwas zurief. Es war Amnesia. Nach dem letzten Sprung hatte sie sich bis zum Rand der Menge durchgekämpft und stand nun mitten auf einem freien Fleck. Elfish verstand die Botschaft. Um Anlauf zu nehmen, rannte sie einmal quer über die ganze Bühne und machte einen Riesensatz in Richtung ihrer Gefährtin. In einem großen Bogen flog sie durch die Luft, und ihr Kopf zielte genau auf den Betonboden zu Amnesias Füßen, doch ihre Freundin fing sie gekonnt auf. Elfish hatte nichts anderes erwartet. Lachend gingen sie zusammen zu Boden. Sie rappelten sich rasch wieder auf, blickten sich nach jemandem um, der etwas zu trinken in der Hand hielt, und nachdem er notgedrungen ein paar Schlücke an sie abgetreten hatte, bahnten sie sich wieder rempelnd und mit den Ellbogen stoßend einen Weg nach vorne.

32

Elfish machte ihrem Frust bei Shonen Luft.

»Ich wollte May drüben im Tulse-Hill-Estate besuchen, aber sie wohnt nicht mehr dort. Man hat die Häuser vor kurzem zwangsgeräumt. Die Stadtverwaltung hat Leute mit Anspruch auf Sozialwohnungen vorgeschoben, um die Hausbesetzer möglichst schnell rauszukriegen.«

Shonen wußte, was das bedeutete. Dieses Verfahren bot der Stadt die Möglichkeit, ganz legal und binnen kürzester Frist einen gerichtlichen Räumungsbescheid zu erwirken, der im Zuge einer üblichen Räumungsklage erst nach Monaten zu erlangen gewesen wäre. Auf diese Weise erübrigten sich sämtliche Formalitäten, und die Hausbesetzer konnten ohne Vorwarnung vor die Tür gesetzt werden.

Grundbedingung für diese Prozedur war zwar, daß die Stadt tatsächlich Mieter an der Hand hatte, die schnellstmöglich in die fraglichen Wohnungen einziehen wollten, aber in der Regel scherte sich die Stadt wenig um derlei Auflagen. Die Beamten hatten keine Skrupel, den Bedarf an Sozialwohnungen geltend zu machen, um die Wohnungen dann zuzunageln und leerstehen zu lassen.

Genau das war mit dem Tulse-Hill-Estate passiert, und die mit Eisenplatten verbarrikadierten Wohnungen waren nun unbewohnt.

»Schöner Mist!« sagte Elfish.

»Ja«, pflichtete Shonen ihr bei. »Jetzt gibt es noch mehr Obdachlose und leerstehende Wohnungen.«

Eigentlich hatte Elfish damit sagen wollen, daß sie sich ärgerte, weil sie May gerade dann nicht auftreiben konnte, wenn sie sie brauchte, aber sie ließ die Sache auf sich beruhen.

Shonen hingegen war ernstlich beunruhigt. Wie in allen Teilen Londons hatte auch in Brixton die Zahl der Obdachlosen beängstigend zugenommen; überall kauerten verzweifelte

Menschen ohne Hoffnung und Träume in den Hauseingängen. Diesen Anblick empfand Shonen als sehr bedrückend.

»Und wo steckt May jetzt?«

»Ich hab sie in Camberwell aufgespürt. Sie haust dort zusammen mit vier Neuseeländern und drei Iren in einem Bus, bis sie was anderes findet. Ich hab sie gefragt, ob sie in meiner Band mitspielen will, aber sie war nicht gerade wild darauf. Sie hat gesagt, sie hätte viel zu viel um die Ohren, um Musik zu machen. Normalerweise hätte ich sie abgeschrieben, aber ich hab keine Zeit, rumzurennen und mir jemand anderen zu suchen. Deshalb hab ich sie gefragt, ob sie nicht mal auf eine Tasse Tee vorbeischauen will. Eine Tasse Tee klingt ziemlich verlockend, wenn man in einem alten Bus wohnt. Als sie dann kam, hab ich sie auf meiner Gitarre spielen lassen, und sie ist wirklich gut. Sie hat drauf eingedroschen wie eine Verrückte. Es hat sich angehört wie eine Massenkarambolage auf der Autobahn, das schwöre ich dir. Ich muß sie unbedingt in meiner Band haben.«

Das würde nicht leicht zu bewerkstelligen sein, weil May laut Aran schlimme Depressionen wegen ihrer Erlebnisse im Gefängnis hatte und ihr Leben nur mit größten Schwierigkeiten auf die Reihe bekam. Die plötzliche Zwangsräumung hatte die Sache nicht eben besser gemacht, und May hatte Elfish anvertraut, daß ihre Unfähigkeit, in London eine sichere Bleibe zu finden, ihr auch den letzten Lebensmut geraubt hatte.

»Also, das Problem ist leicht zu lösen«, hatte Elfish zu ihr gesagt. »Chevon zieht nächste Woche aus. Du kannst ihr Zimmer haben. Hier bist du sicher.«

Bei dieser Neuigkeit hatte sich Mays Miene aufgehellt, und sie hatte sich bereit erklärt, in Elfishs Band Gitarre zu spielen.

»Ich wußte nicht, daß Chevon auszieht«, bemerkte Shonen.

»Tut sie auch nicht«, erwiderte Elfish, »aber das darf May nicht wissen. Außerdem hab ich zu May gesagt, daß Chevon ausziehen muß, weil sie Geld aus der Telefonkasse gestohlen hat und sie sie nicht darauf ansprechen soll, weil es ein heikles Thema ist.«

»Und was passiert, wenn May rausfindet, daß das nicht stimmt?«

Elfish zuckte mit den Schultern. Bis dahin wäre das Konzert längst vorbei, Elfish hätte den Namen Queen Mab für sich, und May konnte von ihr aus in einem Pappkarton unter der Waterloo-Brücke hausen.

Blieb nur die Frage, woher sie eine Gitarre für May nehmen sollte. May hatte ihre vor einiger Zeit bei einer früheren Zwangsräumung eingebüßt. Die unermüdliche Elfish war fest entschlossen, ihr eine zu besorgen.

»Ich hab eine in dem kleinen Secondhand-Musikladen gesehen, und die ist in Ordnung, aber ich kann sie mir nicht leisten. Trotzdem, ich krieg sie, ich laß mir was einfallen. Bis Samstag hab ich meine Band zusammen. Und jetzt zum Monolog.«

Elfish stellte fest, daß Shonen den Raum verlassen hatte, und wartete ungeduldig, daß sie zurückkam.

»Gut gekotzt?« fragte sie Shonen, als sie zurück war. Shonen schlug die Augen nieder; ihr war nicht nach Scherzen zumute.

»Der Monolog.«

»Genau, der Monolog.«

»Ja.«

»Also?«

»Ich bin nicht besonders gut darin, anderen Leuten was beizubringen«, sagte Shonen. »Entschuldige mich bitte.«

Wieder stürzte sie aus dem Zimmer. Elfishs Fingernägel gruben sich in die Handteller, und sie wünschte sich verzweifelt, jemand anderen auf dieser Welt zu kennen, der ihr zeigen könnte, wie man dreiundvierzig Zeilen von Shakespeare auswendig lernt, denn dann, schwor sie sich, wäre dies ihr letzter Besuch bei dieser neurotischen Ziege gewesen.

33

Aran hatte Herodot zu Ende gelesen. Nachdem er sich bereits Thukydides und Xenophon zu Gemüte geführt hatte, verfügte er über ein beachtliches Wissen, was die Geschichtsschreiber des Alten Griechenland anging, und hatte jede Menge Anekdoten über Athener, Spartaner und Perser auf Lager. Das würde der Rest der Welt nicht unbedingt begrüßen, aber Aran war nicht zu bremsen. Als Elfish an diesem Tag zu ihm kam, überfiel er sie ohne Vorwarnung mit einem Bericht über den Sturz von Krösus, dem König von Lydien. Elfish verschanzte sich hinter der Behauptung, sie habe keine Zeit, sich die Geschichte vom Sturz des lydischen Königs Krösus anzuhören; sie sei mit dem festen Vorsatz zu ihm gekommen, den Monolog zu lernen.

»Es ist aber eine sehr gute Geschichte.«

»Bestimmt, aber ein andermal. In fünf Tagen ist mein Auftritt. Mos Band übt schon, und ich muß endlich mit dem Monolog weiterkommen. Hilf mir beim Lernen.«

Aran fand diese Aussicht nicht eben berückend. Er gab die Hoffnung, die Geschichte von Krösus, dem König von Lydien, doch noch an die Frau zu bringen, nicht ganz auf und versuchte das Thema erneut anzuschneiden, aber seine Schwester lenkte ihn geschickt von der Antike ab, indem sie sich nach seiner Zigarettenbildchensammlung erkundigte.

»Wie viele Bildchen hast du schon?«

»Zwölf, das heißt, mehr als zwölf, aber ich habe viele doppelt. Es sind zwölf verschiedene. Ich schätze, daß ich meine fünf Pfund Belohnung schon sehr bald kassieren kann. Willst du die Bildchen mal sehen?«

»Später. Jetzt will ich den Monolog lernen.«

»In Ordnung. Jetzt ist Shakespeare dran. Was riecht hier so?«

»Wahrscheinlich ich«, gab Elfish zu. »Nachdem ich gestern nacht so viel Whisky getrunken hab, hab ich mich naß gemacht. Ich nehme später ein Bad, das heißt, falls ich die Zeit dazu hab.«

Elfish hatte Schwierigkeiten, sich zu konzentrieren, weil sie sich in Gedanken noch mit einem anderen Problem herumschlug: Aisha. Sie hatte mit der Malerin in der festen Überzeugung Kontakt aufgenommen, daß es für sie wegen Aishas ständiger Nervosität und Verzweiflung ein Kinderspiel wäre, sie für ihre Zwecke einzuspannen. Zu Elfishs Verdruß jedoch wirkte Aisha ziemlich glücklich. Ihr Freund Mory war wieder da.

Schlechte Nachrichten für Elfish, denn Aisha war nicht nur zu glücklich, um sich ohne weiteres manipulieren zu lassen, sondern wegen eines gemeinsamen Projekts mit Mory auch zu beschäftigt, um ein Bühnenbild zu malen. Zu Aishas Pech hatte sich Elfish das Bühnenbild aber in den Kopf gesetzt und schmiedete bereits Pläne.

34

Bomber Harris war auch nicht fröhlicher als die anderen Schiffbrüchigen auf dem Floß. Seine Stimmung war gedrückt, weil ihm so viele Leute die Zerstörung Dresdens im Zweiten Weltkrieg durch einen gewaltigen Bombenhagel vorhielten.

Auf dem Floß gingen die Meinungen darüber auseinander. Perikles und Kleopatra hielten die Zerstörung einer feindlichen Stadt in Kriegszeiten durchaus für gerechtfertigt, aber Botticelli und Mick Ronson taten die vielen Zivilisten leid, die dabei ums Leben gekommen waren.

In dieser Phase beabsichtigte Aran, seinem Spiel einen intellektuellen Anstrich zu geben, indem er die Spieler in eine Diskussion über Moral und Ethik verwickelte, aber das war nicht ganz so einfach, wie er es sich vorgestellt hatte. Er setzte sich hin, um ein Konzept auszutüfteln, doch schon nach kurzer Zeit schweiften seine Gedanken ab. Eine Erörterung ethischer Fragen in seinen Computer einzutippen fand er dann doch zu langweilig.

Zum Teufel damit, dachte er, schlug sich die Idee aus dem Kopf und schickte statt dessen ein neues Geschwader schreiender Greife los, die über das Floß herfielen.

Mitten in der Schlacht tauchte eine neue Figur auf.

»Ich will wissen, was ich hier zu suchen habe«, sagte Shonen und übergab sich unter Perikles' mitleidlosem Blick über den Rand des Floßes.

»Wie geht's deiner Theatertruppe?« fragte Mick Ronson.

»Miserabel«, antwortete Shonen.

»Na, wahrscheinlich bist du deshalb hier.«

Shonen dachte kurz nach.

»Aber Elfish wird mir zum Erfolg verhelfen.«

»Das glaubst *du*«, sagte Aran leise und lachte, während er sich ›League Moon Monkey Mix‹ von The Falls in einer kratzigen Aufnahme anhörte.

Zum Spaß vertrieb sich Aran eine Weile die Zeit damit, daß er Shonen und Aisha als ahnungslose Opfer einprogrammierte, aber zum Schluß löschte er sie wieder aus Angst, Elfish könnte dahinterkommen und wütend werden. Bei Elfishs jähzornigem Wesen genügte manchmal schon eine Kleinigkeit, damit sie in die Luft ging. Sie gehörte nicht zu dem Menschenschlag, der herzhaft über sich selbst lachen kann. Genau, dachte Aran und wurde nun seinerseits wütend, Elfish nimmt sich selbst viel zu ernst.

Mit diesem Gedanken hätte Aran in der Öffentlichkeit Zustimmung, aber auch Belustigung geerntet, galt er doch selbst als Mensch, der sich allzu ernst nahm: ein weitverbreitetes menschliches Phänomen – der Betroffene merkt selber nicht, was mit ihm los ist.

Elfish rief an und wollte wissen, ob er für sie schon ein Gedicht gefunden hatte. Aran verneinte.

»Ich war zu deprimiert, um in die Bibliothek zu gehen.«

»Willst du damit sagen, daß du nicht mal in die Bibliothek gehst, um deiner eigenen Schwester zu helfen, wenn sie sich mit irgendwelchen Spinnern rumschlagen muß, die ihr Gedichte von Shelley durch den Türschlitz schieben?«

Ihr Bruder gab klein bei und erklärte sich bereit, sich auf die Suche zu machen, obwohl ihm überhaupt nicht danach war. Aran vermittelte zwar gern den Eindruck, er fühle sich in einer Bibliothek inmitten all der Literatur wie zu Hause, aber in Wirklichkeit war er viel glücklicher, wenn er in seinen eigenen vier Wänden Videospiele spielen, fernsehen und die jungen Moderatorinnen anglotzen konnte.

Auf dem Bildschirm mühte sich Botticelli unterdessen vergeblich mit dem Ruder ab. Aran war nicht so ganz glücklich mit seiner Entscheidung, Botticelli in die Besatzung des Floßes aufzunehmen.

»Ich glaube, er wirkt nicht tragisch genug«, hatte er zu Elfish gesagt. »Vielleicht hätte ich einen Maler nehmen sollen, dem mehr schlimme Sachen passiert sind.«

»Und warum hast du das nicht getan?«

»Mit Malern kenne ich mich nicht aus.«

»Wie wär's mit van Gogh?« schlug Elfish vor. »Wenn der keine tragische Gestalt war!«

Aran verwarf die Idee und behauptete, er möge van Gogh nicht, weil er zu modern sei und nie das Innere einer Kirche ausgemalt habe. Also blieb er bei Botticelli. Nach Arans Erfahrung waren Fans von Videospielen sowieso ziemlich beschränkt. Ihnen kam Botticelli wahrscheinlich wie eine schrecklich tragische Gestalt vor.

35

John Mackie spielte mit dem Gedanken, den Kampf aufzugeben, den Laden dichtzumachen und sich zur Ruhe zu setzen. Freudlos blickte er sich in der Beengtheit seines Geschäftes um: Es war ebenso kümmerlich ausgeleuchtet wie ausgestattet, und auch die Kunden blieben aus.

An diesem Tag hatte er wie gewöhnlich die Zehn-Uhr-Messe in der St. Mary's Church besucht und war anschließend noch kurz geblieben, um eine Kerze für seine seit langem verstorbene Schwester anzuzünden. Der Schmerz über ihren Verlust, der ihn seit fünfzig Jahren quälte, war an diesem Tag noch schlimmer. Er hatte sich verschlimmert, seit diese junge Frau, die seiner Schwester so ähnlich sah, seinen Laden betreten hatte.

Die kleine Glocke an der Tür bimmelte, und jemand kam herein. John Mackie war nicht sonderlich erfreut, als er sah, daß es wieder diese junge Frau war.

Auf dem Weg zu seinem Laden hatte Elfish sich bemüht, zuversichtlich zu sein, und ihre ganze Willenskraft aufgeboten, um sich in eine bessere Stimmung zu versetzen. Sie hatte nämlich plötzlich wieder das Gefühl gehabt, sie sei ihren Problemen nicht gewachsen und werde innerhalb der verbleibenden Frist nie eine Band aufstellen oder einen Monolog auswendig lernen können. Also versuchte sie, sich selbst etwas vorzumachen.

»Es ist ganz einfach«, sagte sie. »Kein Problem. May braucht nur einen kleinen Kick. Wenn sie erst mal eine eigene Gitarre in der Hand hält, wird sie froh sein, daß sie in meiner Band spielen kann. Jetzt gehe ich einfach zu dem Mann im Musikladen und mache ihm ein vernünftiges Angebot.«

»Ja bitte?« sagte John Mackie und fuhr leicht zusammen, als Elfish sich das Haar aus dem Gesicht schob und wieder wie seine Schwester aussah, obwohl seine Schwester bestimmt nie einen Metallstift und einen Ring in der Nase getragen hätte.

»Ich hätte gern die Gitarre«, sagte Elfish. »Ich hab zwar nicht genügend Geld, aber ich geb Ihnen diese Gitarre hier in Zahlung und stottere den Rest ab.«

Elfish hielt eine ziemlich schäbige Gitarre in die Höhe. Es war eine billige Kopie von einer Gibson, der drei Saiten fehlten. Zwei der Mechaniken waren übel verbogen und die Regler und das Schlagbrett so abgenutzt, daß sie kaum noch zu gebrauchen waren.

John Mackie schüttelte den Kopf. Die angebotene Gitarre war nicht soviel wert wie die, auf die Elfish ein Auge geworfen hatte, und er war zwar bereit, sie in Zahlung zu nehmen und Elfish zu gestatten, den Rest nach und nach abzustottern, doch wollte er ihr nicht erlauben, die neue Gitarre mitzunehmen, bevor sie nicht restlos bezahlt war.

»Aber ich brauche sie sofort. Es ist wahnsinnig wichtig, daß meine Band endlich in die Gänge kommt. Sonst kann ich den Namen Queen Mab vergessen, und Sie können sich bestimmt vorstellen, wie wichtig er für mich ist. Außerdem braucht meine Freundin May unbedingt eine Gitarre, sonst stürzt sie psychisch so ab, daß sie nie wieder hochkommt. Und das ist erst der Anfang von einem großen Geschäft, das Ihnen winkt, dafür werde ich sorgen. Also geben Sie mir bitte die Gitarre, und ich verspreche Ihnen, daß ich jede Woche vorbeikomme, um eine Rate zu zahlen.«

John Mackie starrte sie an. Er hatte sich als Händler von Musikinstrumenten nicht so lange gehalten, weil er lächerliche Angebote wie dieses angenommen hatte. Schon wollte er Elfish schroff auffordern, seinen Laden zu verlassen, als sie sich wieder das Haar aus dem Gesicht strich, wobei sie diesmal die mit Perlen besetzten Strähnen hinter die Ohren schob. Dadurch sah sie seiner Schwester noch ähnlicher.

Ihre Lippen bebten. Eine Träne glänzte in ihrem Auge und drohte, über die Wange zu kullern. John Mackie hatte das bestürzende Gefühl, die eigene Schwester zum Weinen zu bringen. Diese Vorstellung konnte er nicht ertragen, und so gab er sich geschlagen. Erstaunt über seine Reaktion, überließ er Elfish die Gitarre und nahm ihr das Versprechen ab, sie später zu bezahlen.

Triumphierend schlenderte Elfish die Straße entlang. Von Shonen, der Schauspielerin, hatte sie gelernt, wie man auf Abruf weint und ein klägliches Gesicht aufsetzt. Es hatte bestens funktioniert. Die Gitarre gehörte jetzt ihr und würde May gute Dienste leisten. Damit hatte sie ein weiteres Mitglied samt Instrument für ihre Band gewonnen, und das gab ihr das Gefühl, auf dem richtigen Weg zu sein.

Natürlich hatte sie dazu Gails Gitarre stehlen und verhökern müssen, und Gail hatte Elfish bestimmt im Verdacht, aber nachweisen konnte sie ihr nichts. Elfish war an diesem Morgen früh aufgestanden, hatte die Gitarre genommen und beim Verlassen des Hauses listigerweise die Tür offen gelassen. So konnte sie behaupten, man hätte nachts bei ihnen eingebrochen. Und sie konnte Gail oder Chevon vielleicht sogar gehörig zusammenstauchen, weil sie wieder einmal betrunken aus dem Pub heimgekommen waren und vergessen hatten, die Tür abzusperren. Für den Fall, daß man sie zur Rede stellte, wollte sie Aran als Alibi vorschieben und behaupten, sie hätte bei ihm übernachtet. Alles in allem hatte sie an diesem Morgen hervorragende Arbeit geleistet.

Elfish kam am Laden einer karitativen Organisation vorbei. Sie ging hinein in der Hoffnung, vielleicht noch ein paar T-Shirts und Socken zu ergattern. Während sie sich umschaute, übte sie den Monolog.

»O! then, I see, Queen Mab hath been with you.
She is the fairies' midwife, and she comes
In shape no bigger than an agate-stone
On the fore-finger of an alderman,
Drawn with a team of little atomies ...«

Mehr als fünf Zeilen brachte sie nicht zusammen. Wie viele fehlten also? Da sie im Kopfrechnen ziemlich schlecht war, hatte sie Mühe, fünf von dreiundvierzig abzuziehen, aber bestimmt waren es eine Menge. Schlagartig verblaßte der wohlige Nachglanz ihres morgendlichen Bravourstücks und machte der altbekannten Trübsal Platz.

Elfish fand ein paar Socken. Ihre Motorradstiefel hatten in letzter Zeit ein bißchen locker gesessen. Entweder hatten sie sich geweitet, oder ihre Füße waren kleiner geworden. Sie bezahlte die Socken und zog sie gleich an, indem sie sie über zahllose andere Paare streifte und am Ende die Stiefel wieder darüber stülpte, die jetzt zu ihrer Freude eng anlagen.

Sie brachte die Gitarre zu May, ging zurück nach Hause, trat nach der Katze und nahm sich Shakespeare vor. Gail war wegen des Verlusts ihrer Gitarre in Tränen aufgelöst, was Elfishs Stimmung ein wenig verbesserte.

36

Cary und Lilac avancierten unterdessen zum meistgehaßten Pärchen von Brixton. Sie zogen händchenhaltend durch die Gegend und sahen sich nach einer Einkommensquelle um. Leider war es damit schlecht bestellt, und deshalb gingen sie, nachdem sie sich die Hacken abgelaufen hatten, wieder nach Hause und setzten sich vor die Tür.

Chevon und Perlita fuhren mit dem Rad vorbei. Cary und Lilac grüßten und wurden zurückgegrüßt, allerdings ohne große Begeisterung. Selbst Elfishs Mitbewohnerinnen, die auf die Menschheit längst nicht so schlecht zu sprechen waren wie Elfish, empfanden Cary und Lilac als Zumutung, vor allem jetzt, nachdem ihre Zeitschrift eingegangen war, noch bevor sie richtig durchgestartet hatten.

Genau wie Marion und Gail hatten Chevon und Perlita das Gefühl, des Hauptinhalts in ihrem Leben beraubt worden zu sein, und unter diesen Umständen ist es alles andere als erfreulich, wenn man nicht mal aus dem Haus gehen kann, ohne zwei Menschen über den Weg zu laufen, die einen blöd angrinsen und einem erzählen, was für ein schöner Tag es ist. Seit die Vertriebsprobleme Chevon und Perlita in die Knie gezwungen hatten, gab es für sie nur noch wenige Tage, die das Prädikat »schön« verdienten.

Der Zwischenhandel, beteuerten sie sich gegenseitig, sei eine äußert wirksame Spielart von Zensur. Zwar gab es kein Gesetz, das ihnen verbot, ihre radikalen Ansichten in Worte zu fassen und in ihrer Zeitschrift abzudrucken, aber ebensowenig schien es einen Weg zu geben, diese Ansichten unter die Leute zu bringen. Und obwohl niemand leugnen konnte, daß sich das Land nach all den Jahren konservativer Herrschaft in einem viel schlimmeren Zustand befand als vorher, verspürte anscheinend niemand mehr auch nur den geringsten Wunsch, etwas dagegen zu unternehmen. Die ganze Nation siechte statt dessen vor Fernsehapparaten und Videogeräten dahin.

Auch die radikalen Jungfeministinnen von Brixton siechten vor Fernsehapparaten und Videogeräten dahin, aber nicht ständig. Ein paar versuchten unbeirrt, ihren Ansichten Gehör zu verschaffen, doch das war sehr schwierig.

Cody und Mo tauchten auf, in ihrer Lederkluft und mit den Gitarrenkoffern in der Hand. Sie hatten für ihren Auftritt am Wochenende geprobt und waren auf dem Heimweg. Ihre Wohnung lag schräg gegenüber von Elfishs.

Mit sichtlichem Mißfallen las Mo, was auf dem Zettel in seiner Hand stand:

An Almond parrat:
That's my Mab's voice,
I know by the sound.
DEKKER

Cody war ziemlich beeindruckt gewesen, als sie diese Zeilen vorfanden, weil er wußte, daß Dekkers ›Westward Ho!‹ heutzutage kaum noch gelesen wurde, aber Mo hatte sich einfach nur geärgert.

»Was zum Teufel ist ein ›almond parrat‹? Und wie bin ich überhaupt in die Sache reingerutscht? Das ist alles deine Schuld, Cody. Du hast gesagt, wir können Elfish einen Schreck einjagen, wenn wir ihr diese obskuren Gedichte schicken. Und jetzt schickt sie uns noch obskurere zurück. Ich versuche hier, eine Rockband auf die Beine zu stellen und keinen Poesiewettbewerb!«

Mo durfte aber jetzt nicht schlappmachen, denn wenn er zuließ, daß Elfish das letzte Wort behielt, würde sie darin einen Beweis für seine vermeintliche Dummheit sehen, das war ihm klar.

»Am besten übernimmst du das, Cody. Du mußt eben noch so ein Gedicht rauskramen.«

»Keine Sorge«, sagte Cody, der Cary und Lilac entdeckt hatte und dem dabei ein Vorschlag von Amnesia wieder eingefallen war.

»Kommt rein«, sagte Cody zu dem Pärchen. »Ich hab einen Job für euch. Ich möchte, daß ihr mir für ein Bild von Queen Mab Modell sitzt.«

37

Obwohl Elfish noch eine Menge zu tun hatte, gönnte sie sich am Spätnachmittag einen Drink. Danach war sie zu müde, um weiterzumachen. Mit der Trinkerei hatte sie schon mal Probleme gehabt, und ausgerechnet jetzt, wo sie ihren Grips und ihre Energie am meisten brauchte, wurde es damit wieder schlimmer. Sie bekam allmählich Panik, weil sie es nicht schaffte, den Monolog auswendig zu lernen, und wenn man sie auf der Straße darauf ansprach, machte das die Sache nicht gerade besser. Elfish hatte nicht damit gerechnet, daß Mo allen davon erzählen würde, und das Ausmaß der drohenden Demütigung machte ihr angst. Es sah so aus, als wollte ganz Brixton bei ihrem Auftritt dabeisein und als würden die Leute extra früher kommen, um sich anzuhören, wie Elfish Shakespeare rezitierte.

Viele von denen, die sich bei Elfish nach ihren Fortschritten erkundigten, heuchelten Sympathie, aber Elfish hatte den Verdacht, daß sie sie in Wirklichkeit nicht leiden konnten und sich auf ihre Blamage freuten. Mit dieser Vermutung lag sie richtig.

Sie war so deprimiert und lustlos, daß sie kaum die Kraft aufbrachte, zu Aisha zu gehen.

Erst als Mos verhaßtes Bild vor ihrem inneren Auge aufstieg, gab sie sich einen Ruck und ging aus dem Haus. Sie durchquerte den kleinen Teil von Brixton, der allem Anschein nach florierte – ein neues McDonald's, ein Pizza Hut und ein Kino, das gegen den Willen der Stammgäste aufgemöbelt wurde –, und ging immer weiter die Straße entlang, bis die Läden kleiner und schäbiger wurden und die Gehsteige mit Müll übersät waren.

Unterwegs kam sie durch die Loughborough-Anlage, deren vorderer Teil aus einer rundum gräßlichen Ansammlung von schmutzigweißen, turmhohen Wohnsilos mit ein paar windgepeitschten, unwirtlichen Rasen- oder Betonflächen dazwischen bestand. Ein riesiger Wohnblock war komplett eingerüstet. Alle zwei Jahre wurde einer dieser Kästen neu gestrichen, und dies kam vor allem jungen Dieben zugute, weil es für sie ein Kinderspiel war, auf dem Gerüst bis zum achten Stock hochzuklettern und wochenlang in eine Wohnung nach der anderen einzubrechen.

Dahinter standen alte Häuserblocks aus rotem Ziegelstein. Auf dem betonierten Gelände gab es ebenfalls Anzeichen für bevorstehende Renovierungsarbeiten. Offenbar hatte man versucht, die Anlage durch frischgestrichene Geländer und einen neuangelegten Kinderspielplatz aufzupolieren, aber auf dem Spielplatz trieben sich nur bösartig aussehende Köter herum, und in jedem Briefkasten lag eine Zahlungsaufforderung für eine Gemeindesteuer, die keiner der Bewohner aufbringen konnte.

Hier wohnte Aisha. Elfish kannte sie vor allem aus den Beschreibungen ihres Bruders. Jeder wußte, daß Aisha unter Platzangst und regelmäßigen Panikanfällen litt.

Hoffentlich geht das glatt über die Bühne, dachte Elfish, als sie klingelte. Ich hab heute keine Lust, mich mit noch mehr Problemen von anderen Leuten rumzuschlagen.

»Hau ab!« rief Aisha hinter der Tür. »Ich hab gerade einen Panikanfall.«

Elfish runzelte die Stirn und bückte sich zum Briefschlitz herunter.

»Laß mich rein, Aisha, ich brauche deine Hilfe.«

»Ich will niemanden sehen. Mir geht's viel zu schlecht«, sagte Aisha.

»Dir wird's gleich noch viel schlechter gehen, wenn ich die verdammte Tür eintrete!« schrie Elfish am Ende ihrer Geduld. Sie hob einen ihrer klobigen Stiefel.

Die Tür ging auf, und eine am ganzen Körper zitternde Aisha erschien.

»Bitte geh weg«, sagte sie.

Elfish stürmte an ihr vorbei.

»Vergiß deinen Panikanfall mal für einen Moment, Aisha. Es gibt wichtigere Dinge.«

Zielstrebig ging Elfish in Aishas Wohnzimmer. Es war auffallend sauber und ordentlich, was an Aishas Angewohnheit lag, ihre schwachen Nerven durch Hausarbeit zu besänftigen. Elfish ließ den Blick über die Regale schweifen und fand, was sie suchte: eine Flasche Wodka. Sie gönnte sich einen kräftigen Schluck und drückte dann Aisha die Flasche in die Hand.

»Hier, das wird dich beruhigen.«

»Das darf ich nicht«, protestierte Aisha. »Die Ärzte –«

»Zum Teufel mit den Ärzten. Nimm einen Schluck.«

Sie half der schlotternden Aisha, die Flasche an die Lippen zu setzen. Aishas Zittern ließ ein wenig nach.

»Na also, jetzt hast du dich wieder gefangen«, sagte Elfish. »Was hältst du davon, mir einen hübschen Hintergrund für die Bühne zu malen? Irgendwas, das zu einer irre lauten Thrashband mit dem fabelhaften Namen Queen Mab – Überbringerin der Träume paßt!«

»Ich kann nicht.«

»Warum?«

»Ich hab keine Farben und kein Malzeug. Ich hab nicht mal mehr einen Pinsel. Mory hat alles mitgenommen, als er mich verlassen hat.«

Elfish stellte sich darauf ein, sich schon wieder die Probleme eines anderen Menschen anhören zu müssen.

38

Als sie Cary und Lilac vor dem Haus sitzen sah, sagte Elfish sich, daß das nun wirklich zu weit ging. Neben ihnen stand ein Kassettenrekorder, und sie hörten sich eine uralte Aufnahme von Marc Bolan aus seiner Hippiezeit an.

I could have danced,
with my princess
To the light of the magical moon.

Sie lächelten ihr zu. Elfish stöhnte. Der Heimweg kam ihr in letzter Zeit wie ein Spießrutenlauf vor, etwa so, als müßte sie geschmuggelte Gewehre zu Indianern bringen, nein, zu amerikanischen Ureinwohnern, wie ihre Mitbewohnerinnen sie bestimmt scharf zurechtweisen würden.

»Hallo Elfish. Rat mal, was es Neues gibt!«

»Ist mir egal«, raunzte Elfish übellaunig.

»Wir haben einen Job.« Cary strahlte.

»Cody will uns malen. Eine Szene aus Jonsons ›Queen Mab‹, sagt er.«

Elfish taumelte, als hätte ihr jemand einen Schlag versetzt, machte auf dem Absatz kehrt und ging zu Aran.

»Mo und Cody haben mir schon wieder eins reingewürgt. Sie haben sich Cary und Lilac als Modelle für ein neues Bild von Queen Mab geholt.«

Elfish war sauer, stinksauer, tierisch sauer. Eigentlich hätte sie Modell sitzen sollen, aber jetzt wurden diese beiden gräßlichen Grünschnäbel verewigt, die ihr Tag und Nacht auf die Nerven gingen, weil sie in aller Öffentlichkeit herumknutschten und ständig miteinander tuschelten.

»Ich hätte ihnen eine reinhauen sollen!« tobte sie und wollte gehen, blieb aber da, weil ihr Bruder mit einer Bierdose wedelte.

»Wenn du mich fragst, ist das alles nicht so wichtig«, sagte er.

»Und ob es wichtig ist! Queen Mab ist mein Name. Es kann doch nicht einfach einer daherkommen und sich Queen Mab nennen! Das macht meinen ganzen Plan kaputt. Mo will mir doch tatsächlich weismachen, daß er von Queen Mab mehr versteht als ich. Ich hab ihm das Gedicht von Dekker unter der Tür durchgeschoben, und jetzt hat er zum Gegenschlag ausgeholt und dieses Stück von Ben Jonson rausgekramt. Wer ist dieser Ben Jonson eigentlich?«

»Er sitzt in meinem Videospiel auf dem Floß«, sagte Aran. »Ist dir das nicht aufgefallen?«

»Gut, aber wer war er wirklich?«

»Ein Zeitgenosse von Shakespeare. Auf seinem Grabstein steht ›Rare Ben Jonson‹, also hielten ihn die Leute damals für einen guten Stückeschreiber, dabei konnte er Shakespeare absolut nicht das Wasser reichen. Er war total zweidimensional.«

Aran gab hier die vorherrschende, ziemlich überholte Meinung über Ben Jonson wieder, die er sich irgendwo angelesen hatte. Für sie galt dasselbe wie für seine übrigen Ansichten zur Literatur: Sie war nicht auf seinen Mist gewachsen und wirkte aufgesetzt.

Trotzdem fand Aran es insgeheim beeindruckend, daß Cary und Lilac für eine bildliche Darstellung von Jonsons ›Entertainment‹ Modell sitzen und Queen Mab verkörpern sollten, denn dieses Werk war ziemlich in Vergessenheit geraten und weitaus obskurer als das Drama ›Romeo und Julia‹, das Elfishs Porträt von Queen Mab hatte zugrunde liegen sollen.

»Wenn du genug über diesen Menschen weißt, um ihn in dein Videospiel einzubauen, wieso wußtest du dann nicht, daß er auch über Queen Mab geschrieben hat?« fragte Elfish nicht ganz ohne Grund. »Hast du überhaupt was von ihm gelesen?«

»Natürlich«, erwiderte Aran. »Sein gesamtes Werk. Gut, sagen wir fast alles. Kann sein, daß ich hier und da ein paar Lücken habe.«

»Ha!« schnaubte Elfish. »Ich möchte wetten, du hast im ganzen Leben noch kein einziges Stück von ihm gelesen. Bestimmt hast du ihn nur mal in deinem Kinderlexikon nachgeschlagen.«

Aran wechselte das Thema. Und Elfish ging. Wieder war sie so unter Druck und so durcheinander, daß sie sich keine Zeile merken konnte. Dabei rückte das Konzert immer näher.

39

Elfish klaute aus Chevons Zimmer ein schwarzes Bettlaken für das Bühnenbild, doch obwohl sie das Haus von oben bis unten durchsuchte, fand sie weder Pinsel noch Farbe. Sie brauchte ein paar Pfund, um beides für Aisha zu kaufen, also pumpte sie sich ein bißchen Geld von Aran und erbettelte den Rest vor der U-Bahnstation von Brixton.

Für Elfish war Betteln keine Schande, aber sie hielt es für Zeitverschwendung, und außerdem war es draußen heiß. Der Sommer näherte sich mit Macht, und das brachte sie immer aus dem Tritt. Sie mochte die Hitze nicht und betrachtete die Sonne als ihre Feindin, vor allem, wenn es so heiß wurde, daß sie die Lederjacke ausziehen mußte. Ohne Jacke fühlte sie sich nie ganz sicher.

Jedesmal wenn eine U-Bahn hielt, hasteten Scharen von Pendlern an ihr vorbei, aber die meisten von ihnen beachteten sie ebensowenig wie die Männer, die auf umgedrehten Obstkisten billige Socken und Taschentücher feilboten, wobei sie ständig nach Polizisten Ausschau hielten und, sobald sich einer näherte, die Ware zusammenrafften und sich davonmachten.

Auf der anderen Straßenseite verkaufte ein Mann mit einem Bauchladen Ringe, und ein Stück weiter verteilten drei junge Männer an einer Bude Flugblätter einer Organisation namens »Nubische Nation«. Daneben hatten ein junger Mann und eine Frau Poster auf dem Pflaster ausgebreitet, und hinter ihnen hockte im Schneidersitz ein Bettler, vor sich einen Hut, in dem zwei kleine Münzen lagen.

»Hätten Sie vielleicht zehn Pence übrig?« fragte Elfish jeden, der an ihr vorbeikam. Nur wenige machten zehn Pence locker, und es ging nur schleppend voran.

Sie drückte ihr Mondlichtmedaillon an sich und dachte über Aishas Sexgeschichten und deren letztes Abenteuer nach, bevor die Platzangst sie voll gepackt und ihr Freund Mory sie verlassen hatte.

»Ich hab bei einem von diesen neumodischen Motorradrennen zwei junge Franzosen kennengelernt«, hatte Aisha ihr erzählt. »Sie sind mit ihren Maschinen in einer Arena durch Feuerreifen gesprungen und so Zeug und hatten Lederjacken mit aufgenähten Metallplättchen an, so wie deine, aber nicht so gut. Dann haben sie in der Arena mit brennenden Keulen jongliert und um sich geworfen, du weißt schon. So richtig gefallen hat mir das nicht, aber die Jungs haben mir gefallen, als ich sie danach in der Bar kennengelernt hab. Ich bin mit zu ihnen gefahren. Sie haben bei irgend jemandem im Haus ein Zimmer gehabt, in Peckham. Ich war ziemlich betrunken und sie auch, und ich hatte mir zwar schon gedacht, daß ich mit einem von ihnen im Bett landen würde, aber ich wäre nie auf die Idee gekommen, daß ich mit beiden schlafen würde, bis sie mich gefragt haben. Ziemlich charmant sogar, daran erinnere ich mich noch. Ich hab eingewilligt, weil sie in ihren Jacken aus Leder und Metall so süß aussahen. Sie waren beide drei Jahre jünger als ich, und das machte sie besonders süß.«

Aisha verstummte und zog an der Zigarette. Sie war eine hektische Raucherin.

»Und? Wie war's im Bett?« fragte Elfish.

»Die Bude ist in Flammen aufgegangen.«

Elfish war beeindruckt.

»Wirklich? So heiß hergegangen ist es?«

»Nein, das Haus hat tatsächlich Feuer gefangen. Ich hab eine Zigarette in das Benzin fallen lassen, in das sie ihre Keulen tauchen, und eine Stichflamme ist hochgeschossen, und wir sind auf die Straße gerannt. Es war schrecklich peinlich, aber es hätte schlimmer sein können, weil es erst passiert ist, nachdem wir es miteinander gemacht hatten. Weißt du, als wir angefangen haben, hab ich gedacht, daß es bestimmt nicht so einfach ist, immer zu wissen, um wen ich mich gerade kümmern soll, aber sie haben es mir leicht gemacht, indem sie mich beide gleichzeitig zwischen den Beinen geleckt haben, und das war ein tolles Gefühl. Ich kann mich nicht erinnern, daß mich schon mal was so angemacht hat. Sie hatten beide geschmeidige, akrobatische Körper mit straffen Muskeln, eine schwarze Wuschelmähne und wirklich jede Menge Ohrringe, und sie haben mir sozusagen die Möse ausgelutscht und gleichzeitig meine Schenkel geleckt, und das war einfach irre. Wie es danach im einzelnen weitergegangen ist, weiß ich nicht mehr genau. Jedenfalls hab ich mich auf einen von ihnen gesetzt und mit ihm gebumst, während ich dem andern einen geblasen hab, bis er gekommen ist. Danach hab ich den Schwanz vom andern in den Mund genommen und gleichzeitig mit seinem Freund gebumst, oder besser gesagt, er hat mich gebumst, und das fand ich allerhand, wo er doch gerade gekommen war. Die akrobatischen Kunststücke halten die beiden anscheinend fit. Wir sind in dem warmen Zimmer ganz schön ins Schwitzen gekommen und waren am Ende richtig glitschig. Ich weiß noch, daß ich das Gefühl hatte, als wäre überall ein Penis, egal, wo ich hinschaute. Wahrscheinlich ein heimlicher Traum von mir. Aber der viele Alkohol hat mich müde gemacht, und nachdem ich selbst gekommen bin, hab ich eine Zigarettenpause eingelegt und dabei das Haus in Brand gesteckt. Ich hab mir gerade noch meine Klamotten schnappen und abhauen können. Ich weiß immer noch nicht, wessen Haus ich abgefackelt hab.«

Aisha lächelte.

»Eine tolle Nummer. Aber als ich ohne Schuhe nach Hause gekommen bin, war Mory plötzlich da, und obwohl ich ihm irgendwas erzählt hab, wo ich angeblich gewesen bin, hat er gerochen, daß da etwas passiert war, und mich verlassen. Ich verstehe das überhaupt nicht. Er ist sonst nie eifersüchtig gewesen. Ich frage mich, ob ihm jemand Geschichten erzählt hat, von wegen was ich alles getrieben hab, während er in Kanada war. Jedenfalls ist meine Platzangst danach schlimmer geworden, und wenn ich nicht unbedingt muß, geh ich nicht aus dem Haus. Außerdem hab ich keine Farbe und keine Pinsel mehr, und ich glaube, selbst wenn ich welche hätte, könnte ich nicht mehr malen. In den letzten Tagen hab ich die meiste Zeit nur rumgehockt und Mory nachgeweint, wenn ich nicht gerade einen Panikanfall hatte.«

Aisha versackte in einer tiefen Depression. Elfish ging betteln.

»Hätten Sie vielleicht zehn Pence übrig?« fragte Elfish und setzte eine dankbare Miene auf, als ein junger Mann ein paar Münzen in ihre Hand fallen ließ. Sie zählte nach und stellte fest, daß sie nun genug Geld beisammen hatte. Also machte sie sich auf den Weg zu dem billigen Heimwerkerladen ein Stück weiter die Straße hinunter, um die Malsachen zu kaufen.

Haben hier alle Depressionen? fragte sie sich und kam zu dem Ergebnis, daß dem anscheinend so war. Es kümmerte sie nicht, daß alle depressiv waren, aber es störte sie, daß dies immer wieder ihre Pläne durchkreuzte. Sie wünschte, daß sie einmal jemanden um einen Gefallen bitten konnte, der sofort einwilligte, begeistert aufsprang und loslegte. Sie glaubte allerdings nicht wirklich daran, daß dies je passieren würde.

Andererseits: Aisha wäre nur dann nicht so deprimiert, wenn sie noch mit Mory zusammen wäre, und dann hätte sie mit ihrem gemeinsamen Projekt alle Hände voll zu tun und keine Zeit für sie, Elfish. Dies bestärkte Elfish in dem Gefühl, daß es richtig gewesen war, Mory unter vier Augen von Aishas

Seitensprung mit Aran zu erzählen. Das von ihr gesäte Mißtrauen hatte bestimmt zur Folge gehabt, daß Mory Aisha ihre Ausrede nicht abnahm, als sie nach der mit den beiden Akrobaten verbrachten Nacht ohne Schuhe zu Hause aufgekreuzt war, und dies wiederum hatte den Bruch zwischen beiden herbeigeführt. Das war natürlich sehr traurig für Aisha, aber wenigstens tat sie nun etwas Nützliches – sie arbeitete für Elfish.

40

Es kostete Elfish nicht die Spur von Überwindung, Aisha anzulügen und zu behaupten, sie hätte mit Mory telefoniert.

»Er vermißt dich schrecklich«, teilte sie ihr mit. »Mach dir also keine Sorgen. Er kommt zu unserem Konzert und hat mehr oder weniger durchblicken lassen, daß er wieder zu dir zurück will.«

Aisha war außer sich vor Freude und hätte Mory am liebsten auf der Stelle angerufen, aber Elfish riet ihr dringend davon ab und meinte, das sei keine gute Idee.

»Du darfst nichts überstürzen. Laß ihn ein paar Tage zappeln. Schließlich hat er mit dir Schluß gemacht, also soll er ruhig ein bißchen leiden. Bis zum Wochenende wird er ganz verzweifelt sein. Dann haut es ihn wahrscheinlich um, wenn er dich nur sieht. Bis dahin mal schön am Bühnenbild weiter.«

Der Tag fing für Elfish gut an, aber ihre Stimmung verschlechterte sich schon bald. Sie versuchte noch ein paar Zeilen von dem Monolog auswendig zu lernen, kam aber nicht voran, und die altbekannte Schwermut ergriff sie. Als sie feststellte, daß sie sich nicht nur nichts mehr merken konnte, sondern sogar die paar Zeilen, an die sie sich vor kurzem noch erinnert hatte, aus ihrem Gedächtnis gelöscht waren, schlug die Schwermut in tiefe Niedergeschlagenheit um. Und als sie lange genug darüber nachgegrübelt hatte, stellten sich auch noch Angstzustände ein. Sie überlegte, ob sie sich die bei Aisha oder Shonen geholt hatte. Vielleicht waren Angstzustände ja ansteckend wie Masern.

Eigentlich hätte sie heute zu Shonen gehen und mit ihr den Monolog einstudieren sollen, aber sie befürchtete, daß auch Shonen ihr nicht helfen konnte, über Zeile drei hinauszukommen, egal, was sie anstellte. Sie ertappte sich selbst dabei, wie sie sich fragte, warum sie sich nur auf diese alberne Wette eingelassen hatte. Mo legte es doch bloß darauf an, sie zu blamieren, indem er sie vor seinen Freunden als eine Frau hinstellte, die so verzweifelt hinter etwas her ist, daß sie es sogar auf sich nimmt, einen unmöglichen Monolog von Shakespeare auswendig zu lernen, es aber nicht schafft, weil sie eine totale Versagerin ist. Sie verfluchte ihren Bruder, weil er den Vorschlag gemacht hatte, und Mo verfluchte sie sowieso.

Elfishs Atem stank nach Zigaretten und Alkohol. Sie hatte einen so widerlichen Geschmack im Mund, daß ihr fast schlecht wurde. Gegen Zähneputzen hatte sie eine große Abneigung, und schuld daran waren wahrscheinlich die verschwommenen Erinnerungen an ihre Eltern, die sie regelmäßig dazu gezwungen hatten. Sie hätte nicht sagen können, wann sie sich die Zähne zum letzten Mal geputzt hatte.

Elfishs Lage war noch viel schlechter, als sie ahnte, denn in diesem Augenblick wachte Mo zufrieden an der Seite von Amnesia auf.

»Glaubst du, Amnesia ruft heute wieder an?« fragte er, und sie mußten beide lachen.

Als Elfish tags zuvor angerufen und sich als Amnesia ausgegeben hatte, hatte Amnesia neben Mo am Telefon gesessen und sich zusammenreißen müssen, um nicht loszuprusten. Sie dankte dem Schicksal, daß es sie genau zu diesem Zeitpunkt nach Brixton und zu Mo geführt hatte. Seit dem Tag, an dem sie mit ihrer ehemaligen Freundin Elfish zum letzten Mal beim Stage Diving gewesen war, hatte Amnesia nur auf die Gelegenheit gewartet, Elfish ihre Gemeinheit heimzuzahlen.

Mo wußte jetzt, das Elfish gegen ihn intrigierte. Er hatte zwar keine genaue Vorstellung davon, was sie im Schilde führte, aber es sah so aus, als glaubte sie sich im Vorteil. Er rief sich die Telefongespräche ins Gedächtnis, bei denen sie sich als Amnesia ausgegeben hatte, und erinnerte sich, wie sie ihm raffiniert das Versprechen entlockt hatte, auf den Namen Queen Mab zu verzichten, wenn es Elfish gelang, die Rede auswendig zu lernen und eine Band auf die Beine zu stellen. Noch immer konnte er sich nicht vorstellen, daß Elfish auch nur eins von beidem in der kurzen Zeit schaffen werde, aber Elfish schien davon überzeugt zu sein. Mo hatte nicht die Absicht, sich von ihr besiegen zu lassen, noch war er bereit, den Namen an sie abzutreten. Um ihr einen Strich durch die Rechnung zu machen, beauftragte er seine Freunde und Bekannten, sich umzuhorchen und herauszufinden, was genau sie ausheckte.

41

Stage Diving mit Elfish

Die Stimmung auf dem Konzert näherte sich dem Höhepunkt. Elfish und Amnesia stießen immer wieder wie wildgewordene Adler in die Menge hinab. Am nächsten Morgen würde Elfish von oben bis unten mit blauen Flecken und Schürfwunden übersät sein, aber in diesem Moment konnte ihr der Schmerz nichts anhaben.

Zum hundersten Mal kämpfte sie sich zur Bühne durch. Neben zwei Jungen, die Bierdosen in der Hand hielten, blieb sie stehen.

»Laßt mich mal trinken«, sagte sie.

»Nein«, sagten die beiden.

Elfish verlangte auf Konzerten oft von fremden Leuten etwas zu trinken und war an solche Abfuhren gewöhnt, und deshalb hätte sie sich nichts weiter daraus gemacht, wäre in diesem Augenblick nicht Amnesia neben ihr aufgetaucht.

»Laßt mich mal trinken«, sagte auch Amnesia zu den beiden Jungs.

Sofort hielten sie ihr die Bierdosen hin, und sie nahm aus jeder einen Schluck. Dann bot sie eine davon Elfish an. Elfish nahm sie, aber ihre Augen verengten sich zu Schlitzen, weil sie argwöhnte, daß die Jungs Amnesia bloß etwas abgegeben hatten, weil sie langes blondes Haar hatte.

Für Elfish war das nichts Neues. Achselzuckend bahnte sie sich weiter ihren Weg, wobei sie den Leuten, die ihr in die Quere kamen, die Ellbogen in die Rippen stieß. Die Rausschmeißer hatten mittlerweile mehr oder weniger kapituliert, und so gelangte Elfish mühelos auf die Bühne. Zum Spaß stieß sie mit dem Fuß den Mikrofonständer des Leadsängers um, dann machte sie einen mächtigen Satz. Sie peilte keine bestimmte Richtung an, aber dieser tollkühne Sprung trug sie weiter als sonst, und sie landete dicht neben einer freien Stelle seitlich von der Bühne. Dort stand nur ein einziger Mensch, und Elfish konnte von Glück reden, daß sie auf ihn stürzte und nicht auf den Betonboden.

Sie rappelten sich beide auf, und der Betroffene machte, daß er wegkam, wahrscheinlich, weil er das Gefühl hatte, hier nicht länger sicher zu sein. Als Elfish aufblickte, sah sie Amnesia sprungbereit auf der Bühne stehen. Amnesia winkte ihr zu, nahm seitlich auf der Bühne ein paar Meter Anlauf und sprang genau auf Elfish zu, um auf ihr zu landen, so wie Elfish kurz zuvor an derselben Stelle auf Amnesia gelandet war.

Aber Amnesia landete nicht auf Elfish. Während sie durch die Luft segelte, machte Elfish rasch einen Schritt zur Seite, und die dadurch entstandene Lücke war gerade so groß, daß Amnesia kopfüber auf den Beton knallte, wo sie regungslos liegenblieb.

Man trug sie hinter die Bühne, und später, im Krankenhaus, stellte man fest, daß sie sich das Schlüsselbein gebrochen und eine Gehirnerschütterung zugezogen hatte. Sie mußte mehrere Tage in der Klinik bleiben.

Danach redeten Elfish und Amnesia nie wieder miteinander. Was gab es schon zu sagen? Amnesia wußte, daß Elfish absichtlich zur Seite gesprungen war, und Elfish wußte, daß Amnesia es wußte. Nachdem Amnesia sich einigermaßen erholt hatte, zog sie aus der Gegend weg und wohnte eine Weile in einem Vorort, bis ihre Schulter ganz verheilt war. In der Zeit dachte sie oft an Elfish, und immer voller Haß. Elfishs Verhalten war Verrat der schlimmsten Art gewesen, ein gemeiner Vertrauensbruch gegenüber einer Freundin und Gefährtin beim Stage Diving.

»Warum hast du das getan?« fragte Aran sie später, aber da Elfish ihm keine zufriedenstellende Antwort liefern konnte, versuchte sie es erst gar nicht. Vielleicht hatte sie sich geärgert, daß Amnesia weiter sprang als sie, vielleicht war sie sauer gewesen, daß sie immer wieder bei Mo gelandet war und er so stark auf sie ansprach. Vielleicht war sie aber auch eifersüchtig gewesen, weil die Jungs ihr, Elfish, den Schluck Bier verweigert hatten, den sie gleich darauf Amnesia anboten.

Vielleicht traf aber auch nichts davon zu. Elfish wußte es nicht genau. Als Amnesia auf sie zugeflogen kam, hatte sie einfach einem Impuls nachgegeben und war zur Seite ausgewichen, und sie hätte nicht mit gutem Gewissen behaupten können, daß es ihr sonderlich leid tat.

42

Obwohl sich Shonens Bulimie dank Elfishs ermutigender Neuigkeit über die Geldbeschafferin gebessert hatte, war sie von einer Heilung noch weit entfernt. Heute hatte sie in einem Supermarkt eingekauft, und das war rundum stressig gewesen. Während sie mit dem Einkaufswagen um die Regale kurvte, verspürte sie einerseits den unwiderstehlichen Drang, sich mit billigem Fraß einzudecken, wußte andererseits aber genau, daß sie sich, sobald sie es gegessen hätte, elend fühlen und alles erbrechen würde.

Ihre Verunsicherung wurde noch durch irgendwelche traumatischen Erfahrungen aus ihrer Kindheit geschürt, und so stopfte sie den Wagen mit Lebensmitteln voll. Dabei legte sie sich allerlei Ausreden und überzeugende Geschichten zurecht für den Fall, daß jemand sie fragen sollte, warum sie soviel zu essen kaufte. Shonen hatte ein so schlechtes Gewissen wegen ihrer Fresserei, daß sie unter dem Wahn litt, alle anderen wüßten Bescheid und beobachteten sie voller Mißbilligung.

»Ich muß eine große Familie ernähren«, sagte sie, wenn die Kassiererin sie darauf ansprach. Oder: »Ich komme nur selten zum Einkaufen, ich lege Vorräte für einen ganzen Monat an.«, »Meine Nachbarin ist gestürzt, sie hat sich das Bein gebrochen, und ich nehme ihr die Einkäufe ab.«, »Ich gebe ein Abendessen für zwölf Personen, und alle sind starke Esser.«

Von Kassiererin, Geschäftsführer und Hausdetektiv unbehelligt, stopfte sie die Lebensmittel in ihre Kollektion verschlissener Einkaufstaschen und schleppte sich nach Hause. Sie war so schwer mit Fressalien beladen, daß sie, am Rand der Wohnanlage angekommen, viel Zeit und Geduld brauchte, bis sie ihr Portemonnaie gefunden hatte, um einer erbärmlich aussehenden Obdachlosen, die neben dem Kinderspielplatz hockte und bettelte, ein bißchen Geld zuzustecken. Shonen gab Bettlern immer Geld.

Kaum war sie zu Hause, verschlang sie gierig ein Fertiggericht, kotzte, aß, kotzte, aß, kotzte und brach zusammen. Sie war der totalen Verzweiflung nahe, als ihr aufging, daß ihre Lage gar nicht so aussichtslos war. Elfish war ihre Rettung. Elfish würde ihre Theatergruppe wieder auf die Beine bringen. In den letzten Tagen hatte der Gedanke an Elfish Shonen aufgebaut und ein wenig Licht in ihre Hoffnungslosigkeit gebracht, ja, Elfish war ihr wie eine gütige Fee erschienen.

Shonen putzte die Toilette, widerstand dem Drang, abermals zu essen, und verbot sich jeden Gedanken an die Freßsucht. Unter Aufbietung ihrer gesamten Willenskraft zwang sie sich, voller Zuversicht über eine neue Inszenierung nachzudenken. Die Vorstellung war so tröstlich, daß sie schon wenig später am Telefon hing, mit den Mitgliedern ihrer Truppe sprach und sie mit enthusiastischen Zukunftsplänen aus deren Trübsinn riß.

Obwohl sie neurotisch, deprimiert und vom Leben geschlagen war, zählte Shonen nicht zu den einsamen Seelen von Brixton. Sie hatte viele Freunde und hielt ständigen Kontakt zu den Mitgliedern ihrer Theatergruppe.

Ihre Schauspielkollegen wunderten sich über ihre plötzliche Veränderung. Shonen hatte Bittgesuche an potentielle Geldgeber und Gönner geschickt und trommelte nun ihre Truppe zu einer Lagebesprechung für die kommende Saison zusammen. Sie lud die anderen auf einen Drink zu sich ein und regte eine lebhafte Diskussion darüber an, daß sie neue Stücke schreiben, sie einstudieren und im nächsten Jahr beim Festival von Edinburgh aufführen sollten. Und für den Fall, daß es mit dem Festival von Edinburgh nicht klappte, sagte sie, könnten sie ja ohne Gage in einem Pub auftreten. Hauptsache, sie spielten.

Als die Mitglieder der Truppe sie fragten, was den abrupten Sinneswandel, die plötzliche Lebensfreude, die so gar nicht zu ihrem früheren Verhalten paßte, ausgelöst habe, meinte Shonen ohne zu zögern, das sei allein Elfishs Verdienst. Elfish hatte die Mühe auf sich genommen, jemanden zu finden, der ihnen wirklich helfen konnte, und das wußte sie, Shonen, sehr zu schätzen. Aber nicht nur das, die Hartnäckigkeit, mit der Elfish ihre Ziele verfolgte, hatten Shonen Auftrieb gegeben.

»Wenn sie ihre Schwierigkeiten meistern kann, können wir das auch«, teilte sie ihrer Schauspieltruppe mit. »Elfishs Entschlossenheit reißt mich mit. Wenn sie sagt, sie findet einen Geldgeber für uns, dann findet sie einen. Elfish gibt nie auf.«

Mo dachte in diesem Augenblick so ziemlich dasselbe, nur war er nicht so gut auf Elfish zu sprechen. Von Irene Tarisa hatte er erfahren, daß Shonen Elfish bei dem Monolog half und daß May und Casaubon in ihrer Band spielten. Und von Aisha ließ sich Elfish sogar ein Bühnenbild malen, was er als deutliches Zeichen für ihre Siegesgewißheit wertete.

Mo war durcheinander, er war so durcheinander, daß er die Probe mit seiner Band an diesem Tag verpatzte, weil er an jedem Musiker etwas auszusetzen hatte, bis den anderen der Kragen platzte und sie in feindseliger Stimmung und unter gegenseitigen Beschimpfungen auseinandergingen.

43

Artemisia war Königin von Halikarnassos in Kleinasien. Sie segelte mit dem Perserkönig Xerxes im Jahr 480 v. Chr. gegen die Griechen. Sie war einzigartig, denn außer ihr zog keine andere Frau in diesen Krieg, von dem Millionen Menschen betroffen waren. Niemand zwang sie dazu. Nach dem Tod ihres Gatten hatte sie zwar die Alleinherrschaft übernommen, doch hatte sie einen erwachsenen Sohn, der ihre Streitkräfte hätte anführen können. Artemisia war von Abenteuerlust beseelt.

Herodot findet in seinen Schriften sehr wohlwollende Worte für Artemisia, was daran liegen mag, daß er gleichfalls aus Halikarnassos stammte. Artemisia, die ein kleines Geschwader von Schiffen aufgeboten hatte, führte vom Flaggschiff aus das Kommando und gelangte im Krieg durch ihren Heldenmut zu großem Ansehen. Den Griechen ging es besonders gegen den Strich, daß es eine Frau war, die gegen sie antrat, und sie setzten eine hohe Belohnung für ihre Gefangennahme aus, doch wurde sie nie gefaßt.

Auch als scharfsinnige Beraterin des Perserkönigs machte sich Artemisia einen Namen. Sie war die einzige, die ihm von der Schlacht bei Salamis abriet und die Ansicht vertrat, das mächtige persische Heer solle den Krieg lieber zu Lande denn zu Wasser fortführen. Xerxes schlug ihren Rat jedoch in den Wind und mußte daraufhin bei Salamis eine vernichtende Niederlage hinnehmen. Seine Flotte wurde versenkt, und sein Plan, ganz Griechenland zu erobern, erlitt einen empfindlichen Rückschlag. Artemisias Rat hatte sich als richtig erwiesen, und dies mehrte ihr Ansehen noch, denn Xerxes sah ein, daß er ihr hätte Gehör schenken sollen.

Sie machte außerdem wegen eines Zwischenfalls während der Schlacht von sich reden. Durch geschicktes Manövrieren der überlegenen griechischen Kriegsflotte waren die persischen Schiffe in Bedrängnis geraten und hatten geschlossen den Rückzug angetreten. Artemisias Schiff befand sich inmitten des Verbandes auf der Flucht, als sie sich unversehens zwischen einem griechischen Verfolger und einem Schiff der eigenen Flotte eingezwängt sah, so daß ihr der Ausweg versperrt war. Ohne zu zögern rammte Artemisia das Schiff, obwohl es eines der ihren war. Es sank mit der gesamten Besatzung. Als der griechische Verfolger dies sah, ging er davon aus, daß Artemisias Schiff zu seiner Flotte gehörte; er gab die Verfolgung auf und ermöglichte Artemisia so die Flucht.

Xerxes verfolgte die Schlacht von einem Hügel in Ufernähe aus.

»Seht Ihr, wie tapfer Artemisia kämpft?« fragte einer seiner Berater. »Sie hat soeben ein feindliches Schiff versenkt.«

So gab es für Xerxes, den die Vernichtung seiner Flotte zutiefst betrübte, wenigstens etwas, worüber er sich freuen konnte, und da tat er seinen berühmt gewordenen Ausspruch: »Was ist aus meinem Heer geworden? Die Männer haben sich in Weiber und die Weiber in Männer verwandelt.«

Später betraute er Königin Artemisia damit, seine Kinder sicher in die Heimat zurückzugeleiten – ein nicht ungefährlicher, sehr verantwortungsvoller Auftrag.

Artemisias unmittelbare Nachfahren erbauten für sie ein Mausoleum, ein legendäres Bauwerk des Altertums, von dem noch heute Teile im British Museum zu sehen sind. »Das ist meine Lieblingsgeschichte von Herodot«, sagte Aran. »Möchtest du auch meine Lieblingsgeschichte von Thukydides hören?«

»Nein«, antwortete Elfish. »Du weißt doch, daß ich mir immer nur eine Geschichte anhören kann.«

»Na schön«, sagte Aran. »Ich baue Artemisia auch in mein Videospiel ein. Möchtest du es mal ausprobieren?«

»Bloß nicht. Ich hasse dein Videospiel. Hilf mir lieber mit dem Monolog.«

44

Tula und Lizzy, die beiden letzten Freundinnen und Billardpartnerinnen, die Elfish geblieben waren, waren auch mit May befreundet. Nicht so eng wie mit Elfish, aber sie hatten May letztes Jahr auf einer Irlandreise besucht und waren von ihr sehr gastfreundlich aufgenommen worden.

Deshalb freuten sie sich, als sie von May erfuhren, daß Elfish ihr endlich zu einer sicheren Bleibe in England verhelfen wollte.

»Wenigstens eine Weile lang sicher«, sagte Lizzy, während sie darauf warteten, daß der Billardtisch frei wurde. »Aber demnächst bringt die Regierung bestimmt ein Gesetz raus, durch das Hausbesetzung für rechtswidrig erklärt wird.«

Das sollte schon bald geschehen. In Brixton war die Miete für Sozialwohnungen gerade noch bezahlbar, aber solche Wohnungen wurden nicht mehr alleinstehenden Personen gegeben, sondern nur noch Familien – wenn sie Glück hatten. Privatwohnungen waren so unerschwinglich, daß die meisten Leute gar nicht erst daran dachten, eine zu mieten. Selbst ein unattraktives Einzimmerappartement überstieg die Möglichkeiten vieler Menschen, es sei denn, das Sozialamt kam für die Miete auf, aber das war schwer zu deichseln, und da die Vermieter außerdem ohne Ausnahme eine Kaution und eine Monatsmiete im voraus verlangten, kam dies letztendlich auch nicht in Frage.

Blieb nur noch die Hausbesetzung, und da viele Sozialwohnungen leer standen, schien dies eine vernünftige Lösung. Allerdings hatte die Regierung unlängst beschlossen, Hausbesetzung, diesen einzigen noch verbliebenen Ausweg aus der Klemme, für rechtswidrig zu erklären, und damit trieb sie noch mehr Menschen auf die Straße.

Chevon hatte für ihre geplante Zeitschrift einen bissigen Artikel geschrieben und darin angeprangert, daß der Zeitpunkt denkbar schlecht gewählt war. In Londons Straßen wimmelte es ohnehin schon von Obdachlosen und Bettlern.

Von Jahr zu Jahr sahen diese Menschen hilfloser und verzweifelter aus. Schuld daran war die neue hemdsärmelige Maßnahme der Regierung, sämtliche Nervenkliniken dichtzumachen mit dem Ziel, die Insassen dieser Anstalten in die Gemeinschaft zu integrieren. Ob hinter diesem »Eingliederungsprogramm« in Wahrheit die Absicht steckte, die Geisteskranken in Hoffnungslosigkeit und Elend zu stürzen und in Ladeneingängen vor sich hinvegetieren zu lassen, sei dahingestellt, aber dazu führte es jedenfalls. Viele der Bettler, die jetzt in Brixton die Hand aufhielten, waren eindeutig krank und sichtlich nicht in der Lage, für sich selbst zu sorgen. Manche waren nicht einmal fähig, die Hand aufzuhalten. Sie hockten nur schweigend auf dem Gehsteig, und vielleicht blieben sie bis zu ihrem Tod dort sitzen. Ein paar von ihnen rannten wild herum und schrien. Wer sich jetzt um diese Menschen kümmern sollte, das wußte niemand.

Wer trotz Armut eine gesunde, starke Gemütsverfassung unter Beweis stellte, indem er sich eine leerstehende Wohnung suchte und sie besetzte, der wurde jetzt auf die Straße gesetzt und mit den anderen in einen Topf geworfen.

Es gab immer weniger Hausbesetzer in Brixton; bald schon würde es überhaupt keine mehr geben, und damit würde eine kurze Epoche zu Ende gehen. Da die Betroffenen nicht weiter wichtig waren, machte sich niemand die Mühe, eine Antwort auf die Frage zu finden, wo sie nun eigentlich leben sollten.

May wäre bei Elfish sicher, zumindest für eine Weile.

»Wohin zieht Chevon eigentlich?« fragte Lizzy.

»Sie zieht gar nicht um«, gab Elfish unumwunden zu, aber sie hatte sich verkalkuliert. Sie hatte gedacht, Tula und Lizzy würden sofort einsehen, daß dieses Täuschungsmanöver notwendig war, um May dazu zu bringen, am Samstag Gitarre zu spielen. Aber das taten sie nicht. Im Gegenteil, sie waren empört, daß Elfish May falsche Hoffnungen machte.

»May ist wirklich schlecht drauf«, entrüstete sich Lizzy. »Wenn sie rausfindet, daß du sie angelogen hast und sie nicht bei dir wohnen kann, klappt sie total zusammen.«

In ihrer Verblendung ignorierte Elfish diese Gefahr und zuckte bloß mit den Achseln. Tula und Lizzy waren fassungslos. Sie nahmen ihre Lederjacken, hielten Elfish eine kurze Standpauke wegen ihres, wie sie es nannten, schofeligen Verhaltens und gingen.

So kehrten auch die letzten Freundinnen Elfish den Rücken und ließen sie mit ihrem depressiven Bruder und einer Handvoll Leuten zurück, die sie für ihre Zwecke mißbraucht hatte.

»Die können mich mal!« stieß Elfish zwischen den Zähnen hervor und machte sich daran, ihren nächsten Billardgegner zu eliminieren, indem sie mit dem ersten Stoß fünf Kugeln versenkte und die Partie ruckzuck beendete, als sie das nächste Mal an der Reihe war.

Die Leute im Pub beobachteten sie verstohlen.

»Das ist Elfish«, flüsterte einer dem anderen zu. »Sie ist so versessen darauf, ihre Band Queen Mab zu nennen, daß sie am Samstag vor Mos Auftritt auf der Bühne dreiundvierzig Zeilen Shakespeare aufsagen will.«

Wer Elfish kannte, klärte den, der sie nicht kannte, darüber auf, wie schlecht die Chancen standen, daß sie es schaffte, und das Interesse an der Angelegenheit nahm auf beängstigende Weise zu. Wildfremde Leute sprachen Elfish darauf an. Da sie nicht recht wußte, was sie sagen sollte, knurrte Elfish sie nur an. Ließen sie sich dadurch nicht abwimmeln, beschied sie sie schroff, sie sollten sich gefälligst um ihren eigenen Kram kümmern. Damit brachte sie die meisten zum Schweigen, aber auf Mo und seine Freunde machte sie mit ihrer aggressiven Art keinen Eindruck. Sie lachten ihr ins Gesicht. Elfish fühlte sich in dem Pub nicht mehr richtig wohl, obwohl sie schon seit ein paar Jahren Stammgast war. Es gab dort zu viele Leute, die sie im Verdacht hatte, daß sie über sie herzogen und sich auf ihre Blamage freuten.

Trotzdem ging sie weiterhin in die Kneipe, egal, ob sie dann alleine herumstehen mußte, weil Tula und Lizzy mit ihr nicht länger einen trinken gingen. Ihre Stammkneipe aufzugeben wäre einem Eingeständnis ihrer Niederlage gleichgekommen, und das kam für sie nicht in Frage.

Es machte ihr allerdings keinen Spaß, allein mit einem Glas in der Hand herumzustehen. Jetzt wäre ihr sogar Arans Gesellschaft recht gewesen, aber er wollte sie nicht in die Kneipe begleiten. Er war zu deprimiert, um aus dem Haus zu gehen, und außerdem befürchtete er, seiner Exfreundin über den Weg zu laufen, und das, sagte er, würde er nicht verkraften.

45

John Mackie saß allein in seinem Laden. Es war keine Kundschaft da. Er schaute in einen kleinen Fernseher, der hinter dem Ladentisch auf einem Stuhl stand. Das Geschäft lief wie immer schlecht, und trotzdem war seine Stimmung eher besser als früher.

Das verdankte er Elfish. In den vergangenen Tagen hatten sie und May immer wieder bei ihm hereingeschaut, weil sie Kabel, Plektren, ein Stimmgerät, zwei Verzerrer, ein Mikrofon, ein Sustain Pedal und noch das eine oder andere Zubehör für ihre Band brauchten. Sie kauften immer nur das Billigste, und trotzdem mußte Elfish jedesmal einen Teil der Kosten anschreiben lassen, aber John Mackie machte das nichts aus. Er hatte sich von Elfishs Begeisterung anstecken lassen. Es tat ihm gut, daß eine Frau, die ihn an seine Schwester erinnerte, in seinen Laden kam, ihm von ihren Plänen erzählte und eine so positive Ausstrahlung hatte. Er freute sich jedesmal auf ihren Besuch. Daß er ihr immer mehr Kredit einräumte, war nicht gerade gut fürs Geschäft, aber in so schlechten Zeiten kam es sowieso nicht drauf an, und ihm machte es Freude.

Wenn Elfish vorbeikam, besprachen sie, was sie für den Auftritt am Wochenende noch alles brauchte, und obwohl John Mackie nicht ganz durchschaute, warum es Elfish ein so dringliches Bedürfnis war, ihre Band Queen Mab zu nennen, begriff er, wie wichtig das Konzert für sie war. Deshalb war er bereit, sie nach Kräften zu unterstützen. Sie weckte eine Begeisterung in ihm, wie er sie seit vielen Jahren nicht empfunden hatte. Morgens, nachdem er dem obdachlosen Bettler, der im Eingang kauerte, ein bißchen Geld gegeben und anschließend den Laden aufgesperrt hatte, hatte er sich richtig beschwingt gefühlt. Der Gehsteig vor John Mackies Laden war ein beliebter Platz bei obdachlosen Bettlern. John Mackie nahm es mit der christlichen Nächstenliebe ernst, und er gab diesen Leuten Geld, weil sie ihm leid taten.

Die Fernsehnachrichten brachten einen Bericht über den Sudan.

»Die Hungersnot verschlimmert sich von Tag zu Tag«, sagte ein Reporter, und auf dem Bildschirm waren unglaublich dürre Leiber zu sehen, die auf der Suche nach etwas Eßbarem verzweifelt durch die Gegend stakten.

Die Bilder gingen John Mackie unter die Haut, und er beschloß, am nächsten Tag in der Kirche etwas Geld für die Hungerhilfe zu spenden.

Aisha sah sich dasselbe Programm an, während sie an ihrem Bühnenbild malte. »Schrecklich«, sagte sie, aber in Wirklichkeit dachte sie, daß sie ruhig alle sterben sollten, wenn nur ihr Freund Mory zu ihr zurückkäme, und malte weiter, um nicht mehr daran denken zu müssen.

Auch Aran sah sich die Nachrichten an.

»Schrecklich«, sagte er leise, aber in Wirklichkeit dachte er so ziemlich dasselbe wie Aisha. Er schaltete den Fernseher aus und widmete sich seinen Zigarettenbildchen, um nicht mehr an seine Exfreundin denken zu müssen.

Er runzelte die Stirn. Obwohl er Unmengen von Zigaretten gekauft und geraucht hatte, hatte er noch immer nicht alle zwanzig Bildchen zusammen. Bei achtzehn war er steckengeblieben. Er hatte von allen mehr als eins, von einigen sogar vier Stück. Trotzdem gab es in seiner Sammlung nicht ein einziges Bildchen mit den Nummern Drei oder Zwanzig.

»Da ist bestimmt was faul«, sagte er zu sich selbst. »Wahrscheinlich verteilt der Konzern die Bildchen nicht ordnungsgemäß.«

Er spielte mehrere Möglichkeiten durch, wie der Zigarettenkonzern seine Kunden betrügen und ihnen die in Aussicht gestellten fünf Pfund vorenthalten konnte. Vielleicht gab es überhaupt keine Bildchen mit den Nummern Drei und Zwanzig. Das war eine teuflische Vorstellung, und sie trieb Aran an den Rand der Verzweiflung.

Nach längerem Nachdenken verwarf er die Möglichkeit jedoch als zu riskant für den Konzern. Falls sie nicht alle Bildchen gedruckt hatten, konnte das jemandem auffallen. Ein unzufriedener Angestellter etwa konnte der Presse Informationen zuspielen. Die Sache würde auffliegen und die Staatsanwaltschaft wegen Verdachts auf schweren Betrug Ermittlungen einleiten. Alles in allem viel zu gefährlich für die Konzernleitung.

Es konnte natürlich auch sein, daß sie bestimmte Bildchen nur in begrenzter Stückzahl gedruckt hatten. Vielleicht gab es im ganzen Land nur eine einzige Nummer Drei, und die war in Glasgow gelandet. Dies hielt Aran für sehr wahrscheinlich, und wieder war ihm elend zumute. Noch abgefeimter wäre es, wenn der Konzern zwar von jeder Nummer die gleiche Anzahl hatte drucken lassen, gleichzeitig aber dafür sorgte, daß die Zigarettenschachteln mit bestimmten Bildchen nur in genau kontrollierte Gebiete versandt wurden. Vielleicht lagen sämtliche Karten mit der Nummer Zwanzig in einem Lagerhaus auf den Orkney Inseln und warteten darauf, an den einzigen Tabakhändler vor Ort ausgeliefert zu werden. Und während die Bewohner der Orkney Inseln eifrig ihrer Prämie entgegenqualmten, stellten sie dann vielleicht fest, daß alle Bildchen in ihrer Sammlung die Nummer Zwanzig trugen. Und was konnte ein einfacher Londoner Bürger schon rechtlich gegen den Konzern unternehmen? Nichts. In der Werbung hatte es nirgendwo geheißen, daß die Bildchen gleichmäßig übers Land verteilt würden. Für Aran stand nun fest, daß die Sache von A bis Z ein abgekartetes Spiel war.

»Es ist aussichtslos«, seufzte er. »Die Konzerne sind zu mächtig. Gegen die zieht man immer den kürzeren.«

Elfish kam herein; sie sah total verwahrlost aus und verlangte von ihm ein Gedicht über Queen Mab. Zu ihrer Überraschung hatte Aran eins parat.

»Aus Miltons ›L'Allegro‹«, klärte er sie auf. »Habe ich dir Miltons Lebensgeschichte schon erzählt? Er war –«

»Halt die Klappe und gib mir das Gedicht«, befahl Elfish und streckte die Hand aus.

Till the livelong daylight fail,
Then to the spicy nut-brown ale,
With stories told of many a feat;
How fairy Mab the junkets eat;

»Was ist ein ›junket‹?« fragte Elfish. »Egal, spar dir die Erklärung. Das Gedicht ist in Ordnung. Jetzt kann ich Codys Bild von Ben Jonsons Mab was entgegensetzen. Ich geh gleich los und schieb es Mo unter der Tür durch.«

46

Der Sturm ließ nach, aber für die erschöpfte Besatzung des Floßes gab es dennoch keinen Grund zum Aufatmen. Der Rand der Welt war nun deutlich zu sehen, und das Tosen des in die Leere stürzenden Ozeans rollte wie Donner über sie hinweg. Während die Lage immer aussichtsloser wurde, fingen sie an zu zanken.

»Haben Sie das Ruder immer noch nicht repariert?« keifte Kleopatra.

»Ich tue mein Bestes«, erwiderte Botticelli barsch.

»Na, viel hat es bisher offenbar nicht gebracht.«

»Ich bin Maler, kein Ingenieur.«

»Und ich bin sicher, Leonardo hätte sich geschickter angestellt«, sagte Kleopatra.

»Für wen halten Sie sich eigentlich?« empörte sich Botticelli. »Alles, was Sie können, ist herumstolzieren und Befehle erteilen. Ich habe Sie bisher noch keinen Finger rühren sehen. Und so etwas muß man sich von einer Frau anhören, die ein ganzes Reich verloren hat, nur weil sie auf den falschen Römer gesetzt hat.«

»Mark Anton war nicht der Falsche«, giftete Kleopatra zurück. »Wir hatten bloß das Pech, die Schlacht von Aktium zu verlieren.«

Bomber Harris war hellhörig geworden und fing an, über die Kriegskunst der verschiedenen Epochen zu sprechen, aber die Rote Sonja fiel ihm ins Wort.

»Halten Sie den Mund und arbeiten Sie weiter. Bald kommen die Greife zurück.«

»Sagen Sie mir nicht, was ich zu tun habe, Sie ungebildete Barbarin. Mir ist nicht aufgefallen, daß Sie beim Segelflicken besonders erfolgreich gewesen wären.«

»Schluß mit der Zankerei!« sagte Ben Jonson, der damit beschäftigt war, den Mast zusammenzunageln. »Wir haben nur eine Chance, wenn wir alle Hand in Hand arbeiten.«

Er sah Mick Ronson scharf an, der noch immer untätig mitten auf dem Floß saß.

»Ich weigere mich weiterzumachen«, sagte der Musiker. »Es bringt nichts. Wir sind verloren. Ich werde auf meiner Gitarre klimpern, wenn ich über den Rand der Welt falle.«

Er spielte die ersten Takte des Solos aus ›Moonage Daydream‹, einem Song, den er im Jahr 1972 aufgenommen hatte, als er noch mit David Bowie spielte. Das Solo bestand aus gedehnten, hohen, schwebenden Tönen, die sich überlagerten und ein schönes Klangbild erzeugten.

»Schiff ahoi!« schrie Kleopatra, und alle blickten erschrokken auf, weil sie glaubten, ein neuerlicher Feind rücke ihnen auf den Leib.

»Das Schiff kenne ich!« rief Perikles, der große Athener Staatsmann. »Es ist Königin Artemisia.«

Er zog das Schwert, um Enterer abzuwehren, doch schon bald wurde klar, daß Artemisia nicht angreifen wollte. Ihr Schiff segelte vorbei, zurück zum fernen, ach so fernen Ufer.

Aran programmierte die Daten für die nächste Stufe ein. Das Floß mußte irgendwie an der Trireme von Königin Artemisia festgemacht werden. Gelang ihnen dies, könnten sie sich den weiten Weg zurück in den sicheren Hafen schleppen lassen. Als dies den Menschen auf dem Floß bewußt wurde, machten sie sich aufgeregt daran, aus allen ihnen zu Gebote stehenden Materialien ein Tau zu knüpfen, an dessen Ende sie als Enterhaken das Schwert der Roten Sonja befestigten. In heller Panik paddelten sie hinter dem Schiff her, während Sonja sich bereithielt, die Leine auszuwerfen.

Natürlich war es hoffnungslos. Es gab keine Möglichkeit, mit dem Floß nahe genug an das Schiff heranzukommen.

»Sie haben versagt«, hieß es in der Bildüberschrift auf dem Monitor, nachdem Sonjas wiederholte Versuche, den Enterhaken zu Artemisias Schiff hinüberzuschleudern, allesamt fehlgeschlagen waren. »Jetzt geht's ruckzuck zur nächsten Stufe, zum Rand der Welt.«

47

Mos langes Haar lag über seinem Gesicht und fiel auf den Teppich. Shonen saß auf Mo und bumste mit ihm im Schein des Fernsehers. Sie bewegte sich sehr langsam und wirkte viel entspannter als sonst.

Mo, der etwas getrunken hatte, lag einfach nur da, während Shonen auf ihm vor- und zurückschaukelte.

Nach einer Weile sammelte er seine Kräfte, griff nach oben, packte ihre kleinen Brüste und setzte sich auf. Shonen kniete jetzt auf seinem Schoß, und sie küßten sich.

Mo hatte Shonen gegen Ende seines ersten Besuchs bei ihr ohne Umschweife gefragt, ob sie mit ihm schlafen wolle. Shonen hatte eingewilligt, denn obwohl sie nur selten Sex hatte und nicht viele Gedanken daran verschwendete, hatte Mo etwas an sich, das sie anziehend fand. Vielleicht war es die Tatsache, daß es ihn nicht kümmerte, ob sie noch lebte oder bereits tot war. Schon andere vor ihr hatten das an Mo anziehend gefunden, auch Elfish. Außerdem gefiel ihr die Vorstellung, daß er danach sofort gehen würde, ohne lästige Fragen über ihr Privatleben zu stellen.

Shonen schob die Hand zwischen ihre Körper und umschloß Mos Penis leicht mit zwei Fingern, als er in sie eindrang. Mo schlang die Arme um Shonen und steckte ihr den Finger in den Anus. Aneinandergeschmiegt schaukelten sie im matten Schein des Fernsehers sacht vor und zurück.

Kurz vor dem Orgasmus schob Mo Shonen ziemlich ruppig von seinem Schoß, stieß sie auf den Rücken und bumste sie so heftig er konnte, bis er kam; danach blieb er einen Augenblick schweißtriefend auf ihr liegen.

Wenig später ging er. Shonen war nicht gekommen, und das frustrierte sie. Andererseits hatten sie es über eine Stunde miteinander getrieben, und in dieser Zeit hatte sie weder Lust aufs Essen noch aufs Kotzen verspürt.

Später machte sie sich allerdings Sorgen, Elfish könnte dahinterkommen, daß sie Sex mit Mo gehabt hatte. Shonen wußte, daß Elfish das nicht gefallen würde, und sie wollte sie nicht verletzen.

Elfish ging ihr nicht aus dem Kopf, weil Mo sie nach Elfishs Fortschritten mit dem Monolog gefragt hatte. Er hatte Shonen gegenüber durchblicken lassen, daß es nicht klug von ihr war, Elfish zu helfen. Shonen hatte Mo klargemacht, daß Elfish auch ihr einen Gefallen tat, aber als sie erzählte, was für eine Gefälligkeit dies war, schnaubte Mo nur und meinte, daß Elfish sie bestimmt anlog, weil es meilenweit niemanden gab, der Geld für Theaterleute auftreiben konnte. Elfish sei eine geborene Lügnerin.

Shonen glaubte Mo nicht. Sie vertraute darauf, daß Elfish versuchte, ihr zu helfen. Ihre Theatertruppe war ihr so wichtig, daß sie Elfish einfach glauben mußte. Während Mos Samen noch aus ihr heraussickerte, saß sie schon wieder über den Unterlagen für die potentiellen Geldgeber und machte sich Gedanken über ihre nächste Produktion.

Was Mo anging, so hatte er den Eindruck gewonnen, daß Elfish kurz vor dem Ziel stand. Er beschloß, etwas dagegen zu unternehmen.

48

Das Konzert war für Samstag angesetzt, aber bereits am Mittwoch bot Elfish einen besonders häßlichen Anblick. Sie hatte sich mal wieder lange nicht gewaschen, wenig geschlafen und zuviel getrunken, das Gesicht war schmutzig, sie stank, die Kleidung klebte ihr am Leib, und das Haar war staubig und hing ihr in die Augen.

Um ihr das Erlernen des Monologs zu erleichtern, hatte Shonen die einzelnen Passagen mit verschiedenfarbigen Filzstiften markiert in der Hoffnung, daß Elfish bestimmte Wörter mit den entsprechenden Farben assoziieren würde. Elfish hatte Fortschritte gemacht und war inzwischen bei Zeile fünfzehn:

»Her chariot is an empty hazel-nut«

Sie mußte sich gewaltig anstrengen. Es kam ihr so vor, als wäre es das Härteste, was sie je getan hatte.

Als sie es satt hatte, schmiß sie das Buch auf den Boden, griff zur Gitarre und schloß sie an den Verstärker an. Es kam kein Ton heraus. Das war nichts Ungewöhnliches. Bei den billigen Geräten, die Elfish benützte, funktionierte die Gitarre nur selten.

Sie fummelte so lange am Kabel herum, bis ein leises Knistern zu hören war, dann schaltete sie mit einem Fußtritt den Verzerrer ein und spielte vor sich hin, ohne sich darum zu kümmern, ob der Krach die anderen im Haus störte. Morgen wollte sie in den Laden gehen und auf Pump ein paar bessere Kabel erstehen.

Elfish war eine gute Gitarristin und hatte mehr Talent als die meisten ihrer Kollegen in der Gegend. Obwohl sie auf der Bühne gern wild auf ihre Gitarre eindrosch, konnte sie genausogut einen Blues spielen, einen Countrysong zupfen oder ein paar Jazzakkorde klimpern. Sogar afrikanische Rhythmen konnte sie anschlagen und durchhalten. Sie hatte sie sich selbst beigebracht, indem sie Afromusik aus dem Radio nachspielte, vor allem aus John Peels Sendung. Diese tänzerischen Gitarrenstücke stellten Ansprüche ans Können, waren aber trotzdem klar und voller Leben. Elfish konnte sie nicht leiden und spielte die sich ständig wiederholenden Motive nur zur Übung.

Sie zog Bilanz: Casaubon spielte Schlagzeug, May Gitarre, Shonen half ihr mit dem Monolog, und Aisha malte das Bühnenbild. Sie selbst brauchte also nur noch den Text auswendig zu lernen, einen Bassisten zu finden und sich auf die Bühne zu stellen – und sie hätte den Namen Queen Mab in der Tasche!

So betrachtet, sah die Lage gar nicht so schlecht aus, und Elfishs Zuversicht wuchs. Sie konnte gewinnen. Sie konnte Mo besiegen, obwohl dies nicht ihr Hauptziel war. Es war lediglich ein notwendiger Schritt auf dem Weg zum Erfolg. Hätte es ihren Zielen gedient, mit Mo gemeinsame Sache zu machen, hätte sie auch das getan.

Das Konzert würde bestimmt eine Katastrophe werden, da machte selbst Elfish sich nichts vor: Vier Musiker, die kaum geübt hatten und zum ersten Mal zusammen auf der Bühne standen, konnten sich einfach nur schrecklich anhören, aber das war egal. In ihrem neuerstarkten Selbstvertrauen kannte Elfish keine Angst vor anderen Leuten. Sollte das Publikum sich über sie lustig machen, würde Elfish nur zu gern zurückschlagen. Und nach dem Konzert hätte sie Zeit genug, der Band den richtigen Schliff zu verpassen.

Obwohl sie guter Dinge war, durfte sie nicht lockerlassen. Es gab zuviel zu tun. Außerdem hatte sich die Stimmung in ihrer Wohngemeinschaft verschlechtert. Die vier anderen Frauen, denen die Sache mit ihrer Zeitschrift an die Nieren ging, regten sich maßlos über Elfishs zunehmend asoziales Verhalten auf. Sie hatten sie in aller Deutlichkeit aufgefordert auszuziehen. Elfish hatte sich geweigert und ihnen ihrerseits den Marsch geblasen, aber sie war jetzt gezwungen, die meiste Zeit in ihrer Bude zu verbringen.

Sie rauchte eine Zigarette nach der anderen und spielte Gitarre, bis ihr die Finger weh taten. Morgen hatte sie sich mit den anderen zur Probe verabredet, denn sie mußte ja wenigstens eine Vorstellung davon haben, was sie spielen sollten, obwohl sie sowieso bestimmt alles verpatzen würden.

49

Cary und Lilac saßen bei Cody im Zimmer und posierten für sein Gemälde, das von Ben Jonsons Stück ›Entertainment‹ inspiriert war. Cody malte Lilac als Sartyr und Cary als Queen Mab. Im Hintergrund sollten Königin Anne und ihr Gefolge dargestellt werden.

Der volle Titel des Bühnenstücks lautete ›A Particular Entertainment of the Queen and Prince‹, und es war von Ben Jonson für eine Aufführung vor Königin Anne, der Gemahlin Jakobs I. von England beziehungsweise Jakobs VI. von Schottland, in Althrope, dem Landsitz der Spencers, verfaßt worden. Dieser kurze Einakter wurde am 25. Juni 1603 aufgeführt und im Jahre 1616 erstmalig gedruckt.

Cody, der nichts dabei fand, mit seinem Wissen ein wenig zu prahlen, erzählte dies Cary und Lilac, während sie für ihn Modell saßen. Sie lächelten höflich. Obwohl Cody nur ein Jahr an der Kunsthochschule studiert hatte, bevor er mit Schimpf und Schande hinausgeworfen worden war, machte ihm die Malerei Spaß. Er hatte dafür zwar jetzt, wo er für Mo Gitarre spielte, weniger Zeit, malte aber immer noch regelmäßig.

Sein Stil war rundum altmodisch. Seine Gemälde würden nie in der Galerie für alternative Kunst in Brixton ausgestellt werden, obwohl sie dort laut Cody Bilder von jedem zeigten, der fähig war, ein bißchen Farbe auf die Leinwand zu klekkern. Wurden außer Farbe noch andere Materialien verwendet, etwa Stoffetzen, Metall oder nicht zu identifizierende Abfälle, um so besser.

Wenngleich er nicht annähernd so stumpfsinnig und pedantisch war wie Aran, brachte Cody Mo gelegentlich ähnlich zur Verzweiflung wie Aran seine Schwester. Zum Beispiel verglich er Mos und Amnesias Kampagne gegen Elfish mit den großen Rachedramen des sechzehnten Jahrhunderts oder sogar mit denen des römischen Dichters Seneca, und das, während Mo an der Bar auf sein Bier wartete und sich nicht verdrücken konnte.

An dieser Art von Vergleichen hätte Aran seine Freude gehabt, und unter günstigeren Umständen hätten er und Cody stundenlang zusammenhocken und sich die Kopfe heißreden können, während Mo und Elfish einen trinken gingen, zusammen Billard spielten und sich Tricks ausdachten, wie sie umsonst in ein wildes Konzert hineinkamen, das sie nicht verpassen wollten. Dummerweise aber war es Aran und Cody wegen der Feindschaft zwischen Elfish und Mo nicht möglich, Freunde zu werden.

Als Cody sich nach Modellen umgesehen hatte, war Amnesia auf die Idee gekommen, er sollte Cary und Lilac fragen. Damit wollte sie ganz einfach Elfish ärgern, und die Rechnung war aufgegangen. Jetzt saß Amnesia seelenruhig im Nebenzimmer und las in einem Buch. Sie verließ Mos Wohnung nur selten, weil sie Elfish in der nächsten Zeit nicht über den Weg laufen wollte.

Cary und Lilac saßen reglos Modell und hielten still, aber sie waren ausnahmsweise einmal unzufrieden. Gestern waren sie mit einem Bus, dem Bus, in dem May wohnte, in den Süden nach Twyford Down, in der Nähe von Winchester, gefahren. Twyford Down war eine schöne, malerische Gegend und wegen ihrer außerordentlichen Schönheit zum Naturschutzgebiet erklärt worden. Die Landschaft war nicht nur schön, sondern auch für Archäologen interessant, denn sie war schon vor dem Eisenzeitalter besiedelt gewesen, und es gab dort zwei geschützte Baudenkmäler aus alter Zeit. Auch waren in der Gegend mehrere seltene und ebenfalls geschützte Tierarten heimisch. Alles in allem war es ein einzigartiger, herrlicher Landstrich. Das Verkehrsministerium hatte vor kurzem beschlossen, eine Autobahn hindurchzubauen.

Seit geraumer Zeit gab es dagegen Proteste, und Cary und Lilac waren mit mehreren Freunden, die die Gegend kannten, zu einer Demonstration gefahren. Es wurde ein unerfreuliches Erlebnis, denn es wimmelte nur so von Polizisten, und die Bauarbeiten waren trotz der Proteste bereits in vollem Gange. Die einst so schöne Landschaft war längst durch tiefe Narben und Furchen entstellt, große Wald- und Wiesenflächen waren geopfert worden. Kein Zweifel: Für Twyford Down gab es keine Rettung mehr, und die geschützten Tierarten würden sich an ein Leben in einer Betonwelt gewöhnen müssen.

»Angeblich ist Camelot mal in Twyford Down gewesen«, sagte Lilac, und Cary schüttelte traurig den Kopf.

Cody bat sie stillzuhalten, während er sie malte. Er kämpfte gerade mit der schwierigen Aufgabe, ihre weißblonden Rastalocken auf die Leinwand zu bannen. Dieses Gemälde würde vielleicht der Tradition nicht so ganz Genüge tun, aber die weißblonden Locken würden Queen Mab bestimmt gut stehen. Trotzdem bedauerte Cody, daß Elfish ihm nicht mehr für die Königin der Träume Modell saß, denn er wußte, daß sie für diese Rolle die richtige Einstellung mitbrachte.

Bei Cody schnappten Cary und Lilac jede Menge boshafte Äußerungen über Elfish auf. Das tat ihnen leid, denn obwohl Elfish zu ihnen immer unfreundlich war, mochten sie sie. Trotz all der Boshaftigkeiten, die sie ihnen an den Kopf geworfen hatte, wollten sie einfach nicht wahrhaben, daß Elfish sie nicht leiden konnte.

50

Aran und Elfish wachten im selben Bett auf.

»Ich bin so unglücklich wegen der Sache mit meiner Freundin, daß ich nicht mehr leben möchte«, sagte Aran.

»Dann geh und hol meine neuen Gitarrenkabel aus dem Musikladen«, antwortete Elfish. »Wenn du was zu tun hast, geht's dir bestimmt besser.«

Elfish rief Casaubon an.

»Ich bin so unglücklich wegen der Sache mit meiner Freundin, daß ich nicht weiterleben möchte«, sagte er.

»Üb Schlagzeug. Und dann hol May ab und komm mit ihr zur Probe«, sagte Elfish. »Wenn du was zu tun hast, geht's dir bestimmt besser.«

Elfish rief Shonen an.

»Ich bin wegen allem so unglücklich, daß ich nicht weiterleben möchte«, sagte Shonen.

»Dann nimm dir deinen Stapel Papiere für die Sponsoren vor, damit alles vorbereitet ist, wenn meine Nachbarin dir helfen will«, sagte Elfish. »Ich komm gleich rüber. Wenn du was zu tun hast, geht's dir bestimmt besser.«

Was für ein jämmerlicher Haufen, dachte Elfish, als sie Arans Wohnung verließ.

»Hallo, Elfish«, sagten Cary und Lilac, die draußen auf der niedrigen Mauer hockten, gutgelaunt. Sie wollten ihr von ihrem Erlebnis in Twyford Down erzählen, aber Elfish war daran nicht interessiert, denn es kümmerte sie nicht im geringsten, ob jeder schöne Flecken im Land zubetoniert wurde. Außerdem war sie sauer auf die beiden, weil sie für Codys Gemälde der Queen Mab posierten. Sie empfand das als Treuebruch, obwohl die beiden keinerlei Grund hatten, Elfish gegenüber loyal zu sein.

»Hab ich euch nicht gesagt, ihr sollt mich nicht mehr anquatschen?« fauchte sie und ging an ihnen vorbei, den Blick starr auf ihre Motorradstiefel gerichtet. Da sie die Stiefel nie eincremte, war das Leder brüchig geworden, und das war ärgerlich, aber Stiefelputzen paßte Elfish in diesen Tagen überhaupt nicht in den Kram.

Elfish blieb nur einmal kurz stehen, um den Vers von Milton bei Mo durch der Briefschlitz zu schieben, und hastete dann weiter zu Shonen. Nervös öffnete ihr Shonen die Tür, aber Elfish dachte sich nichts weiter dabei. Die Schauspielerin wirkte nach Mos Besuch angespannt, denn obwohl sie nicht wirklich glaubte, daß Elfish sie angelogen hatte, als sie behauptete, sie wüßte jemanden, der Geld für sie auftreiben konnte, ließ sie der Gedanke nicht mehr los.

Widerwillig akzeptierte Elfish eine Tasse Tee, denn ein anständiger Drink wäre ihr lieber gewesen.

»Ich bin jetzt bei Zeile zweiundzwanzig, und die Sache bringt mich um. Laß uns anfangen«, sagte sie.

Shonen rannte aus dem Zimmer und blieb eine Weile weg.

»Ich dachte, deine Kotzerei wäre besser geworden«, sagte Elfish unwirsch, als sie zurückkam.

»Kennst du wirklich jemanden, der Geld auftreiben kann?« platzte Shonen heraus, obwohl sie das Thema viel behutsamer hatte anschneiden wollen.

Elfish verzog keine Miene. Sie sah Shonen gerade in die Augen, sagte mit einem Ausdruck größter Aufrichtigkeit, sie kenne tatsächlich jemanden, und erfand aus dem Stegreif einen Namen und eine Adresse. In solchen Dingen wirkte sie unglaublich überzeugend. Selbst die Anspannung und der enorme Druck, die auf Elfish lasteten, beeinträchtigten ihre Fähigkeit, so überzeugend wie niemand anderes zu lügen, nicht.

Beruhigt machte sich Shonen voller Schwung an die Arbeit, und sie kamen ein wenig voran. Wenn auch unter furchtbaren Mühen, so konnte Elfish Mercutios Monolog jetzt immerhin schon bis Zeile siebenundzwanzig aufsagen:

»And sometimes comes she with a tithe-pig's tail«

»Was zum Teufel soll das heißen?« wollte Elfish wissen.

»Woher soll ich das wissen?« sagte Shonen.

»Du bist die Schauspielerin, nicht ich. Wieso konnte der größte Stückeschreiber unseres Landes nicht eine einzige Zeile Klartext schreiben?«

Shonen meinte, wahrscheinlich sei es damals, als er die Zeilen schrieb, Klartext gewesen, aber Elfish hatte da ihre Zweifel.

»Ich nehme an, er hat so obskures Zeug geschrieben, damit die Leute ihn für schlau hielten. Dieser Shakespeare geht mir auf die Nerven. Er schreibt viel zu kompliziert. Ausdrucksstark und ohne Schnörkel – so muß ein Theaterstück sein«, verkündete Elfish, die selbst noch nie im Theater gewesen war. »Ohne Schnörkel und eindeutig, wie meine Gitarrenmusik.«

Sie plagten sich noch eine Weile, bis Elfish der Kragen platzte, weil es so schwierig war, und ihre schlechte Laune dazu führte, daß Shonen wieder Hals über Kopf aus dem Zimmer stürzte, um sich zu übergeben. Als sie ihren Magen völlig leer gekotzt hatte, bekam sie Krämpfe und fühlte sich sehr elend. Zu Elfishs großem Verdruß mußte die Sitzung abgebrochen werden.

»Um Gottes willen, Shonen, reiß dich zusammen! *Ich* mach doch die ganze Arbeit. *Ich* versuche vierundzwanzig Stunden am Tag, eine Band auf die Beine zu stellen und diesen lächerlichen, verdammten Monolog auswendig zu lernen. Ganz davon zu schweigen, daß ich Himmel und Hölle in Bewegung gesetzt hab, um Leute zu finden, die deiner Theatertruppe helfen. Alles, was du tun mußt, ist essen, dir das Kotzen verkneifen und mir ein paar Zeilen beibringen. Also reiß dich zusammen. Bis morgen.«

Zu Hause lag die Katze auf dem Telefon. Elfish stieß sie mit dem Stiefel weg und sagte sich, daß sie eigentlich einen Anruf machen könnte.

»Hallo, Mo, wie geht's? Hier ist Amnesia. Paukt Elfish immer noch ihren Monolog?«

»Ich glaube, ja.«

Elfish prustete vor Lachen und beschrieb Mo in grellen Farben, in was für einer schwierigen Lage Elfish sich befand, weil sie es bestimmt für besser hielt, ihn nicht wissen zu lassen, daß sie tatsächlich Fortschritte machte.

»Die Wette war eine tolle Idee, Mo. Was Schlimmeres hätte Elfish nicht passieren können. Wenn sie am Samstag den Monolog aufsagt, sind bestimmt jede Menge Leute da. Das Miststück wird vor Peinlichkeit im Boden versinken. Von einer Freundin hab ich allerdings gehört, daß sie mit ihrer Band gut vorankommt. Kein Wunder. Du weißt ja, daß Elfish einen eisernen Willen hat. Eine überdurchschnittlich gute Gitarristin ist sie auch. Und eine hervorragende Stage Diverin.«

Mo lag neben Amnesia, hatte die Hand auf ihrer Brust und lächelte in sich hinein.

»Ich glaube, du warst die bessere Stage Diverin, Amnesia.«

»Nein, Elfish war besser«, sagte Elfish. »Ich werde nie den Abend vergessen, an dem sie von den Lautsprechern gesprungen und dann auf den Händen der Zuhörer zur Bar gegangen ist und sich ein Helles bestellt hat. An dem Abend hat sie mit Cody geschlafen, glaub ich.«

Kurzes Schweigen.

»Elfish hat mit Cody geschlafen?« fragte Mo, und er klang nicht sehr erfreut.

»Klar«, sagte Elfish. »Wußtest du das nicht? Sie hatten schon immer was füreinander übrig gehabt. Cody hat ihr Gedichte von Milton vorgetragen.«

Mo nahm die Hand von Amnesias Brust und runzelte die Stirn.

»Na dann, bis bald«, sagte Elfish und legte auf.

51

»O! then, I see, Queen Mab hath been with you.
She is the fairies' midwife, and she comes
In shape no bigger than an agate-stone

On the fore-finger of an alderman,
Drawn with a team of little atomies
Athwart men's noses as they lie asleep:
Her waggon-spokes made of long spinners' legs;
The cover, of the wings of grasshoppers;
The traces, of the smallest spiders' web;
The collars, of the moonshine's watery beams;«

zitierte Elfish, während sie die Coldharbour Lane hinunterging, und sah sich selbst als Queen Mab, die Überbringerin der Träume, bis sie vor einem Pub von einem Drogendealer aus dem Konzept gebracht wurde. Sie vergaß den Monolog für einen Augenblick und spielte einen Gedanken durch, der ihr letzte Nacht gekommen war. Ja, das könnte klappen, sagte sie sich, und diese Vorstellung gefiel ihr so sehr, daß sie die Lippen zu einem Lächeln verzog – jedenfalls glaubte sie das.

Polizeiautos rasten mit heulenden Sirenen vorbei, ein so alltägliches Spektakel aus Licht und Lärm, daß es schon keine Aufmerksamkeit mehr erregte. Elfish blinzelte in die Sonne und stellte im Geiste ein paar Berechnungen an. Nachdem ihr die Leichtgläubigkeit von Shonen, Casaubon und Aisha vorgeführt hatte, daß Menschen alles glauben, wenn sie nur verzweifelt genug sind, plante sie nun, zynisch, wie sie war, nicht nur die politischen Ambitionen, sondern auch die Gefühle von Marion, Chevon, Gail und Perlita auszunutzen und alle vier für ihre Sache einzuspannen.

Sie saßen einen Stock tiefer deprimiert im großen Zimmer zusammen. Der Raum war halb weiß, halb schmutziggrau, weil ein plötzlicher Anfall von Malwut ebenso schnell verpufft war wie die Begeisterung für ihre Zeitschrift. Unfreundliche Blicke empfingen Elfish, als sie eintrat.

Mit schriller, vorwurfsvoller Stimme fiel sie ohne Vorwarnung über die anderen her und verhöhnte sie wegen ihres Defätismus.

»Ihr hockt immer noch rum und steckt den Kopf in den Sand, weil ihr kein Geld aufgetrieben und keinen Pressevertrieb gefunden habt? Was für ein trauriger Verein ihr seid! Ich hab noch nie erlebt, daß jemand so schnell aufgibt wie ihr. Wenn ihr wirklich an eure verdammte Zeitschrift glaubt, laßt ihr euch was einfallen. Das Geld läßt sich schon irgendwo auftreiben, und dann könnt ihr mit dem Fahrrad die Läden abklappern, die Zeitschrift auf der Straße verkaufen oder was weiß ich. Ihr habt bloß keine Lust, mal richtig in die Hände zu spucken. Wie alle anderen hier in der Gegend werft ihr gleich das Handtuch. Und dann habt ihr auch noch die Stirn, mir asoziales Verhalten vorzuwerfen! Wie kann man sich gegenüber einem Haufen von Blindgängern und Versagern wie euch schon sozial verhalten?«

Elfishs Mitbewohnerinnen, die von ihr wegen einer Sache kritisiert wurden, für die diese nie das geringste Interesse aufgebracht hatte, waren wie vor den Kopf geschlagen. Elfish überging ihre Proteste und schimpfte weiter:

»Und was passiert, wenn sich euch eine große Chance bietet? Ihr laßt sie sausen! Und was tut ihr, wenn der einzige Mensch, der euch weiterhelfen kann, was Großes auf die Beine stellt? Ihr hackt auf ihm rum! Und warum? Ich werd euch sagen, warum: Weil ihr lieber trübsinnig in der Bude rumhockt. Ihr genießt das nämlich. Ihr fühlt euch gut dabei. Ihr suhlt euch in eurem Unglück. Ihr habt sie nicht mehr alle. Ihr seid krank im Kopf. Ihr macht den Präsidenten von Amerika und die Hamburger von McDonald's für eure Probleme in Brixton verantwortlich, und dann lehnt ihr euch zurück und jammert über die gemeinen Bilder im Fernsehen. Ihr habt euch im Leben noch nie für was eingesetzt, und das werdet ihr auch nie. Ihr werdet die Welt nie verändern, weil ihr es nicht wirklich wollt.«

Elfish spuckte auf den Boden und stürmte nach oben in ihr Zimmer.

So, das müßte reichen, sagte sie sich vergnügt.

Auf dem Dach trappelten Tauben herum. Elfish wunderte sich immer wieder, wieviel Krach Taubenfüße auf dem Dach machen können. Um das Getrappel zu übertönen, legte sie auf voller Lautstärke eine Platte von den Babes in Toyland auf.

Auf der Treppe waren die Schritte von Menschenfüßen zu hören. Chevon steckte den Kopf zur Tür herein.

»Was für eine Chance meinst du eigentlich?« fragte sie und verzog das Gesicht, als ihr der Lärm und der miefige Räucherstäbchen-Qualm entgegenschlugen.

52

Cary und Lilac hatten Spaß am Sex, aber sie schliefen nicht so oft miteinander, wie man es als Beobachter ihrer öffentlich zur Schau gestellten Zuneigung hätte meinen können, denn die meiste Zeit waren sie zu bekifft. Manchmal liebten sie sich, obwohl sie jede Menge Hasch oder Ecstasy, ihre Lieblingsdrogen, intus hatten, und sogar wenn sie auf einem Trip waren, aber oft lösten die Drogen in ihnen den Wunsch aus, einfach nur engumschlungen auf der Matratze zu liegen, ohne großartig etwas zu tun.

Wenn sie Ecstasy genommen hatten, wurden sie in eine seltsame Welt versetzt, in der sich alles angenehm in die Länge zog, und manchmal brachten sie sogar noch die Energie und Lust auf, sich zu lieben, nachdem sie zwölf Stunden auf einem Rave getanzt hatten. Dann rutschte Lilac mit seinem schmächtigen Körper hinunter bis zu Carys bleichen Schenkeln und leckte eine halbe Ewigkeit ihre Möse. Cary lag die ganze Zeit über selig da, bevor sie sich ihrerseits auf Lilac schob, seinen Schwanz in den Mund nahm und behutsam daran lutschte. So verbrachten sie die letzten Stunden vor dem Einschlafen und versanken in einen tantrischen Zustand lustvoller Gefühle, bevor sie sich in der Gewißheit, daß sie sich sehr liebten und alles auf der Welt gut war, dem Schlaf hingaben.

»Bald haben wir genug Geld für unsere Ferien zusammen«, flüsterte Cary, und die Welt erschien ihnen gleich noch schöner.

Dummerweise irrte sich Cary in diesem Punkt, denn sie ahnte nicht, daß ihre Ersparnisse wegen einer von Elfish dringend benötigten Sonnenbrille drastisch geschrumpft waren.

Die Sonnenbrille war ein Problem für Elfish. Sie brauchte unbedingt eine, weil das grelle Licht ihr in den Augen weh tat, und außerdem wollte sie mit der Brille bei ihrem Auftritt etwas hermachen. Wenn Elfish mit Queen Mab, ihrer Band, die Bühne betrat, konnte sie keine billige Sonnenbrille tragen. Leider hatte sie jedoch feststellen müssen, daß gute Sonnenbrillen teuer sind. In Brixton gab es jede Menge zu kaufen, sie steckten in Ständern von Ramschläden, neben Baseballkäppis und Spülmitteln ohne Markennamen, aber keine von ihnen war die richtige. Die einzig gute lag in der Auslage einer Drogerie und war sündhaft teuer.

Wie konnte sie sich auf die Schnelle etwas Geld besorgen? Während sie in ihrem Zimmer frustriert auf- und abging, stieg aus ihrer Erinnerung plötzlich das Bild von Cary und Lilac auf, wie sie in ihrem Garten etwas verscharrten. Der Gedanke durchzuckte sie, daß es sich dabei durchaus um Geld handeln konnte, denn alles Geld, das die beiden besaßen, mußten sie wahrscheinlich vor Dennis' unbändiger Gier nach Starkbier in Sicherheit bringen.

Es war eine Frage von Minuten, über die Gartenmauer zu klettern, in der Erde zu wühlen, die Dose herauszuholen und auf diese Weise die Hoffnungen ihrer jungen Nachbarn auf ein ruhiges Wochenende fernab der Stadt zunichte zu machen.

Wenig später betrachtete sich Elfish ziemlich angetan in einem Schaufenster. Sie war zufrieden. Es war eine tolle Sonnenbrille. Außerdem freute sie sich, daß sie Cary und Lilac beklaut hatte, weil die beiden sie ständig belästigten und die Frechheit besaßen, für ein Bild von Queen Mab Modell zu sitzen.

53

Aran fand die Idee verlockend, Elfish in sein Videospiel einzubauen, aber er war sich nicht sicher, ob er sie für einen spektakulären Triumph sorgen oder kläglich untergehen lassen sollte. Sicherheitshalber entschied er sich dagegen. Elfish wäre bestimmt nicht erfreut, wenn sie erfuhr, daß ihr eigener Bruder Zweifel hatte, ob sie es schaffte, ihren Traum zu verwirklichen. Aran war sich bewußt, daß Elfish, die keine echten Freunde mehr hatte, jetzt voll und ganz von seiner Unterstützung abhing.

Er starrte den Computer an. Es langweilte ihn allmählich, daß das Floß immer nur auf den Rand der Welt zutrieb. Also programmierte er eine neue Variante ein, in der es im Schlund eines Strudels verschwand und in eine düstere, von Kobolden und Schlangen bevölkerte Unterwelt hinabtauchte.

Arans Spiel war in Wirklichkeit noch viel langweiliger als er ahnte, denn er hatte keinen blassen Schimmer, wie man ein gutes Videospiel entwirft. Jeder andere hätte sofort erkannt, wie lächerlich es tatsächlich war. Andererseits mußte sich ein Autor, der das Schreiben aufgegeben hatte, weil er es blödsinnig fand, doch mit etwas beschäftigen.

In der Unterwelt bot sich den Abenteurern die Möglichkeit, sich in Sicherheit zu bringen, indem sie einem seidenen Faden folgten, ähnlich dem, der Theseus sicher aus dem Labyrinth führte, nachdem er den Minotauros erschlagen hatte. Dadurch gelangten sie auf einen Platz, von dem sechzig Tunnels abgingen, doch führte davon nur einer in die Freiheit.

Aran lachte in sich hinein, als seine sagenumwobenen und geschichtlichen Gestalten nicht den richtigen Weg fanden.

»Sieht so aus, als ob ihr zurück auf den Ozean müßt«, sagte er, während Drachen sie vor sich her in einen tiefen Schacht trieben, und von dort aus ging es dann zurück aufs Floß und geradewegs zum todbringenden Wasserfall am Ende der Welt.

Er fand diese Variante nicht ganz geglückt. Was, wenn jemand den richtigen Tunnel wählte? Die Chancen standen sechzig zu eins, aber Aran wollte das Risiko nicht eingehen. Er überarbeitete das Programm in diesem Punkt und plazierte am Ausgang des richtigen Tunnels ein riesiges Heer Kobolde, das jeden zurückjagen sollte, der es bis dorthin schaffte.

Vom Kampf mit den Kobolden der Unterwelt arg mitgenommen, saßen Ben Jonson, Kleopatra, Perikles, Botticelli, Mick Ronson, Bomber Harris und die Rote Sonja mit grimmigen Gesichtern auf dem Floß, das sich zögernd über den Rand des Abgrunds neigte. In ihrer Mitte befand sich eine dunkle, geheimnisvolle Gestalt, die wie aus dem Nichts aufgetaucht war. Niemand wußte, wer sie war, und sie selbst hüllte sich in Schweigen.

54

Elfish mußte zur Probe. Aran begleitete seine Schwester zum Übungsraum und half ihr, das Equipment zu tragen. Ihm fiel auf, daß auf Elfishs normalerweise griesgrämigem Gesicht fast so etwas wie ein Lächeln lag.

»Wie ich sehe, läuft bei dir alles gut.«

»Ich bin schon bei Zeile siebenundzwanzig. Und das ist nicht alles.«

Sie zeigte auf die Sonnenbrille. Aran bestaunte sie und meinte, Elfish würde damit auf der Bühne bestimmt cool aussehen.

Elfish hatte noch einen Grund, zufrieden zu sein. Sie berichtete Aran, wie es ihr mit einem geschickten Schachzug gelungen war, bei sich zu Hause den Spieß umzudrehen. Statt vier höllischen Furien, die nur darauf warteten, über Elfish herzufallen und sie auf die Straße zu setzen, hatte sie nun vier begeisterte Helferinnen, die sie auf dem Weg zum Sieg tatkräftig unterstützen wollten. Das Haus, gestern noch ein Ort der Trübsal und Verzweiflung, war laut Elfish jetzt ein Bienenstock jugendfrischer, zuversichtlicher Betriebsamkeit. Dieser Schritt hatte Elfish zwar einige Überwindung gekostet, weil sie eher dazu neigte, ihren Mitbewohnerinnen das Leben schwerzumachen, als es ihnen zu versüßen, aber sie hatte ihn für ihre Zwecke als nützlich betrachtet.

Die Geschichte, die sie Aran jetzt erzählte, war in der Tat beeindruckend. Sie stellte einen weiteren Beweis dafür dar, wieviel Phantasie Elfish aufbringen konnte, wenn es darum ging, sich selbst einen Vorteil zu verschaffen. Auf Chevons Frage, welche Chance sie eigentlich meine, hatte Elfish sie mit den Worten zurechtgewiesen, selbst jemandem wie ihr, Chevon, mit ihrem beschränkten Spatzenhirn dürfte aufgefallen sein, daß sie, Elfish, auf dem besten Weg sei, eine neue Band auf die Beine zu stellen. Wenn Chevon ihren Grips einmal anstrengte, würde sie kapieren, daß dies eine gute Nachricht für ihre Zeitschrift darstellte, da Elfishs Band über unbegrenzte Möglichkeiten verfügen werde, Geld aufzutreiben.

»Wenn du mir mit deinen Freundinnen hilfst, die Werbetrommel für unsere Konzerte und so weiter zu rühren, wäre schon mal der erste Schritt zur Geldbeschaffung getan. Gut, hier in der Gegend ist nicht viel zu holen, das geb ich zu, aber ihr braucht doch nicht mehr als ein paar hundert Pfund, um eurer Zeitschrift zu einem guten Start zu verhelfen. Die können wir locker auftreiben. Aber das ist nur der Anfang. Was ich dir jetzt sage, ist streng vertraulich . . .«

Elfish erzählte ihr daraufhin, nicht eben wahrheitsgetreu, dafür aber umso überzeugender, sie habe in den vergangenen drei Monaten heimlich etwas mit Adam, Brixtons einzigem Rockstar, gehabt. Seine Band war insofern ein Phänomen, als sie aus Brixton kam und trotzdem Erfolg hatte. Sie war so erfolgreich, daß sie um die ganze Welt tourte und Platten herausbrachte, die sich millionenfach verkauften.

Dies entsprach der Wahrheit, zumindest was die Band anging. Bei Adam zu Hause waren die Wände mit Goldenen Schallplatten gepflastert, aber er selbst hatte sich nie mit Leuten aus Brixton abgegeben, und weder Elfish noch jemand aus ihrem Bekanntenkreis waren ihm je begegnet.

»Er hat mir versprochen, daß wir bei ein paar von seinen Konzerten als Vorgruppe auftreten können. Er hat eine feste Freundin, die sich bestimmt nicht besonders freuen würde, wenn sie wüßte, was wir getrieben haben, und deshalb kann ich mich bestimmt auf sein Wort verlassen. Adam ist als Musiker schwer in Ordnung. Er ist sich nicht zu schade, etwas für einen guten Zweck zu tun, und wenn ich ihn im richtigen Moment, zum Beispiel, während ich ihm gerade einen blase, frage, ob seine Band ein Benefizkonzert für die Zeitschrift geben kann, sagt er ja, da bin ich mir sicher.«

»Und sie haben angebissen?« fragte Aran.

»Und ob! Als von Geld die Rede war, waren sie sofort Feuer und Flamme. Sie sind genauso bestechlich wie alle anderen. Jetzt arbeiten sie für mich und sind total überzeugt, daß bald Benefizkonzerte stattfinden, die ordentlich was abwerfen. Und das ist noch nicht alles: Gail will sich eine Baßgitarre leihen und am Samstag für mich spielen. Damit wäre meine Band komplett. Sie ist eine lausige Gitarristin, und am Baß ist sie bestimmt noch schlechter, aber Hauptsache, sie macht mit.

Mit meiner Gitarre überdröhne ich sie sowieso die meiste Zeit. Außerdem bringen die vier ihre Freunde mit, und das ist gut, weil sie einen Haufen Freunde haben und für mich dadurch eine Menge Türen aufgehen. Ich hatte noch ein paar Argumente in petto, zum Beispiel, daß ich als Frau im Kampf gegen Mo unterstützt werden muß, weil ich sonst vielleicht in eine Lage gerate, in der er von mir verlangen kann, was er will, aber ich hatte die anderen sowieso schon in der Tasche. Alles in allem ein voller Erfolg. Das siehst du doch sicher auch so.«

Elfish runzelte leicht die Stirn, als sie auch nur die Möglichkeit bedachte, gegen Mo zu verlieren.

Aran trug ihre Gitarre in einen der Übungsräume in den Kellergewölben.

»In Wirklichkeit hast du Adam, den Rockstar, nie kennengelernt, stimmt's?«

Elfish nickte.

»Angenommen, deine Band kommt gut an – gibst du dann wirklich Benefizkonzerte für die Zeitschrift?«

»Du machst wohl Witze!« sagte Elfish. »Scheiß auf die Benefizkonzerte! Ich werde den Namen Queen Mab doch nicht besudeln. Hier geht's um Rock 'n' Roll.«

55

Kaum hatte Aran Elfish im Übungsraum abgesetzt, holten ihn seine Depressionen wieder ein. Er beachtete den Bettler nicht, der sich draußen vor dem Studio herumdrückte und der, nachdem er von May Geld erhalten hatte, alles viel optimistischer sah, und marschierte ohne Ziel drauflos.

Er überlegte, an wen er sich in seinem Unglück wenden konnte. Ihm fiel niemand ein. Bei seinen wenigen Freunden hatte Aran mit seinen ewigen Depressionen die Toleranzgrenze bereits weit überschritten.

Sein Unbehagen wegen der Hitze und seine grundlose Traurigkeit wurden jedoch für einen kleinen Augenblick gelindert, als er in seiner zweiten Zigarettenschachtel Bildchen Nr. 3 fand.

»Na also!« sagte Aran. »Die Nummer Drei. Bestimmt ist die nur in Brixton gelandet, weil sie beim Verpacken in der Fabrik einen Fehler gemacht haben.«

Jetzt fehlte ihm nur noch ein Bildchen. Die fünf Pfund waren ihm so gut wie sicher.

Nach diesem Fund wußte er nicht, was er mit sich anfangen sollte. Nichts interessierte ihn. Ein paar Typen, mit denen niemand etwas zu tun haben wollte und die regelmäßig an einer großen Straßenkreuzung auf einer Bank herumlungerten, hauten ihn wegen Zigaretten an, aber Aran beachtete sie nicht. Seine Großzügigkeit, sofern er je welche besessen hatte, war zusammen mit seiner Freundin verschwunden.

Nachdem er ein paar Stunden herumgeirrt war, stand er plötzlich wieder vor dem Studio. Vielleicht machte die Band gerade eine Pause.

Er hatte Glück. Als er eintrat, steckte Elfish gerade ein paar Münzen in den Kaffeeautomaten und schlug dagegen, damit es schneller ging.

»Was willst du schon wieder hier?« fragte sie, und Aran gestand ihr, daß ihm nichts Besseres einfiele.

»Warum gehst du nicht zu Shonen und hältst sie bei Laune?«

»Warum sollte ich?«

»Weil ich mir Sorgen um sie mache, seit ich gehört hab, daß sie mit Mo geschlafen hat. Jede Frau, mit der Mo geschlafen hat, ist in meinen Augen hochverdächtig und muß streng beobachtet werden.«

»Und was ist, wenn sie nicht streng beobachtet werden will?«

»Sie will. Shonen sehnt sich nach Aufmerksamkeit. Alle Neurotiker tun das. Solange man bereit ist, sich ihre Probleme anzuhören, sind sie glücklich. Geh höflich drüber hinweg, wenn sie aus dem Zimmer rennt, um zu kotzen. Bleib so lange bei ihr, wie du kannst. Ich möchte nicht, daß Mo sich noch mal bei ihr blicken läßt. Mir ist egal, was sie nach dem Konzert mitkriegt, aber bis dahin muß sie mir die Stange halten. Also geh schon, und mach sie glücklich.« Elfish warf einen Blick auf Arans sauertöpfisches Gesicht. »Na ja, vielleicht ist das ein bißchen viel verlangt. Beschäftige sie irgendwie. Nimm Anteil an ihrer schlimmen Kindheit. Hilf ihr mit den Papieren für die Sponsoren. Unterhalte dich mit ihr über Shakespeare. Erzähl ihr Geschichten. Bums mit ihr.«

»Ich kann nicht.«

»Warum nicht? Du siehst immer noch ganz gut aus, und Shonen schläft wahrscheinlich mit jedem, der sich nur lang genug ihre Probleme anhört. Ich würde es selbst tun, weil ich, wie du weißt, gern mit Frauen bumse, mit denen Mo was hatte, aber ich hab keine Zeit. Außerdem muß ich zugeben, daß ich Shonen in letzter Zeit ziemlich abstoßend finde. Wenn ich mir stundenlang ihre neurotischen Geschichten anhören müßte, würde ich total verrückt werden. Du bist genau der Richtige. Du führst doch gern Problemgespräche. Ich bin sicher, wenn du bis vier Uhr früh durchhältst, ohne einzuschlafen oder dir deine Langeweile allzu sehr anmerken zu lassen, landet ihr sowieso zusammen im Bett. Geh zu Shonen und mach dich nützlich. Denk dran, ich brauche sie noch, weil ich mit dem Monolog festhänge.«

Als Aran das Studio verließ, fiel ihm zu seinem Verdruß ein, daß er vergessen hatte, Elfish von Bildchen Nr. 3 zu erzählen. Sollte er noch einmal zurückgehen?

Er verkniff es sich. Elfish fände sein Bildchen wahrscheinlich nicht so interessant, wie sie vorgab. Da fiel ihm ein, daß er seine Schwester vielleicht hätte fragen sollen, wie sie mit der Probe vorankamen. Aran seufzte. Er machte in letzter

Zeit nichts richtig. Warum sah er alles so schwarz, nur weil seine Freundin ihn verlassen hatte?

Er schüttelte den Kopf und wollte losgehen, aber jeder Schritt fiel ihm so schwer, daß er sich überlegte, ob er nicht besser alles hinter sich brachte und sich vor ein Auto warf. Ein Lastwagen wäre besser. Er sah sich um, ob gerade etwas Passendes die Straße entlangkam. Doch dann sagte er sich, daß er sich nicht gerade jetzt, wo er etwas für Elfish tun sollte, vor einen Lastwagen werfen durfte.

Ein seltsames, undefinierbares Gefühl ergriff von ihm Besitz. Es hatte etwas damit zu tun, zu etwas nütze zu sein, dabei war es so lange her, seit Aran sich zum letzten Mal nützlich vorgekommen war, daß er dieses Gefühl wohl kaum hätte benennen können.

Elfishs unverdrossener Schwung, der erst Shonen und dann die anderen mitgerissen hatte, steckte jetzt auch Aran an.

Da er nicht auf seine Umgebung achtete, stieß er mit Cary und Lilac zusammen. Er verfluchte sich wegen seiner Trotteligkeit. Normalerweise ging er dem verhaßten Pärchen aus dem Weg, machte sogar einen großen Bogen um die beiden, um sich vor ihrer Gutgelauntheit in Sicherheit zu bringen.

Zu seiner Verwunderung waren sie heute nicht fröhlich. Sie machten traurige Gesichter und sahen aus, als hätten sie geweint. Mit hängenden Schultern standen sie verzagt inmitten des Gedränges vor der U-Bahnstation.

»Jemand hat unser Geld geklaut«, sagten sie.

Es war ein furchtbarer Schlag für sie. Der Traum von Ferien auf dem Land war zerplatzt wie eine Seifenblase, ihre Zuversicht erschüttert. So grausam es war – sie mußten von vorne anfangen. Aus dem Ausflug würde vorerst nichts werden. Sie vermuteten, daß Dennis das Geld gestohlen hatte, um sich etwas zu trinken zu kaufen. Aran ließ sie stehen und wanderte niedergeschlagen und ziellos durch die Gegend.

Er hatte Elfish zwar nicht gefragt, womit sie die teure Sonnenbrille bezahlt hatte, aber er kannte sie gut genug, um sich auszurechnen, woher sie das Geld hatte. Er konnte über die Zielstrebigkeit und Tatkraft seiner Schwester nur staunen. Was für eine Frau! Mit einem Streich hatte sie sich zu einem kleidsamen Accessoire verholfen und gleichzeitig Cary und Lilac die längst überfällige Lektion erteilt! Es war höchste Zeit gewesen, den beiden klarzumachen, daß das Leben nicht nur daraus bestand, zu tanzen und sich gegenseitig Gänseblümchen ins Haar zu stecken. Er nickte voller Anerkennung und machte sich auf den Weg zu Shonen.

Die Probe im Studio lief unterdessen gut, und während die Musik nur so aus ihnen heraussprudelte, hatten alle das Gefühl, mit dem Leben auf einmal besser klarzukommen, obwohl die anderen Elfishs schmuddeliges Erscheinungsbild und besessenes Auftreten etwas störend fanden. Nicht weniger befremdlich war ihre neue Marotte, in den unpassendsten Augenblicken Shakespeare zu zitieren. Sie tat dies mittlerweile ziemlich oft und war sich dessen anscheinend nicht bewußt.

56

Elfish hatte ins Schwarze getroffen. Nachdem Shonen Aran fünfeinhalb Stunden von ihrer Freßsucht, ihren diversen anderen Neurosen und den damit verbundenen Problemen erzählt hatte, landeten die beiden im Bett. Leider taten sie sich mit dem Sex ein bißchen schwer. Das lag daran, daß sie Probleme mit den Kondomen hatten, besser gesagt, Aran kam damit nicht klar. Durch Anspannung, Depressionen, reichlichen Alkoholgenuß und gewaltigen Zigarettenkonsum war Aran nicht mehr der potente junge Mann von einst, und bei seinen jüngsten sexuellen Erlebnissen hatte er zunehmend

Erektionsschwierigkeiten gehabt. Dadurch wurde das Kondom erst recht zu einem Problem, denn wenn man bei der Benützung eines Kondoms etwas braucht, dann eins: eine ordentliche Erektion. Wie Aran zu seinem Leidwesen feststellte, war es nicht damit getan, eines von diesen Dingern über den halberigierten Penis zu stülpen und darauf zu hoffen, daß sich der Rest von allein ergab.

Dabei hatte es mit Shonen ganz gut angefangen, und er fand ihren schlanken Körper sehr attraktiv. Als sie seinen Penis in die Hand nahm, wurde er schnell, sogar ziemlich schnell steif, doch von dem Augenblick an, in dem er die Hand ausstreckte, um ein Kondom auszupacken, lief alles gründlich schief. Eifrig griff er nach unten, um das Ding über seinen Schwanz zu streifen, doch der war, wie er zu seiner Bestürzung bemerkte, schon nicht mehr hart genug. Als Aran sah, wie seine Erektion dahinschwand, versuchte er die Sache zu beschleunigen, aber das machte alles nur noch schlimmer.

»O je«, sagte Shonen.

»Ja«, sagte Aran und tauchte schnell nach unten, um Shonens Vagina zu lecken, teils um seine Verlegenheit zu überspielen, teils um zu verhindern, daß sie das Interesse verlor. Shonen wand sich und sog an seinem Schwanz, und zu Arans Erleichterung wurde er wieder hart.

Jetzt oder nie! dachte er und riß sich los, um einen neuerlichen Versuch mit dem Verhütungsmittel zu wagen. Fahrig fummelte er an dem Tütchen herum und versuchte es aufzureißen, denn intuitiv wußte er, daß die Zeit gegen ihn arbeitete. Endlich riß das Tütchen auf, aber in seiner Hast bohrte Aran den Fingernagel direkt durch den Gummi.

»Das verdammte Zeug taugt nichts!« knurrte er. »Ich dachte, die Dinger wären alle elektronisch getestet.«

Geduldig wartete Shonen, während er sich das dritte Kondom an diesem Abend vornahm. Diesmal öffnete er es vorsichtiger, aber als er es über sein Glied rollen wollte, war es zu spät. Sein Penis war traurig in sich zusammengeschnurrt, und ein vages Gefühl der Taubheit sagte ihm, daß es eine Weile dauern würde, bis es wieder so weit wäre.

»Na«, sagte Shonen, »wenn das kein verläßliches Mittel zur Empfängnisverhütung ist! Die Wahrscheinlichkeit, daß ich schwanger werde, ist so wirklich sehr gering. Wo liegt das Problem?«

»Nirgends«, erwiderte Aran. »Na ja, das heißt, ich komme mit Kondomen nicht klar. Mir geht dabei immer die Erektion flöten.«

Shonen horchte auf.

»Wieso?«

»Weiß nicht.«

»Warst du deswegen schon mal beim Arzt?«

»Ich muß nicht zum Arzt«, verteidigte sich Aran. »Ich habe bloß ein Problem mit Kondomen, nichts weiter.«

»Vielleicht sollten wir es noch mal versuchen«, schlug Shonen vor, allzeit bereit, einem Liebhaber in Not zu helfen. »Ich nehme mir deinen Schwanz vor, mache ihn wieder hart und verpasse ihm ein Kondom, bevor er merkt, was los ist.«

Arans Stimmung hellte sich auf. Es schien zumindest einen Versuch wert.

Sie nahmen das Liebesspiel also wieder auf, und Aran versuchte nicht mehr an das Thema zu denken, sondern ließ die Hände über Shonens Körper wandern und küßte sie mit einer Leidenschaft, die er normalerweise beim Sex nicht aufbrachte, als wollte er sein Versagen wettmachen. Shonen bearbeitete unterdessen ziemlich resolut seinen Penis und hatte bereits ein viertes Kondom geöffnet und bereitgelegt.

Als Shonen den richtigen Zeitpunkt für gekommen hielt, nahm sie die Sache in die Hand: Rasch packte sie das Verhütungsmittel aus und streifte es Aran, bevor er wußte, wie ihm geschah, im Handumdrehen über den Penis.

»Geschafft!« riefen sie beide aus, und Shonen legte sich auf den Rücken und zog Aran auf sich.

Arans Kondomkomplex behielt jedoch trotz allem die Oberhand, und in den wenigen Sekunden, die Aran brauchte, um seinen Penis zwischen Shonens Beine zu manövrieren, hatte dieser bereits wieder schlappgemacht und fiel in sich zusammen. In dem Kondom bot er einen jämmerlichen Anblick.

»Ich stehe wahrscheinlich mehr auf oralen als auf genitalen Sex«, sagte Aran, aber verbittert dachte er an all die heftigen Erektionen, mit denen er morgens allein aufgewacht war und von denen er an diesem Abend eine hätte gut gebrauchen können.

57

Cary und Lilac versuchten sich ein bißchen Geld zu beschaffen, indem sie John Mackie in seinem Second-Hand-Musikladen ein paar Kassetten verkauften. Viel war dafür allerdings nicht zu kriegen.

John Mackie sah sich die Kassetten ohne großes Interesse an. Er reichte Cary einen Handzettel, auf dem Elfishs Auftritt angekündigt wurde. Bis dahin waren es nur noch zwei Tage.

»Da müßt ihr unbedingt hin«, sagte er zu ihnen. »Das ist eine hervorragende Band. Mit diesem Zettel spart ihr ein Pfund Eintritt.«

Cary und Lilac fanden nichts weiter dabei, daß dieser komische Kauz von Elfish so begeistert war, denn sie hatten keine Ahnung von der Welt und für deren Ungereimtheiten kein Auge, aber manch anderer hätte sich wahrscheinlich gewundert, daß dieser ältliche, verschlossene Mann plötzlich soviel Interesse für diese Angelegenheit aufbrachte.

Von Elfishs Schwung mitgerissen, hatte sich John Mackie

ihren Erfolg zum Anliegen gemacht, ihr einen Teil des Equipments auf Pump überlassen und versprochen, Handzettel an seine Kundschaft zu verteilen. Da er inzwischen erfahren hatte, warum sie den Monolog unbedingt auswendig lernen mußte, störte es ihn nicht mehr, wenn sie Blankverse vor sich hinmurmelte, während sie ein Effektgerät oder Lautsprechergehäuse prüfte. Er ermutigte sie sogar und sagte ihr, sie mache gute Fortschritte.

Elfish erinnerte ihn immer mehr an seine Schwester. Dank ihrer kann ich mir meine Schwester jetzt als Menschen aus Fleisch und Blut vorstellen und habe nicht mehr ihr idealisiertes Bild vor Augen, sagte sich John Mackie. Er erinnerte sich, daß seine Schwester immer nett zu ihm und außerdem musikalisch gewesen war. Aber vollkommen war sie nicht gewesen, sie hatte auch zänkisch sein können, wenn ihr danach war. Jetzt, wo er darüber nachdachte, fiel ihm wieder ein, daß seine Schwester auch nicht gerade einen Waschfimmel gehabt hatte. Wäre sie später auf die Welt gekommen, hätte sie vielleicht wie Elfish Motorradstiefel getragen. Vielleicht hätte sie sich sogar einen Ring und einen Knopf durch die Nase gebohrt. Bei dieser Vorstellung mußte er lächeln.

Es ging ihm jetzt viel besser, wenn er an seine Schwester dachte. Wenn er in der St. Mark's Church eine Kerze für sie anzündete, gedachte er ihrer voll Innigkeit und wünschte ihr alles Gute, statt gramvoll den Kopf zu schütteln und sich dem Schmerz hinzugeben.

»Wenn wir das Geld auftreiben können, gehen wir auf jeden Fall zu dem Konzert«, sagten Cary und Lilac zu ihm. »Wir sind Freunde von Elfish.«

Der Ladenbesitzer war beeindruckt, daß er Freunde von Elfish kennenlernte, und unterhielt sich eine Weile mit den beiden. Er gab ihnen viel mehr für die alten Kassetten, als sie wert waren. Ja, er war so beeindruckt, daß er sie sogar fragte, ob einer von ihnen an einem Job interessiert wäre und samstags im Laden aushelfen könnte.

Cary und Lilac schraken ein wenig zurück, als man ihnen einen richtigen Job anbot, auch wenn es nur für einen Tag in der Woche war. Dies wäre für sie ein Aufbruch in die unliebsame Wirklichkeit. Trotzdem willigten sie ein, vorausgesetzt, sie durften sich die Arbeit teilen.

John Mackie freute sich. Er war glücklich, daß Freunde von Elfish für ihn arbeiten wollten. Cary und Lilac freuten sich auch. Sie waren glücklich über die Möglichkeit, ein bißchen Geld zu verdienen. So konnten sie wieder auf ihre Ferien sparen.

58

Aran freute sich nicht, als Elfish ihn um zehn Uhr morgens weckte.

»Bier«, sagte sie. »Schnell.«

Aran folgte ihr zum Kühlschrank, wo sie bereits mit einer Schnalle von ihrer Jacke den Kronkorken von einer Flasche hebelte.

»Hat dir Mo etwa noch ein Gedicht über Queen Mab geschickt?«

Elfish zerrte ein Blatt Papier aus der Tasche und schwenkte es vor Arans Nase. Beeindruckt stellte er fest, daß es sich um eine Fotokopie des von Blake, dem berühmten englischen Dichter und Maler, angefertigten Gemäldes der Queen Mab handelte. Er las die Bildunterschrift und sah, daß es aus Blakes Illustrationen zu Miltons ›L'Allegro‹ stammte. Da Elfish Mo zuletzt einen Vers aus ›L'Allegro‹ geschickt hatte, stellte dies eine beachtliche Retourkutsche dar.

»Ich hab ihm ein Gedicht von Milton geschickt, und jetzt hat er ein Bild von Blake zu diesem Gedicht gefunden«, jammerte Elfish. »Das ist übel, so kann ich nicht gewinnen. Anscheinend ist Cody unschlagbar, wenn es um obskures Material zu Queen Mab geht.«

»Das ist er bestimmt nicht«, sagte Aran zutiefst gekränkt. »Ich werde für dich in Null Komma nichts noch ein seit langem vergessenes Gedicht über Queen Mab finden, verlaß dich drauf! Es kann nicht sein, daß Cody oder sonst jemand über englische Literatur besser Bescheid weiß als ich. Also beruhige dich, Elfish, und laß den Fachmann ran.«

Elfish starrte ihn verblüfft an. Dies war die positivste Äußerung, die sie je von Aran gehört hatte.

Sie tranken Bier zum Frühstück und hörten sich Carters ›Under the Thumb and Over the Moon‹ an. Der Alkohol beruhigte Elfish, und im kühlen Halbdunkel von Arans Wohnung entspannte sie sich ein wenig.

»Du hast also mit Shonen geschlafen«, sagte sie. »Dann steht sie jetzt sicher wieder voll hinter mir.«

Aran wollte sich da lieber nicht festlegen, beteuerte aber, er habe sein Möglichstes getan.

»Wie kommst du mit dem Monolog voran?«

Elfish zuckte zusammen. Ihre Gelassenheit war wie weggeblasen. Als sie die Bierflasche an die Lippen setzte, rannen ihr ein paar Tropfen übers Kinn und spülten auf ihrer Bahn den Schmutz weg. Noch ein Tag bis zum Konzert. Sie mußte an so vieles denken, daß ihr der Kopf schwirrte. Sie hatte nicht geschlafen und nichts gegessen und hielt sich mit Amphetaminen auf den Beinen. Sie holte sich noch ein Bier, vertiefte sich in Shonens buntmarkierte Kopie von Mercutios Monolog und überging die Frage.

Aran musterte sie, während sie las. Fast mußte er lächeln. Bewundernd vergegenwärtigte er sich, was Elfish in letzter Zeit alles geschafft hatte. Aisha, noch vor einer Woche ein einziges Nervenbündel mit Panikanfällen und Phobien, die mit ihren schrecklichen Depressionen wegen ihres Exfreundes Mory wetteiferten, war wie ausgewechselt. Elfishs Behauptung, Mory wolle zu Aisha zurückkommen, und die Tatsache, daß sie ihr eine nützliche Aufgabe gegeben hatte, hatten Wunder gewirkt. Jetzt verbrachte Aisha ihre Tage damit, eifrig ein riesiges schwarzes Laken zu bemalen, das hinter der Band aufgespannt werden sollte. Laut Casaubon, der ihr dabei zur Hand ging, zeigte sie kaum noch Anzeichen von Nervenschwäche, und ihre Platzangst hatte sich so weit gebessert, daß sie allein zum Laden an der Ecke gehen konnte.

Casaubon selbst hatte eine ähnliche Wandlung durchgemacht, und die Aussicht, seine Exfreundin Marcia auf dem Konzert wiederzusehen und ihre Beziehung in Ordnung zu bringen, hatte ihm neue Lebenskraft verliehen. Seine Niedergeschlagenheit war verschwunden, er malte an Aishas Seite glücklich drauflos, und zwischendurch bearbeitete er das Schlagzeug wie nie zuvor.

Ähnliches galt für May. Jeder, der sie in den vergangenen Monaten kennengelernt hatte, hätte sie als ideale Selbstmordkandidatin bezeichnet, aber mit dem Angebot, ihr eine sichere Bleibe zu verschaffen, hatte Elfish offenbar den Nerv ihres Problems getroffen. May spielte jetzt nicht nur Gitarre, sondern brachte auch Ordnung in ihr Leben. Sie war schon auf dem Arbeitsamt gewesen und hatte sich als arbeitslos gemeldet, was sie vorher nie über sich gebracht hätte. Ihren Freunden hatte sie versprochen, nach dem Konzert eine Arbeit anzunehmen und ihre Schulden zurückzuzahlen. Bis dahin übte sie jeden Tag Gitarre. Sie spielte wirklich wie der Teufel. Selbst das gelangweilte, musikmüde Faktotum im Studio hatte für einen Moment von der Zeitung aufgeblickt und anerkennend genickt, als May und Elfish gemeinsam in die Saiten griffen und ihr kreischender, irrer Sound durch die Wände des nicht rundum schalldichten Übungsraums drang.

Shonen hatte sämtliche Formulare für potentielle Geldgeber ausgefüllt und sich darangemacht, ihr langes Adreßverzeichnis nach Organisationen zu durchforsten, die als Sponsoren in Frage kamen. Ihr frischer Schwung hatte ihrer stagnierenden

Theatertruppe offenbar neues Leben eingehaucht. Die über mehrere Viertel Südlondons verstreut lebenden jungen Männer und Frauen beschlossen, sich nicht um eine Rolle in einem Musical von Andrew Lloyd Webber zu bewerben, sondern der Sache treu zu bleiben, an die sie glaubten. Sie versuchten jetzt mit mehr Eifer als je zuvor, Gebäude, Krähen, Flugzeuge oder DNS-Moleküle darzustellen. (Man stelle sich vor, wieviel Geist einem DNS-Molekül innewohnt!) Eine neue Produktion war bereits im Gespräch. Shonens Freßsucht saß zwar allzu tief, um durch ein Stimmungshoch behoben zu werden, aber sie fraß und kotzte viel seltener. Als Aisha sie auf Elfishs Vorschlag hin anrief, damit sie sich gegenseitig das Herz ausschütteten, zog Shonen zum erstenmal ernsthaft in Erwägung, sich von einem anderen Menschen helfen zu lassen.

Nicht minder bemerkenswert war der Wandel, für den Elfish bei sich zu Hause gesorgt hatte. Noch vor zwei Tagen hatte die einzige Form der Kommunikation zwischen ihr und ihren Mitbewohnerinnen aus gegenseitigen Beschimpfungen bestanden. Elfish, die von allen gehaßte Außenseiterin, hatte in ihrem Zimmer wie eine Verbannte gehaust. Unterdessen hatten die vier jungen Frauen einen Stock tiefer gesessen, über den Trümmern ihres Traums, eine Zeitschrift zu gründen, gebrütet und Trübsal geblasen. Jetzt stellten sie emsig Artikel zusammen, besprachen das Layout und riefen bei Druckereien an, um die Kosten zu erfragen, denn sie waren davon überzeugt, daß es eines Tages soweit wäre, vielleicht sogar schon bald. Gail spielte außerdem für Elfish Gitarre, und in der Zeit, die ihnen neben der Arbeit für die Zeitschrift blieb, machten die Frauen unermüdlich Werbung für das Konzert. Sie sagten allen ihren Freunden, und davon hatten sie viele, daß sie kommen und die Flugblätter von Elfishs Band mitbringen sollten. Der springende Punkt dabei war nicht nur, daß sie mit den Handzetteln weniger Eintritt zahlten, sondern daß Elfishs Anteil an den Einnahmen um so höher ausfiel, je mehr von diesen Zetteln an der Kasse vorgelegt wurden.

Das ganze Haus war mit einem Schlag zu einem Hort zuversichtlicher Geschäftigkeit geworden, und wenn Elfish sich auch kein bißchen freundlicher gab als vorher, nahm zumindest niemand mehr Anstoß an ihrer Art. Die anderen entschuldigten es damit, Elfish stünde verständlicherweise unter großem Druck, weil sie in so kurzer Zeit eine Band »bühnenreif« machen müsse.

Als Aran später erfuhr, daß Cary und Lilac allein deshalb eine Stelle in einem Musikladen bekommen hatten, weil sie Elfish kannten, kam es ihm so vor, als würde seine Schwester überall, wohin sie den Fuß setzte, einen wohltätigen Zauber ausüben.

Während Aran über all diese Veränderungen nachsann, wurde ihm bewußt, daß auch er nicht ganz unbetroffen war. Früher hatte er wochenlang in seinem verdunkelten Zimmer gesessen und war zu deprimiert gewesen, um irgend etwas zu tun, aber jetzt war er unterwegs, um für Elfish etwas abzuholen, Nachrichten zu überbringen, das Equipment zu überprüfen und so weiter. Am Abend des Konzerts sollte er als Roadie fungieren und die Anlage aufbauen helfen. Er freute sich darauf. Es war lange her, seit er sich zum letzten Mal auf etwas gefreut hatte. Eben erst hatte er sich begeistert der Herausforderung gestellt, für seine Schwester ein neues Gedicht zu finden, und das war etwas, wovor er noch vor wenigen Tagen gekniffen hätte.

Er warf Elfish einen verstohlenen Blick zu und staunte. Ihr war es zu verdanken, daß eine ganze Schar zerrütteter, mutloser Existenzen zurück ins Leben gefunden hatte. Daß ausgerechnet Elfish, die Menschenfeindin, all dies vollbracht haben sollte, war kaum zu glauben. Ihm ging durch den Kopf, daß seine Schwester in Wahrheit vielleicht eine Art Heilige der letzten Tage war. Mit der schmutzstarrenden Haut, dem fettigen Haar, der abgerissenen Kleidung und dem wilden Augenausdruck war sie wenigstens äußerlich nicht mehr weit davon entfernt.

Dann mußte er jedoch daran denken, daß alles, was Elfish tat, ausschließlich ihren eigenen Interessen diente und jede Aktion sie ihrem Ziel einen Schritt näherbrachte, bis sie sich am Ende ihren innigen Wunsch erfüllen und den Namen Queen Mab für sich beanspruchen konnte. Alles, was sie tat, gründete auf Lügen, wahrscheinlich sogar auf schlimmen, schadenstiftenden Lügen, was sich bestimmt schon bald auf schmerzlichste Weise zeigen würde. Aran runzelte die Stirn. So wie er die Sache sah, stand Elfish ein Debakel bevor. Er konnte nur hoffen, daß dieses Debakel sie erst nach dem Konzert ereilte.

59

Mo hatte vor, Elfish ein noch schlimmeres Debakel zu bereiten, als Aran sich ausmalen konnte. Von seinen vielen Freunden in Brixton wußte Mo von den verschiedenen Versprechungen, die Elfish den Leuten gemacht hatte, und er wußte auch, daß es durch die Bank falsche Versprechungen waren. Dieses Wissen wollte er einsetzen, um Elfish fertigzumachen.

Er erkannte jetzt, daß sein Versuch, Shonen gegen Elfish aufzuhetzen, möglicherweise voreilig gewesen war. Elfish hatte Zeit genug gehabt, Shonen von ihrer Aufrichtigkeit zu überzeugen, und sie war eine außerordentlich überzeugende Lügnerin. Mo würde diesen Fehler nicht noch einmal machen.

Alles in allem war er zuversichtlich, daß er seine Gegnerin bezwingen würde, und er fand das Leben gut, vor allem seit Amnesia bei ihm war. Als Paar kamen die beiden gut miteinander klar. Die einzige kleine Schwachstelle in seinem Dasein war, daß Cary und Lilac ab und zu in seiner Bude aufkreuzten. Mo hatte für sie auch nicht mehr übrig als alle anderen. Jedesmal wenn sie händchenhaltend hereinspaziert kamen und sich verliebte Blicke zuwarfen, wünschte er sich mißmutig, Cody hätte sich andere Modelle gesucht.

Elfish schlug sich weiter mit ihren Problemen herum, allen voran mit dem Monolog. Sie konnte unter diesem Druck einfach nicht lernen. Zeile siebenundzwanzig war für sie das absolute Limit, und nicht einmal die saß richtig. Trotzdem würde sie abends wieder zu Shonen gehen, und wenn es heute wieder nicht klappte, hätte sie die letzte Chance vertan. Obwohl sie erfolgreich alle Fäden gezogen und jeden, den sie brauchte, für sich eingespannt hatte, war es nicht verwunderlich, daß sich ihre Stimmung nicht besserte und ihre innere Anspannung nicht nachließ. Sie kniff die Lippen zusammen, die Augen verengten sich, und die Hitze wurde ihr noch lästiger.

Um die Augen gegen die Sonne zu schützen, trug Elfish die neue, dunkle Sonnenbrille. Die mit Perlen bestückten Stirnfransen bildeten darüber einen zweiten Schutzwall. Die Perlen klackerten leise gegen die Gläser, wenn Elfish eine ruckartige Kopfbewegung machte, was sie in letzter Zeit aus Nervosität häufig tat. Außerdem trug sie ein schwarzes Baseballkäppi, dessen Schirm sie so tief in die Stirn gezogen hatte, daß von ihr kaum etwas zu sehen war. Wenn sie mit Sonnenbrille und Mütze durch die Gegend lief und den Kopf mit den Fransen obendrein hängenließ, war es ein Rätsel, wie sie es schaffte, einen Fuß vor den anderen zu setzen, ohne irgendwo dagegenzurennen.

War sie gezwungen, auf diese Abschirmungen zu verzichten, etwa wenn sie den Monolog las, dann blinzelte sie und verzog sogar in Arans düsterer Wohnung gequält das Gesicht.

»Ich kann es mir nicht merken«, sagte sie tonlos.

»Heute abend bei Shonen schaffst du es bestimmt«, ermunterte Aran sie, aber seine Zuversicht klang gekünstelt. Elfish warf ihm einen grimmigen Blick zu.

»Darauf kannst du Gift nehmen!«

60

Bei Shonen versagte Elfish jedoch total. Nicht eine einzige Zeile von Mercutios Monolog wollte in ihrem Gedächtnis haften bleiben, aber dafür konnte Shonen den Text nun nach all den Wiederholungen auswendig. Die Schauspielerin hatte ihn sich mühelos und ohne es darauf anzulegen eingeprägt.

Shonen, die Elfishs Vorhaben jetzt begeistert unterstützte, machte ihr Mut, redete ihr zu, drängte sie und flehte sie an, sich den Text zu merken, aber Elfish schaffte es einfach nicht. Das Bewußtsein, daß sie Mo zum Feind hatte, der Druck, ihre Band zusammenkriegen zu müssen, die ihr ständig ins Haus flatternden Gedichte und Zitate über Queen Mab, der ewige Klatsch und die Fragerei ihrer Bekannten und Widersacher machten ihr allzu sehr zu schaffen.

»Ich gebe mich geschlagen«, sagte Elfish.«

»Du gibst dich nie geschlagen«, sagte Shonen.

»Diesmal schon. Wir sehen uns beim Konzert.«

Grimmig legte Elfish die Stirn in Falten. Sie nahm den Text und ging. Die Nachtluft war feucht. Elfish schwitzte unter der Lederjacke, während sie quer durch die Wohnanlage ging. Der Mond schien, aber das tröstete sie ebensowenig wie die Tatsache, daß ihr zwei Männer nachstiefelten, weshalb Elfish immer mehr Tempo zulegen mußte, um möglichst schnell die relativ sichere Hauptstraße zu erreichen. Schlechtgelaunt überlegte sie, daß sie in einem Land, in dem Schußwaffen frei verkäuflich sind, ohne mit der Wimper zu zucken jeden abknallen würde, der sie in einer dunklen Straße verfolgte.

Gegen ein Uhr morgens saß sie in einer Bar voll Nachtschwärmern allein vor einem Bier. Sie war müde, schmutzig und abgekämpft. Zum ersten Mal sagte sie sich, daß sie es nicht schaffen würde. Das war ihr noch nie passiert. Wenn sie zuvor behauptet hatte, das sei ihr alles zu schwer, hatte sie das nicht wirklich gemeint. Jetzt meinte sie es.

Schwermut überkam sie. Sie spürte, wie ihre Träume sie einer nach dem anderen im Stich ließen und in Richtung Mond entschwanden.

Sie nippte an dem Bier, dachte über ihre Band und Mo nach. Sie hatten eine schöne Zeit zusammen verbracht, im Pub Billard gespielt, getrunken, Musik gemacht und waren auf Konzerten gewesen. Auch im Bett hatte es gut geklappt. Unwillkürlich dachte sie an einen Morgen zurück, an dem sie vor ihm aufgewacht war. Sie war aufgestanden, hatte sich angezogen und gerade gehen wollen, als ihr aufgefallen war, daß Mo, der noch immer schlief, an diesem Morgen besonders verlockend aussah. Also beugte sie sich über ihn, um ihn zu küssen, und er machte die Augen auf und grinste sie an, woraufhin Elfish kurzerhand die Bettdecke zurückschlug, ihre Leggings herunterzog, sich auf ihn setzte und mit ihm bumste. Mo, dessen Augen noch ganz verschlafen waren, tat nicht viel mehr, als einfach nur lächelnd dazuliegen. Elfish, die es erregte, daß sie in voller Montur mit schwerer Lederjacke und Motorradstiefeln auf Mo saß, der nackt und warm und ungewöhnlich passiv war, kam rasch und ging. Mo schlief wieder ein. Daran dachte sie jetzt liebevoll zurück. Oder verbittert? Sie war sich nicht ganz sicher. Immerhin erinnerte sie sich überhaupt daran, und das war mehr, als sie von den meisten ihrer jüngsten Bettgeschichten behaupten konnte.

Ein junger Mann setzte sich neben sie und stellte sich als Joseph vor. Elfish sagte schroff, er solle verschwinden. Er lud sie auf ein Bier ein. Elfish nahm die Einladung an, sagte aber, er solle trotzdem verschwinden.

»Ich kenne dich«, sagte er. »Du warst mal mit Mo zusammen. Ich auch. Erst letzte Woche war ich mit ihm im Bett.«

Elfish blickte verwundert auf. Sie konnte sich nur schwer vorstellen, daß Mo mit einem Mann ins Bett ging.

»Das kann ich kaum glauben.«

Der junge Mann nannte ihr ein paar von Mos Besonderheiten, und alles sprach dafür, daß er tatsächlich mit ihm im Bett gewesen war.

Elfish zeigte jetzt etwas mehr Interesse für Joseph. Ihm schien das Geld locker zu sitzen, und er gab weiter Bier aus. Elfish, die kurz vor dem Zusammenklappen war und Trost brauchte, trank ein Glas nach dem anderen. Sie schüttete den Alkohol so schnell in sich hinein, wie er nachgefüllt wurde, und war schon bald betrunken. Der Gedanke durchzuckte sie, daß dies ihre letzte Gelegenheit war, nach Hause zu gehen und den Monolog auswendig zu lernen, aber sie hatte nicht die Willenskraft, noch einen Anlauf zu unternehmen.

Joseph fragte, ob er sie nach Hause begleiten dürfe. Elfish musterte ihn. Er sah nicht übel aus, hatte langes, wuscheliges Haar wie Mo und eine Jeansjacke, die so alt war, daß sie fast auseinanderfiel.

Elfish bumste gern mit jedem, der mit Mo etwas gehabt hatte. Sie gingen also zu ihr nach Hause, und Elfish lehnte sich unterwegs haltsuchend an Josephs Schulter. Aus der Innentasche seiner Jacke förderte er eine flache, halbvolle Whiskyflasche zutage, und wenig später war Elfish sternhagelvoll. Er mußte ihr die Treppe zu ihrer Bude hochhelfen.

Sie war zu betrunken, um mit Joseph etwas anzustellen. Allein das Ausziehen war eine Serie unmöglicher Verrenkungen, weil Elfish sich mit den Armen im zerrissenen Innenfutter ihrer Jacke verhedderte und die Leggings auf halber Höhe zwischen Schenkeln und Motorradstiefeln hängenblieben. Was nicht hieß, daß sie keinen Spaß an der Sache hatte. Joseph sah ziemlich gut aus, und ein bißchen Sex mit ihm würde sie wahrscheinlich von ihrer bevorstehenden Niederlage ablenken.

Allerdings war sie außerstande, ihm irgendwie entgegenzukommen, etwa die Arme um ihn zu legen oder ihn zu küssen, ja, sie konnte nicht einmal die Augen offenhalten. Während sie sich auszog, nickte sie mehrmals ein, und wenn sie dann wieder zu sich kam, drehte sich jedesmal das Zimmer um sie.

Elfish war zu betrunken, um durchzuhalten. Kurz vor dem Verkehr übergab sie sich in einem mächtigen Schwall, der sich über Josephs Gesicht und Hals ergoß. Weit weniger hartgesotten als Aba, war er total geschockt und stand wütend auf.

»Du bist ekelhaft«, sagte er und wischte sich das Gesicht mit einem von Elfishs T-Shirts ab, eine schlechte Wahl, was Sauberkeit anging. Rasch stieg er in seine Klamotten. An der Tür drehte er sich noch einmal um und blickte verächtlich auf die halb bewußtlose Elfish herab.

»Ich hab nie mit Mo geschlafen. Aber Mo hat gesagt, du würdest mit mir bumsen, wenn ich dir sage, ich hätte mit ihm geschlafen. Er wollte, daß ich heute nacht mit dir ins Bett gehe, um zu verhindern, daß du mit dem Text weiterkommst. Ich glaube, das habe ich trotzdem geschafft, aber ich hätte mich nie im Leben drauf eingelassen, wenn ich gewußt hätte, wie dreckig du bist.«

Joseph verließ das Zimmer. Elfish lag noch eine Weile reglos da. Unter Aufbietung ihrer letzten Willenskraft öffnete sie die Augen, raffte sich auf und kroch auf allen vieren nach unten. Auf dem Klo übergab sie sich nochmals. Alkohol, Streß und Schlafmangel hatten sie körperlich stark angegriffen, und es kostete sie Mühe, ihre zitternden Glieder unter Kontrolle zu bekommen. Sie klatschte sich Wasser ins Gesicht und versuchte, die Übelkeit durch reine Willenskraft zu vertreiben.

»Ganz schön clever, Mo«, zischte Elfish giftig. »Mit der Tour hättest du jede andere Frau kleingekriegt. Aber zum Glück bin ich nicht irgendeine Frau.«

Wütend, aber auch erschrocken über seine hinterhältigen Machenschaften, schleppte sie sich wieder die Treppe hoch. Klein und zierlich, wie sie war, wallten Träume und Wünsche mit neuer Kraft in ihr auf.

61

Das Floß wurde aus der Unterwelt hinaufkatapultiert, und im nächsten Augenblick sauste es in den gewaltigen, tosenden Wasserfall am Ende der Welt hinab. Das war das sichere Ende. Sogar die Rote Sonja, die tapferste der barbarischen Krieger, schrie vor Angst. An der Stelle, wo der Ozean in den Weltenschlund stürzte, schoß eine riesige Gischtfontäne zum Himmel empor. Die Todgeweihten klammerten sich voller Schrecken fest, während die gewaltigen Wassermassen sie in die bodenlose Leere rissen.

Das ist das Ende, dachte Mick Ronson verbittert. Seine Gitarre war voll Wasser und nicht mehr zu gebrauchen. Ich bin nach wie vor der Meinung, daß ich nicht genug Erfolg gehabt habe.

Das ist das Ende, dachte Kleopatra, deren feines ägyptisches Gewand zerfetzt und deren Schminke verschmiert waren. Ich hätte mein Reich nicht verlieren dürfen.

Das ist das Ende, dachte Bomber Harris. Aber ich weigere mich zuzugeben, daß es falsch war, eine feindliche Stadt in Kriegszeiten zu zerstören.

Das ist das Ende, dachte Perikles und zürnte abermals den Athenern, die ihn in die Verbannung geschickt hatten.

Das ist das Ende, dachte Ben Jonson und wappnete sich, dem Tod in übelster Laune entgegenzutreten.

»Seht mal!«

Botticelli, der nie wieder malen sollte, zeigte durch die donnernden Wassermassen hindurch auf eine schattenhafte Gestalt, die neben ihnen herflog. Als sie näher kam, erkannten sie in ihr die geheimnisvolle schwarzgekleidete Frau wieder, die sie auf dem letzten Teil ihrer Reise begleitet hatte.

Erschöpft zogen Perikles und die Rote Sonja ihre Schwerter aus der Scheide, bereit, einen neuerlichen Angriff abzuwehren.

»Paßt auf und laßt keine Enterer an Bord!« rief Kleopatra.

»Wer sind Sie?« fragte Perikles.

»Ich bin Queen Mab«, sagte die Fremde. »Ich bin gekommen, euch zu retten.«

62

»O! then, I see, Queen Mab hath been with you.
She is the fairies' midwife, and she comes
In shape no bigger than an agate-stone
On the fore-finger of an alderman,
Drawn with a team of little atomies
Athwart men's noses as they lie asleep:
Her waggon-spokes made of long spinners' legs;
The cover, of the wings of grasshoppers;
The traces, of the smallest spider's web;
The collars, of the moonshine's watery beams;
Her whip, of cricket's bone; the lash, of film;
Her waggoner, a small grey-coated gnat,
Not half so big as a round little worm
Prick'd from the lazy finger of a maid;
Her chariot is an empty hazel-nut,
Made by the joiner squirrel or old grub,
Time out o'mind the fairies' coach-makers.
And in this state she gallops night by night
Through lovers' brains, and then they dream of love;
O'er courtiers' knees, that dream of curtsies straight;
O'er lawyers' fingers, who straight dream on fees;
O'er ladies' lips, who straight on kisses dream;
Which oft the angry Mab with blisters plagues,
Because their breaths with sweetmeats tainted are.
Sometimes she gallops o'er a courtier's nose,
And then he dreams of smelling out a suit;

And sometimes comes she with a tithe-pig's tail,
Tickling a parson's nose as a' lies asleep,
Then dreams he of another benefice;
Sometimes she driveth o'er a soldier's neck,
And then dreams he of cutting foreign throats,
Of breaches, ambuscadoes, Spanish blades,
Of healths five fathoms deep; and then anon
Drums in his ear, at which he starts and wakes;
And, being thus frighted, swears a prayer or two,
And sleeps again. This is that very Mab
That plats the manes of horses in the night;
And bakes the elf-locks in foul sluttish hairs,
Which once untangled much misfortune bodes;
This is the hag, when maids lie on their backs,
That presses them and learns them first to bear,
Making them women of good carriage:
This is she.«

Elfish konnte den Monolog auswendig. Sie ließ das Buch sinken und schlief auf dem Boden ein.

63

Am Tag des Konzerts stand Aran zum ersten Mal seit vier Jahren frühmorgens auf. Dank gründlicher Nachforschungen war er bald bestens mit Gedichten über Queen Mab ausgerüstet. Er hatte vor, eines davon bei Mo unter der Tür durchzuschieben und sich die anderen für Notfälle aufzuheben.

Queen Mab and her light maydes the while,
Amongst themselves doe closely smile,
To see the King caught with this wile,

With one another jesting:
And to the Fayrie Court they went,
With mickle joy and merriment,
Which thing was done with good intent,
And thus I left them feasting.
DRAYTON

Wir werden's ihm zeigen, sagte sich Aran und lief nach Hause, um sich wieder ins Bett zu legen und von den frühmorgendlichen Strapazen zu erholen.

Nachmittags wurde er von Elfish geweckt. Es war Zeit, sich für das Konzert bereitzumachen. Sie hatte sich einen Kleinbus geliehen, und Casaubon fuhr herum und sammelte die anderen ein.

Elfish freute sich, als Aran ihr von der Sache mit dem Gedicht erzählte.

»Mir ist zu Ohren gekommen, daß Mo und Cody mit ganz schön langen Gesichtern rumlaufen, und das ist gut so. Sie wissen, daß ich sie am Wickel hab.«

Dann erzählte Aran seiner Schwester noch etwas, worüber sie nur staunen konnte.

»Ich kann es einfach nicht glauben. Dein Videospiel wird am Ende leichter, weil Queen Mab kommt und alle rettet? Also kann man als Spieler wirklich gewinnen?«

»Genau.«

»Wieso?«

Aran erklärte ihr, er hätte plötzlich einen Anfall von »positivem Denken« bekommen.

»Ich glaube, das liegt an dir, Elfish. Seit du auf diesem Queen-Mab-Trip bist, geht es mir nicht mehr so schlecht. Es ist gar nicht so leicht, rundum deprimiert zu sein, während man sieht, wie du wer weiß was auf die Beine stellst.«

In Arans Stimme schwang ein leicht vorwurfsvoller Ton mit, denn schließlich hatte er sich in den Kopf gesetzt, rundum deprimiert zu sein. Elfish aber hatte ihn aus seinem Loch herausgeholt, und jetzt saß er neben ihr in dem geliehenen Kleinbus und fuhr zusammen mit den anderen Musikern zu dem Lokal in der Nähe, wo das Konzert stattfinden sollte.

Elfish war erschöpft, aber im Wagen herrschte ausgelassene Stimmung. Die Mitglieder der Band betrachteten die Tatsache, daß Elfish den Monolog auswendig konnte, als gutes Vorzeichen. Tagsüber hatten sie in ihren wenigen freien Augenblicken so vielen Leuten davon erzählt wie nur möglich und sie aufgefordert, zum Konzert zu kommen und Elfishs Triumph mitzuerleben. Da Mo, wenn auch aus entgegengesetzten Motiven, dasselbe getan hatte, versprach die Veranstaltung des heutigen Abends viel besser besucht zu werden, als es die Regel war, wenn zwei unbekannte Bands in einem Brixtoner Pub spielten.

Aisha saß vorne neben Casaubon, das schwarze Laken, auf das sie das Bühnenbild gemalt hatte, auf den Knien. Es war ein sehr schönes Bühnenbild und stellte Queen Mab dar, wie sie, umgeben von ihrem regenbogenfarbenen Gefolge, goldenem kosmischen Staub und silbernen Sternschnuppen, feengleich und in königlicher Pracht vom Mond herniederfährt, um die Erde mit Träumen zu beglücken.

Aisha hatte ihre Platzangst noch nicht völlig überwunden, und deshalb war ihr nicht ganz wohl bei dem Gedanken, so weit von zu Hause weg zu sein, aber sie hatte unbedingt mitkommen wollen, weil sie hoffte, Mory dort zu treffen. Mindestens ebenso wichtig aber sei ihr, das Bühnenbild selbst aufzuhängen und Elfish davor spielen zu sehen, sagte sie.

Elfish selbst war ein bißchen sauberer als sonst, zumindest an den sichtbaren Körperstellen. Marion hatte ihr vor der Abfahrt mit einem Tuch Gesicht und Hände abgewischt.

»Besser kriegen wir dich auf die Schnelle nicht hin«, sagte Shonen, die auch im Kleinbus saß, um Elfish den Rücken zu stärken. »Bist du sicher, daß du noch alle Zeilen auswendig kannst?«

Elfish nickte zuversichtlich.

»Äußerste Wut hat sie über ihre innere Anspannung hinauswachsen lassen und sie in einen Zustand transzendentalen Glaubens an sich selbst versetzt«, erklärte Aran.

»Was?«

»Ich war so sauer, daß ich die Rede auswendig gelernt hab«, sagte Elfish.

»Genau.«

Elfish mußte auf der Fahrt immer wieder gähnen, aber als der Kleinbus nun am Schauplatz des Geschehens vorfuhr, schüttelte sie den letzten Rest von Anspannung und Erschöpfung ab und sprang mit der Gitarre in der Hand aus dem Wagen. Wie ein Rockstar und siegesgewiß wie ein Held betrat sie den Raum.

Zwar handelte es sich nur um das Nebenzimmer einer Kneipe, aber da dort regelmäßig Bands auftraten, gab es eine eigene Verstärkeranlage. Mos Band war noch nicht da; also machte sich Elfish sofort mit den anderen daran, die eigene Anlage aufzubauen und einen Soundcheck durchzuführen. Sie mußten sich beeilen, denn sobald die Hauptband erst einmal da war, mußten sie ihr den Vortritt überlassen, und dann hätten sie als Vorgruppe vor dem Auftritt wahrscheinlich keine Zeit mehr, alles zu testen.

»Zwei Finger«, sagte Elfish zu Aran, der ein Mikrofon auf den Kofferverstärker legte, an den später ihre Gitarre angeschlossen werden sollte. Das Mikrofon würde von dort den Sound durch das Mischpult in die Hauptverstärker und Lautsprecher der Anlage schicken. Sie zeigte ihm, wie man für den richtigen Abstand zwischen Mikrofon und Lautsprecher sorgte, indem sie zwei Finger dazwischenhielt. Auf diese Weise würde sie vor ihrem Auftritt ganz genau wissen, wie sie das Mikrofon positionieren mußte, denn die von ihnen jetzt vorgenommene Aufstellung würde natürlich wieder verändert werden, sobald Mo mit seiner Band den Soundcheck machte, und später würden sie keine Gelegenheit mehr haben, Lautstärkepegel und Balance zu prüfen.

Als Mo schließlich mit seiner Band eintraf, hatte Elfish alles mehr oder weniger nach ihren Vorstellungen organisiert, wobei sie sich mit der Tontechnikerin ordentlich in die Wolle gekriegt hatte. Elfish faßte es nämlich als persönliche Beleidigung auf, wenn ihre Gitarre nicht genau richtig klang.

Sie legte das Instrument in den Gitarrenkoffer und verstaute diesen neben Mays in einem kleinen Regal seitlich von der Bühne. Garderobe gab es keine.

»Wo können wir stimmen?« fragte May. Elfish zuckte mit den Schultern. Sie hatte sich noch nie sonderlich darum geschert, die Instrumente vor einem Auftritt gründlich aufeinander abzustimmen.

Der Raum füllte sich allmählich. Die Leute kamen ungewöhnlich früh, was bestimmt darauf zurückzuführen war, daß das Duell so groß angekündigt worden war.

Mo und Elfish gingen sich aus dem Weg, und die Mitglieder ihrer Bands hingen an den entgegengesetzten Enden der Bar herum und beachteten sich ebenfalls nicht. Elfish hatte sich auf spöttische Kommentare gefaßt gemacht, als Aisha und Aran das Bild von Queen Mab an die Bühnenwand hefteten, aber sie blieben aus.

»Vielleicht ahnt er, daß er schon verloren hat«, sagte Elfish.

»Schaut euch die vielen Leute an«, sagte Shonen und nippte ängstlich an ihrem Bier. »Die machen mich nervös.«

»Dich macht alles nervös.«

»Mory ist noch nicht da«, sagte Aisha und sah sich um.

»Der kommt schon noch«, sagte Elfish und ging weg, bevor noch jemand sie mit seinen Problemen belästigte. Sie stellte sich draußen vor die Tür, um sich innerlich auf ihren Auftritt vorzubereiten. Das erwies sich allerdings als schlechte Idee, weil in diesem Augenblick Joseph auftauchte. Er grinste sie an. Elfish warf ihm einen wütenden Blick zu, verkniff sich jedoch eine gemeine Bemerkung, weil sie wußte, wie wichtig es für sie war, daß sie Ruhe bewahrte. Jeder unnötige Streß konnte zur Folge haben, daß sie den Monolog vergaß. Leicht verstört lief sie wieder hinein, um noch ein Bier zu trinken und sich kurz mit Shonen zu besprechen.

Zu ihrer Freude stellte sie fest, daß Josephs Anblick die Zeilen nicht aus ihrem Gedächtnis verscheucht hatte, aber viel hatte nicht gefehlt.

»Nicht aufregen«, flüsterte Shonen, was ihr eine so bissige Erwiderung von Elfish einbrachte, daß Shonen auf die Toilette rennen und sich übergeben mußte. Aran registrierte erleichtert, daß seine Schwester zwar die Hilfe der anderen brauchte, sich deshalb aber noch längst nicht genötigt sah, zu irgend jemand nett zu sein.

64

Der kleine Saal war jetzt voll. An der Bar standen bis zu acht Leutehintereinander Schlange. Die einen warteten geduldig, während die anderen Geldscheine schwenkten und der gestreßten Bedienung hinter der Theke Bestellungen zuriefen. Auf der anderen Seite befand sich die Bühne, eine ziemlich hohe Bühne für einen so kleinen Raum, und der rauhe Betonboden davor war der einzige leere Flecken im gesamten Lokal. Da es keine Garderobe gab, war das Equipment beider Bands neben der Bühne übereinandergestapelt, während die Bandmitglieder selbst sich an der Bar durch das Gedränge kämpften.

Elfishs ehemalige Freundinnen Tula und Lizzy, die sich als letzte von ihr abgewandt hatten, befanden sich auch im Publikum, aber sie unterhielten sich nicht mit Elfish und wünschten ihr auch nicht alles Gute.

Aran traf an der Bar zufällig auf Cody.

»Tja, was die Gedichte über Queen Mab angeht, haben wir ja wohl gewonnen«, sagte Aran selbstgefällig.

»Quatsch!« erwiderte Cody. »Eine Handvoll altbekannter Gedichte zählt doch nichts.«

»Von wegen bekannt!« sagte Aran. »Draytons ›Nimphidia‹ kennt so gut wie niemand.«

»Ich schon, viel besser sogar als Jonsons ›Entertainment‹. Wenn das kein obskures Werk ist!«

»Lachhaft ist es!« schnaubte Aran. »Ich habe es schon in der Grundschule gelesen. Und erst ›The Alchemist‹! Darin kommt Queen Mab auch vor.«

»Was du nicht sagst! Das weiß doch jeder! Aber du wußtest nicht, daß Blake ein Bild zu Miltons ›L'Allegro‹ gemalt hat, stimmt's?«

»Natürlich wußte ich es. Bei mir zu Hause hängt eine Kopie davon an der Wand.«

»Wie wär's damit: ›A dwarf to thrust aside, a wicked mage to stab, and, Lo ye, I had kissed Queen Mab.‹«

»›Easter Day‹ von Browning«, sagte Aran. »Nicht gerade eins meiner Lieblingsgedichte, im Gegensatz zu ›Oh fairy, come attend our royal grace, Let's go and share our fruit with our Queen Mab‹. Das kennst du bestimmt nicht.«

»›Amyntas‹ von Randolph«, erwiderte Cody zu Arans großem Ärger wie aus der Pistole geschossen, und unversehens war die Luft von Gedichten erfüllt, weil die beiden miteinander wetteiferten, wer von ihnen belesener war. Zeilen aus dem ›Parnassus‹ von Porlis, ›Brittania's Pastorals‹ von Browne und der von einem anonymen Autor verfaßten ›History of Jacob and Esau‹ schwirrten, mit wachsender Vehemenz vorgetragen, durch den Raum.

»Ich glaube dir einfach nicht, daß du wirklich die ›Brittania's Pastorals‹ gelesen hast!« rief Aran, und sie gingen dazu über, sich gegenseitig anzurempeln.

Der Schlagabtausch fand ein jähes Ende, als Mo erschien und Cody fortzog. Er warf ihm einen vernichtenden Blick zu.

»Hör auf mit dem Schwachsinn!« befahl er.

Es war Zeit für Elfishs Auftritt.

»Na?« sagte Mo.

»Na was?«

»Willst du etwa einen Rückzieher machen?«

»Nein«, sagte Elfish. »Ich denke nicht dran. Du bist genauso dumm wie immer.«

Ihre Band im Schlepptau, kämpfte sich Elfish mit den Ellbogen nach vorne durch. Der Zeitpunkt war gekommen, wo sich ihr Traum erfüllen sollte.

Von den Anwesenden hielt zwar niemand genauso hartnäckig wie Elfish an seinen Träumen fest, aber das hieß nicht, daß sie keine Träume hatten. Dicht hinter Elfish ging, die billige Gitarre in der Hand, May und träumte davon, nicht mehr von Alpträumen über ihre Gefängniszeit in Irland gequält zu werden und endlich eine sichere Bleibe in London zu finden. Ihr folgte Casaubon, der Schlagzeuger, der davon träumte, daß seine Freundin wieder zu ihm zog und ihm sein gemeines Benehmen verzieh. Hinter Casaubon kam Gail mit ihrer geliehenen Baßgitarre. Sie träumte davon, daß ihre Zeitschrift Erfolg hatte oder überhaupt erschien, und das waren auch die Träume von Marion, Chevon und Perlita, die in der Menge standen und Elfish Glück wünschten.

Ganz vorn im Publikum stand Aisha, betrachtete zufrieden das Bühnenbild, das sie gemalt und aufgehängt hatte, und träumte davon, daß ihre Platzangst verschwand und Mory wieder auftauchte. Nervös blickte sie sich um und fragte sich, warum er noch nicht da war. Neben ihr stand Shonen und zeigte den Mitgliedern ihrer Theatergruppe stolz die zierliche Elfish, ihre Retterin, und ihre Kameraden meinten, Elfish sei eine auffallende, beeindruckende Erscheinung, und Shonen selbst sähe in letzter Zeit viel gesünder aus.

Daneben stand Aran und träumte davon, sein Videospiel an eine große Firma zu verkaufen und alle zwanzig Zigarettenbildchen zusammenzukriegen. Er sagte sich, daß die Erfahrungen, die er in letzter Zeit mit Elfish gemacht hatte, Stoff für ein Buch abgaben, und überlegte, ob er es nicht einfach schreiben sollte, statt die ganze Zeit deprimiert zu Hause herumzuhängen.

Cary und Lilac tauchten auf. Sie hatten den Kopf immer voller Träume, aber jetzt, nachdem John Mackie sie für ihren ersten Arbeitstag bezahlt hatte, schienen ihre lang herbeigesehnten Ferien auf dem Land zum Greifen nahe. Strahlend hatten sie ihren Traum mitgebracht, und auch die allerbesten Wünsche von John Mackie hatten sie mitgebracht. Sie richteten sie Elfish aus, als sie an ihnen vorbeikam.

Ganz vorn in der Menge standen Mo und Cody. Da ihr Kopf von Marihuana benebelt war, waren ihre Träume etwas wirr, aber Cody gefiel die Vorstellung, daß er gleich auf der Bühne Gitarre spielen und von allen bewundert würde. Mo teilte Codys Rock-'n'-Roll-Phantasien, aber noch stärker war sein Drang, Elfish zu demütigen.

»Kennst du meine Freundin schon?« fragte er laut und packte Elfish, die gerade vorbeiging, am Arm. Elfish blieb stehen. Flüchtig musterte sie die Frau neben Mo, die eine schwarze Sonnenbrille wie sie selbst und einen Schlapphut trug, unter den sie das Haar gestopft hatte. Als Elfish sie ansah, nahm die Frau den Hut ab, und die hellblonden Locken fielen ihr über die Schultern.

»Hallo Elfish«, sagte Amnesia. »Du ahmst meine Stimme nicht gerade gut nach, aber wir haben unseren Spaß an deinen Anrufen gehabt. Vor allem, wenn wir gerade gebumst haben.«

Amnesia lachte, und Mo und Cody fielen ein. Auch die übrigen Mitglieder von Mos Band fingen an zu lachen, und dann auch ihre Freunde. Elfish war plötzlich von einem Ring aus spottenden und höhnenden Gesichtern umgeben. Anscheinend wußten alle über ihr Täuschungsmanöver Bescheid.

Elfish war wie gelähmt. Das Gelächter schwoll an.

»Komm schon, Elfish«, sagte May und zupfte sie am Ärmel, aber Elfish stand wie angewurzelt da. Mit bestürzender Klarheit sah sie vor sich, wie Mo und Amnesia im Bett lagen und sich ihre Anrufe anhörten, und diese Vorstellung war so quälend und erniedrigend, daß sie es kaum ertrug.

»Los, mach Amnesia noch mal nach«, johlte Mo und schüttelte sich vor Lachen. Dann sprang er mit einem Satz auf die Bühne, klopfte mit dem Finger auf das Mikrofon des Sängers, um sich zu vergewissern, daß es funktionierte, und kündigte an, daß Elfish nun einen Monolog von Shakespeare aufsagen würde. Die Menge, die auf diesen Augenblick gewartet hatte, verstummte, nur Mos Clique lachte weiter. Stocksteif stand Elfish da und drückte hinter der Sonnenbrille, die sie von dem Cary und Lilac gestohlenen Geld gekauft hatte, blinzelnd eine Träne weg.

65

Als Elfish sich auf die Bühne schleppte, wußte sie, daß sie versagen würde. Sie stand vor dem Mikrofon und konnte ein Zittern nicht unterdrücken. Im Raum war es nun still, alles wartete, aber die Königin der Träume konnte sich an kein einziges Wort erinnern.

Die Stille vertiefte sich. Alle starrten Elfish gebannt an, und ein neues, noch quälenderes Gefühl der Demütigung nahm von ihr Besitz.

»Der Monolog!« rief Mo spöttisch, und wieder lachten seine Kumpels. Von Angst und Schrecken erfüllt, durchforstete sie mit einem letzten Funken Hoffnung ihr Gedächtnis, aber es war zwecklos. Sie konnte sich an keine einzige Zeile von Mercutios Monolog erinnern. Amnesias Anblick hatte sie völlig aus der Fassung gebracht, und der Schock hatte den unter so großen Schwierigkeiten auswendig gelernten Shakespeare-Text aus ihrer Erinnerung gelöscht. Allein stand sie vor dem Publikum und war ganz offensichtlich nicht imstande, das zu tun, was sie der Öffentlichkeit in Aussicht gestellt hatte.

Die Stille im Saal wich einem allgemeinen Geraune, aus dem sich hier und da Gelächter oder eine abfällige Bemerkung lösten, was Elfishs Zustand noch verschlimmerte. Sie brachte kein Wort heraus und konnte sich nicht bewegen.

»Der Monolog!« rief Mo noch einmal. Seine Freunde lachten, und andere Gäste fielen ein.

»O! then, I see, Queen Mab hath been with you ...« rief Shonen, um ihr auf die Sprünge zu helfen, aber es half nichts. Keine Macht der Welt, ja nicht einmal Queen Mab, konnte Elfish dazu bringen, sich an den Monolog zu erinnern.

Während sie stumm wie am Pranger stand, brüllten Mo und Cody vor Lachen. Auch Amnesia juchzte und lehnte sich an Mo, weil sie sich kaum noch auf den Beinen halten konnte.

Schreckensstarr stand Elfish auf der Bühne, während das Gelächter immer lauter aufbrandete. Abgesehen von den wenigen Fans, die sie im Publikum hatte, verspotteten und verhöhnten jetzt alle im Saal ihren hofffnungslos verpfuschten Auftritt. Ihr war, als befände sie sich mitten in einem Alptraum, aus dem es kein Entrinnen gab. Elfish wußte nicht, wie sie sich aus ihrer Lage befreien sollte. Sie konnte sich ja nicht einmal bewegen. Ihre Glieder waren steif, und sie würde für den Rest ihres Lebens wie eine Witzfigur hier stehenbleiben müssen.

Schließlich kletterte Aran auf die Bühne und faßte seine Schwester am Arm, um ihr weitere Erniedrigungen zu ersparen. Er führte sie seitlich die Stufen herunter und schob sie durch die Menge vor sich her zur Bar. Elfish ließ es geschehen, aber sie war zu verstört, um auf sein Zureden zu reagieren. Schlagartig wurde ihr klar, daß ihr Traum zerplatzt war. Er war zum Mond davongeflogen. Sie würde ihre Band nicht Queen Mab nennen können. All die Mühe war vergeblich gewesen. Im entscheidenden Augenblick hatte sie sich selbst bewiesen, daß sie auch nicht besser als all die Menschen um sie herum war, denen sie Mutlosigkeit und Resignation vorgeworfen hatte.

66

Am Boden zerstört, lehnte sich Elfish an die Theke.

»Alles in Ordnung?« fragte Aran, obwohl er wußte, wie dumm die Frage war.

Kläglich schüttelte sie den Kopf.

»Möchtest du gehen?«

Statt einer Antwort schob Elfish die Hand in Arans Jacke und zog die kleine Whiskyflasche heraus, die er, wie sie wußte, immer bei sich trug. Obwohl von Natur aus nicht eben spendabel, protestierte Aran nicht. Er sah, wie die Leute um sie herum immer noch lachten und Elfish anstarrten, und befürchtete, sie könnte jeden Augenblick völlig zusammenklappen. Elfish setzte die Flasche an die Lippen und schüttete den Whisky in sich hinein. Mit Erleichterung sah ihr Bruder, wie Shonen auf sie zueilte. Es würde Elfish sicherlich helfen, wenn ein paar Freunde ihr den Rücken stärkten.

Leider aber war die Tortur für Elfish noch nicht zu Ende. Shonen war nicht etwa gekommen, um ihr den Rücken zu stärken.

»Ich habe gerade mit Mo gesprochen«, stieß sie hervor. »Er behauptet steif und fest, du hättest niemanden, der für uns Geld beschaffen kann. Er sagt, du kannst meiner Theatergruppe nicht helfen. Er sagt, du hast alles erfunden. Stimmt das?«

Das traf Elfish, die unter ihrer Niederlage schon genug litt, so unerwartet, daß sie es nicht schaffte, Shonen anzulügen.

»Ja«, sagte sie ausdruckslos.

Shonen wurde kreidebleich, machte auf dem Absatz kehrt und lief zur Toilette, um sich zu übergeben. Da standen auch schon May und Gail mit wütenden Gesichtern vor Elfish.

»Gail sagt, Chevon zieht nicht aus, und ich kann nicht bei euch wohnen!« schrie May, und ihre Stimme überschlug sich fast.

»Stimmt«, sagte Elfish.

»Und Mo hat gesagt, daß du Adam noch nie begegnet bist!« kreischte Gail. »Und daß die Sache mit den Benefizkonzerten für die Zeitschrift eine Lüge ist!«

Elfish stierte mit glasigen Augen vor sich hin. Ihre Antwort war so leise, daß die anderen sie nicht hören konnten, aber ihrem Verhalten war zu entnehmen, daß sie nichts davon abstritt.

Ihr wurde keine Verschnaufpause gegönnt. Kaum war Shonen von der Toilette zurück, fiel sie in das Gezeter der anderen ein. Elfish war am Ende. Bis zu diesem Zeitpunkt hatte sie geglaubt, daß sie, wäre ihr Traum erst einmal erfüllt, die Kraft hätte, die Wut der anderen an sich abprallen zu lassen und ihnen die Stirn zu bieten. Aber damit war nichts. Mut und Entschlossenheit hatten sie verlassen, und sie fühlte sich leer. Sie fühlte sich schmutzig, hatte Hunger, und ihr Körper begehrte nach all der Anspannung, dem reichlichen Drogen- und Alkoholkonsum auf.

Aisha kam auf sie zu. Wer sie kannte, auf den wirkte sie jetzt wie jemand, der seine Platzangst gerade gut genug im Griff hat, um aus dem Haus gehen zu können, dem aber auch klar ist, daß sie ihn einholen wird, noch bevor er zurück ist. Aisha zitterte am ganzen Körper, und mit verzerrtem Gesicht fragte sie:

»Wo ist Mory? Wo bleibt er? Er müßte längst hier sein.«

Elfish brachte keine Antwort heraus.

»Kommt er überhaupt? Mo sagt, du hast gar nicht mit ihm gesprochen.«

Elfish schüttelte den Kopf und mußte einen neuen Schwall von Beschimpfungen über sich ergehen lassen. Aisha, Shonen,

Gail und May schütteten ihren Haß über die Person aus, die sie mit ihren Lügengeschichten an der Nase herumgeführt hatte. Im Saal wurde es still, und alle konnten mithören.

Casaubon, der gerade mit Mo gesprochen hatte, kam herüber, um sich Elfish vorzuknöpfen. Sie sah ihn kommen und fühlte sich wie ein Tier in der Falle. Er hielt ihr einen Trommelschlegel vor die Nase und wollte wissen, ob sie wirklich mit Marcia gesprochen hatte oder ob dies auch nur eine von ihren Lügen war. Als ihm letzteres bestätigt wurde, bekam er einen so wilden Wutanfall, daß Elfish zurückwich und hinter sich nach der Hand ihres Bruders griff. Casaubon war ziemlich groß, und Elfish kriegte es mit der Angst zu tun.

»Du beschissenes, kleines Miststück!« schrie Casaubon, der jetzt, wo sich die Hoffnung auf Marcias Rückkehr zerschlagen hatte, offenbar völlig durchdrehte. »Ich könnte dir den Trommelschlegel in den Hals rammen! Du glaubst wohl, du kannst alle anlügen und für dich einspannen, was? Ich bring dich um!«

Casaubon, May, Shonen, Aisha und Gail umzingelten die zierliche Elfish und schrien auf sie ein. Die Kraft, die sie aus der von Elfish bewirkten positiven Veränderung bezogen hatten, war nichts verglichen mit der Wut, die sie jetzt entwickelten, wo ihre Träume in die Brüche gegangen und unter Gejohle und Hohngelächter davongeflogen waren, um für alle Zeiten unerfüllt und vergeudet irgendwo auf dem unerreichbar fernen Mond zu schlummern.

Elfish war dem Ansturm nicht gewachsen. Sie drehte sich zu ihrem Bruder um.

»Hilf mir«, sagte sie.

Aber leider war ihr Bruder nicht mehr da. Aran hatte die heftigen Gefühlsausbrüche nicht länger ertragen können und hatte sich verdrückt. Er war nirgends zu sehen.

Jetzt, wo auch ihr Bruder sie im Stich gelassen hatte, brach Elfish endgültig zusammen, sie ließ den Kopf hängen und fing an zu weinen. Während ihre Ankläger sie noch immer umringten und beschimpften und das Publikum belustigt zuhörte, ließ sie den Tränen freien Lauf, und diese öffentliche Blamage war so groß, wie keiner der Anwesenden es je erlebt hatte oder sich hätte ausmalen können.

Da es so aussah, als würde die Vorgruppe nicht spielen, schob die Frau hinter dem Mischpult eine Kassette in das Gerät, und gleich darauf dröhnte ›Bad Moon Rising‹ von Sonic Youth aus den Lautsprechern.

Shonen, Aisha, Casaubon, May und Gail, deren Wut zwar keineswegs verraucht war, denen aber allmählich die Worte ausgingen, rückten ein Stück von Elfish ab. In einem Grüppchen standen sie beieinander und warfen ihr böse Blicke zu. Auch die Gaffer wandten sich ab. Mit jemandem, den alle Welt verurteilte und der sich die allseits geächtete Blöße gab, in der Öffentlichkeit zu weinen, wollten sie nichts zu schaffen haben.

In einer Ecke stand Mo mit seiner Band. Sie waren schon ganz heiser vor Lachen und spekulierten darüber, was Mo jetzt von Elfish verlangen konnte, vorausgesetzt, sie hörte überhaupt jemals wieder auf zu heulen.

67

Elfish war verloren. Sie versuchte sich zusammenzureißen und nicht mehr zu weinen. Sie konnte jetzt nichts weiter tun, als Arans Whisky auszutrinken und nach Hause zu gehen. Als Mo plötzlich vor ihr stand und sie zu ihrer Darbietung beglückwünschte, brachte sie kein Wort heraus. Selbst als er sagte, wie glücklich er sei, daß er seine Band jetzt Queen Mab nennen könne, blieb sie stumm. Ja, nicht einmal Amnesias schadenfrohes Grinsen löste eine Reaktion in ihr aus.

Jemand berührte sie von hinten an der Schulter und sagte in ihr Ohr:

»Wann spielst du, Elfish?«

Wer konnte nur so etwas Dummes fragen? Elfish drehte sich um und war nicht weiter überrascht, als sie Cary und Lilac erblickte.

Sie blinzelte heftig, um ihre Pupillen zu trocknen, und wischte sich mit dem Ärmel eine lange Rotzspur von der Nase.

»Wann bist du dran, Elfish? Wir wollen dich spielen hören.«

Elfish schüttelte den Kopf und sagte zu ihnen, daß sie nicht spielen würde. Sie hatte keine Band mehr, mit der sie hätte auftreten können, sie hatte keine Lust mehr zu spielen, und selbst wenn, hätte niemand sie hören wollen.

»Aber du mußt spielen«, sagte Cary. »Deshalb sind wir hier.«

»Außerdem hat John Mackie gesagt, wir sollen dich anfeuern. Danke, daß du uns den Job bei ihm verschafft hast.«

Elfish, die gerade die schlimmste Erfahrung ihres Lebens gemacht hatte, konnte soviel Dummheit nicht verkraften. Sie regte sich über die einfältige Gutherzigkeit der beiden so auf, daß sie sie anfuhr, sie sollten sie gefälligst in Ruhe lassen – ohne Erfolg.

»Wir wollen dich hören«, sagten sie. »Deshalb sind wir hier.«

»Laßt mich in Ruhe!« herrschte Elfish sie abermals an. »Ich halte euer freundliches Getue nicht aus. Habt ihr noch nicht gemerkt, daß ich euch nicht ausstehen kann?«

Es nützte nichts. Carys und Lilacs treuherzige Unverdrossenheit war wie ein unzerstörbares Kraftfeld. Lachend ließen sie Elfishs Beleidigung an sich abprallen, weil sie glaubten, daß sie es nicht ernst meinte.

»Wann spielst du denn nun?«

»Ooohhh nein!« stöhnte Elfish, und sie verspürte den unwiderstehlichen Drang, den beiden ihre Zuneigung für sie ein für alle Male auszutreiben.

»Meine Sonnenbrille«, stieß sie verzweifelt hervor, »wißt ihr, womit ich die bezahlt hab?«

»Womit?«

»Mit eurem Geld. Ich hab es in eurem Garten ausgebuddelt und geklaut.«

Cary und Lilac rissen die Augen auf.

»Das kann nicht sein.«

»Doch.«

»Das würdest du nie tun.«

Elfish starrte sie an.

Eine Träne kullerte über Lilacs Wange. Soviel Hinterhältigkeit war sogar ihm zuviel. Cary schniefte. Sie konnte kaum glauben, daß Elfish so etwas getan hatte. Obwohl Elfish sie immer nur gekränkt hatte, hatte sie sich eingeredet, sie seien Freunde.

Wortlos und mit Tränen in den Augen wandten sich die beiden ab und gingen.

Na also, dachte Elfish und fühlte sich schon ein bißchen besser. Endlich habe ich es geschafft, Cary und Lilac zu vergrätzen.

Bellys ›Low Red Moon‹ dröhnte durch den Saal, und über den Tischen hingen dichte Qualmwolken. Da zupfte jemand zaghaft an Elfishs Jacke.

»Ist schon okay, Elfish«, sagte Cary. »Wir sind dir nicht böse.«

»Bestimmt hast du das Geld gebraucht«, sagte Lilac. »Und außerdem hast du uns den Job verschafft.«

»Ich hab euch den Job nicht verschafft!«

»Auf jeden Fall haben wir ihn gekriegt, weil wir Freunde von dir sind.«

Sie lächelten sie an.

»Nun sag schon, wann du spielst.«

Jetzt war Elfish wirklich platt. Verblüfft starrte sie die eifrigen jungen Gesichter unter den schmutzigweißen Rastalocken an, und plötzlich kam ihr die Erleuchtung: Für sie stand fest, daß Cary und Lilac träumten, alles sei in Ordnung, und alle Welt könne sie gut leiden, und daß sie von ihrem Traum nicht ablassen würden, egal wie albern er war. Sie hatten einfach beschlossen, daran zu glauben, und damit basta.

Mit einem Mal schämte sie sich, daß sie selbst sich ihren Traum hatte zerstören lassen. Was scherte es sie, was die anderen dachten? Sich nicht darum zu scheren, was andere Leute dachten, war doch eine ihrer Stärken! Als sie sich im Raum umblickte und in jeder Ecke einen Feind erblickte, wurde sie wütend. Sie war wütend auf diese Leute und wütend auf sich selbst. Sofort hatte sie wieder einen klaren Kopf, und ihre Lebensgeister kehrten zurück. Sie richtete sich auf, atmete tief durch, trank Arans Whisky aus, ließ die Flasche zu Boden fallen, wo sie zerschellte, und spuckte in Mos Richtung.

»Ich glaube, ich spiele jetzt sofort.«

Mit Fußtritten und Knüffen bahnte sich Elfish rücksichtslos einen Weg und sprang mit der kraftvollen Lässigkeit des erfahrenen Stage Diver auf die Bühne. Sie packte ihre Gitarre, drehte die Lautstärke hoch, bis es eine Rückkoppelung gab und schrilles Quietschen aus den Lautsprechern drang, und rief der Tontechnikerin durchs Mikrofon zu, die Lautstärke noch mehr aufzudrehen.

Ungeduldig trampelte Elfish auf dem Verzerrer herum und trat solange dagegen, bis er schlagartig übersteuerte, wodurch sie die Aufmerksamkeit der Menge auf sich zog. Dann fing sie an, den Monolog aufzusagen, und untermalte jede Zeile mit einem gräßlich mißtönenden Akkord, so daß die Zuhörer vor Schreck und Unbehagen zusammenzuckten. Aufs Geratewohl ließ sie die Finger über den Bund der Gitarre gleiten und brachte schauderhafte Dissonanzen hervor, wobei sie das Chaos aus Tönen mit dem Tremolohebel noch vergrößerte. Die fürchterlichen Klänge schrillten und heulten durch den Raum und überlagerten sich gegenseitig, bis der unerträgliche Lärm zu einer phantastischen, grotesken Kakophonie anschwoll, wie sie sich keiner je hätte vorstellen und niemand sie je würde wiederholen können. Brüllend übertönte Elfish mit dem Queen-Mab-Monolog das brutale akustische Attentat, eine ungeheuer wirkungsvolle und gewaltsame Art, Shakespeare vorzutragen.

Schon bald hatte sie die Zuhörer, die anfangs noch protestierten, in die Knie gezwungen. Paare drängten sich schutzsuchend aneinander und blickten sprachlos zu Elfish auf. Als sie fertig war, warf sie ihnen allen ein paar üble Schimpfworte an den Kopf und stimmte ohne Übergang ihren Lieblingssong ›Here Comes the Moon‹ an. Mittendrin hörte sie auf zu singen und kletterte, mit einer Hand noch immer auf der Gitarre spielend, den seitlich auf der Bühne stehenden Lautsprecherturm hoch. Er wackelte und schwankte, aber sie schaffte es bis oben, und da fing das Publikum an zu jubeln.

»Queen Mab, die Überbringerin der Träume!« schrie Elfish. Die Gitarre in der Hand, sprang sie ins Leere und vollführte hoch über dem Betonboden einen ebenso spektakulären wie selbstmörderischen Stage Dive.

68

Elfish schwebte in der Luft. Die Gitarre hing als lästiges und hinderliches Gewicht an ihr. Gurt und Kabel hatten sich um Hals und Beine geschlungen und machten es ihr unmöglich, eine auch nur einigermaßen günstige Haltung für die Landung einzunehmen. In wenigen Sekunden würde sie kopfüber auf den grauen Betonboden knallen.

Wie sie da oben schwebte, schossen den Zuschauern die unterschiedlichsten Gedanken durch den Kopf, angefangen von Mos uneingestandenem Wunsch, Elfish möge nicht wirklich ums Leben kommen, bis hin zu Arans schrecklicher Angst, daß es doch passierte.

Aran war sich sehr wohl bewußt, daß er Elfish im Stich gelassen hatte, als sie ihn brauchte. Zwar behauptete er später, er sei nur kurz zum Zigarettenautomaten gegangen, weil er plötzlich den unwiderstehlichen Drang verspürt habe, einen letzten Versuch zu unternehmen, Bildchen Nr. 20 zu ergattern, aber er selbst wußte, daß ihm in Wahrheit die Nerven durchgegangen waren. Während Elfish dem Verderben entgegenflog, überkam ihn bittere Reue. Er liebte seine Schwester und mußte sich eingestehen, daß er ohne sie noch immer deprimiert in seinem düsteren Wohnzimmer hocken würde. Ohne an die eigene Sicherheit zu denken, stürzte er vor, um sie aufzufangen.

Elfishs ehemaligem Team, das noch immer grimmig beisammenstand, ging es ähnlich.

Au wei, dachte Shonen, als Elfish den Scheitelpunkt ihrer Flugbahn erreichte. Elfish hat mich angelogen und hintergangen. Aber wo wäre ich, wenn sie es nicht getan hätte? Ich würde noch immer in diesem Teufelskreis aus Fressen, Kotzen und Selbsthaß stecken. Jetzt hab ich alle Bewerbungen für Geldgeber ausgefüllt, und meine Theatertruppe ist wieder zusammen. Ohne Elfish wäre es nie soweit gekommen. Shonen stürmte nach vorne, um sie aufzufangen.

O nein, dachte Aisha, als Elfishs Sturzflug einsetzte. Elfish bringt sich um. Sie hat mich gemein an der Nase rumgeführt und behauptet, Mory würde zurückkommen, aber wo wäre ich, wenn sie es nicht getan hätte? Ich hab in meiner Wohnung rumgesessen und war zu feige, auch nur aufzustehen oder einkaufen zu gehen, und jetzt hab ich ein Bühnenbild gemalt und bin zum Konzert gegangen, ich hab Spaß gehabt, und ehrlich gesagt sieht alles nicht mehr so schlimm aus. Da sie nicht wollte, daß Elfish sich umbrachte, stürzte Aisha vor, um sie aufzufangen.

Mist! dachte May. Diese Idiotin bricht sich gleich ihren blöden Hals. Sie hat mich zwar angelogen, als sie gesagt hat, sie wüßte eine Wohnung für mich, aber es macht mir Spaß, mit ihr Gitarre zu spielen. Ich hab noch nie so viel Spaß gehabt wie letzte Woche beim Üben. Also stürmte auch May nach vorne, um sie aufzufangen.

Gail, der Elfish viel Leid zugefügt hatte, wurde dennoch von Schuldgefühlen geplagt, als sie mit ansah, wie Elfish der Katastrophe entgegenstürzte. Kein Zweifel, Gail und ihre Freundinnen hätten sich die Zeitschrift endgültig aus dem Kopf geschlagen, wäre Elfish nicht gewesen. Lügen hin, Lügen her – sie hatte ihnen Beine gemacht. Jetzt waren sie mit dem Layout beschäftigt und schrieben Artikel, und schon bald konnte die erste Nummer in Druck gehen. Gail stürzte vorwärts, um Elfish zu retten.

Casaubon, der in der Liebe gerade eine schreckliche Enttäuschung hinter sich hatte, haßte Elfish noch immer, aber er wollte nicht hinter den anderen zurückbleiben. Außerdem hielt er sich selbst für einen großen, starken Mann und Schlagzeuger. Er sagte sich, daß er nicht einfach mit ansehen durfte, wie eine kleine Frau vor seinen Augen in den sicheren Tod stürzte. Als Elfish nicht mehr weit vom Boden entfernt war, handelte er und machte einen Riesensatz.

Als Queen Mab, die im Hintergrund leuchtete, dies sah, lächelte sie zufrieden. Jedenfalls bildete sich das Elfish, die im Flug einen kurzen Blick auf sie warf, später ein.

Ihre Retter waren zwar wild entschlossen, aber schlecht koordiniert. Im allgemeinen Durcheinander stolperte May über Aran, der seinerseits unter Aisha hindurchkrabbelte. Gail, Shonen und Casaubon prallten gegen sie, und gleich darauf hatten sich alle vor der Bühne unter Schmerzen zu einem zappelnden Haufen verknäuelt.

Elfish hatte sich unterdessen zu ihrem Glück – obgleich sie später behauptete, sie hätte es absichtlich getan – einmal vollständig überschlagen und landete, nachdem sie in der Luft erfolgreich eine Reihe schwieriger Drehungen und Salti absolviert hatte wie ein Turmspringer, bevor er in der richtigen Haltung ins Wasser eintaucht, sicher und mit leicht gebeugten

Knien wie ein erfahrener Fallschirmspringer auf ihren Füßen. Beim Aufprall wurden zwar ihre Knochen kräftig durchgeschüttelt, aber sie blieb unverletzt.

Sie warf einen Blick auf die ineinander verknoteten Leiber vor sich.

»Danke«, sagte sie. »Ihr habt mir das Leben gerettet.«

»Du blöde Schlampe!« sagte May und befreite sich aus dem Knäuel. Wütend blitzte sie Aran an und stieß einen Fluch aus, dann stemmte sie sich auf die Bühne hoch, stöpselte kurzerhand ihre Gitarre ein und fing an zu spielen. Gail schloß sich ihr an. Nach kurzem Zögern gab sich auch Casaubon einen Ruck, und die Musiker stiegen einer nach dem anderen in den ersten Song ein, eine ohrenbetäubend laute Cover Version von Ministrys ›Jesus Built My Hot Rod‹. Auch Elfish kletterte, nachdem sie sich selbst wieder im Griff und ihren Hals vom Gitarrenkabel befreit hatte, auf die Bühne, baute sich vor dem Mikrofon auf und fing an zu singen.

Das Publikum raste, denn es war Zeuge der spektakulärsten Konzerteröffnung geworden, die man in Brixton je erlebt hatte. Noch ganz im Bann von Elfishs schriller Shakespeare-Rezitation, waren die Leute bei ihrem atemberaubenden Stage Dive und dem sich anschließenden Gerangel vollends aus dem Häuschen geraten. Deshalb waren sie durchaus gnädig gestimmt, der Band willig zuzuhören, obwohl diese, weil nicht ausreichend aufeinander eingespielt, nicht sonderlich gut klang.

69

Elfish konnte also ihre Band Queen Mab taufen, wie Cary und Lilac später glücklich John Mackie berichteten. Die beiden waren Elfish nicht zu Hilfe geeilt, weil sie davon ausgegangen waren, daß Elfish als erfahrener Stage Diver wußte, was sie tat. Sie verscharrten ihr Erspartes weiterhin in der Blechdose im Garten und vertrauten darauf, daß ihr Geld künftig sicher wäre. Das mochte unvorsichtig sein, wo doch Elfish nebenan wohnte, aber so waren die beiden nun mal.

Es sah so aus, als hätten die Menschen, die Elfish angelogen hatte, ihr verziehen, aber Tula und Lizzy konnten einfach nicht vergessen, was sie May angetan hatte. Nicht selten tragen die Freunde eines Geschädigten noch lange, nachdem der Betroffene selbst einen Strich unter die Sache gezogen hat, ihren Groll mit sich herum. Aber Elfish war das sowieso alles egal.

Sie war nach ihrem Sieg so überglücklich, daß sie sich nicht wehrte, als Aran sie bei ihrem nächsten Besuch in die Wanne steckte, aus der sie zwar sauber, aber melancholisch herauskletterte.

»Jetzt, wo ich erreicht hab, was ich wollte, weiß ich nicht, was ich tun soll«, sagte sie.

Aran verkniff sich jeden überflüssigen Kommentar. Ihm war klar, daß Elfish eine Zeitlang so weitermachen würde wie früher, also trinken und Billard spielen, bevor sie erneut den Drang verspürte, etwas auf die Beine zu stellen. Außerdem hatte sie jetzt eine Band, um die sie sich kümmern mußte. Bestimmt würde sie eine Menge Unheil anrichten, die Bandmitglieder nach Strich und Faden beschimpfen und irgendwann alle rausschmeißen, aber so etwas war ja ganz nach ihrem Geschmack. Also versuchte Aran sie aus ihrer trübseligen Stimmung zu reißen, indem er ihr eine amüsante Geschichte über die Verhaftung, Verurteilung und Hinrichtung einiger athenischer Heerführer erzählte und Elfish anschließend fragte, ob sie ihre Bandmitglieder nicht dazu anhalten könnte, ein bißchen mehr zu rauchen. Er war noch immer auf der Suche nach Bildchen Nr. 20, und die Frist lief allmählich ab.

Was Mo betraf, so stellte der überrascht fest, wie wenig es ihn störte, daß alles so gekommen war. Gut, er mußte sich einen neuen Namen für seine Band einfallen lassen, aber Namen gab es auf der Welt genug. Cody schlug ihm jeden Tag einen anderen vor, und die meisten hatten mit Ben Jonson oder anderen ungeeigneten Leuten zu tun. Mo lehnte die Namen ausnahmslos ab; er würde schon selbst auf einen kommen. Mit Amnesia war er sehr glücklich. Sie gaben ein prima Paar ab, und wenn auch keiner auf die Idee kam, dies Elfish als Verdienst anzurechnen, konnte man wohl sagen, daß sie die beiden zusammengebracht hatte.

Martin Millar

Die Elfen von New York

Roman · dtv 12132

»Prädikat: unwiderstehlich«
Max

Dinnie ist der schlechteste Geiger von New York. Trotzdem übt er gerade tapfer, als zwei hübsche kleine Feen durch sein Fenster im vierten Stock flattern und auf seinen Teppich kotzen. »Entschuldigung«, sagt die eine ...

Für die meisten Menschen sind Feen unsichtbar. Nicht so für Dinnie und Kerry aus der 4. Straße. Und so fängt ein Punkrock-Sommernachtstraum an: Aufruhr unter den schwarzen Elfen, die chinesischen Schwestern sind sauer, von den Italo-Elfen zu schweigen. Schuld an allem sind zwei schräge schottische Feen.

**»Pop-Literatur,
wie sie sein muß – voll Mystik, Rock,
Drogen, Humor und Sex.«**
Michael Pauls